마야의 달력

Original title: Календарь Ма(й)я [Kalendar ma(y)a]
Text©Victoria Lederman, 2016
Published with the permission of the Kompasguide Publishing House, Russia

마야의 달력

빅토리야 레데르만 지음 강완구 옮김

써네스트

러시아와 러시아에서의 크라스노다르주의 위치와 크기

소설이 전개되는 크라스노다르주의 주요 도시들

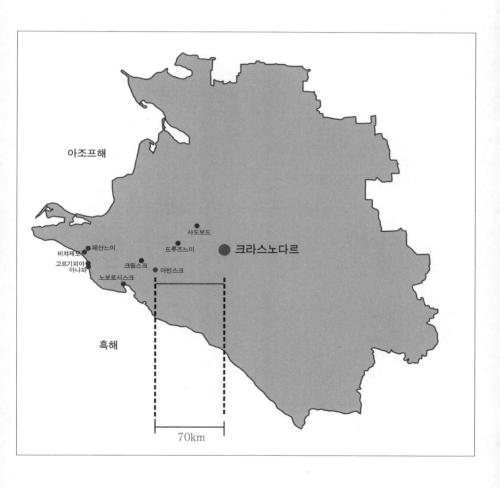

아조프해

사도보드

페산느이
비챠제보
드루즈느이
크라스노다르
고르기피야
아나파
크림스크
노보로시스크
아빈스크

흑해

70km

차례

2013년 5월 23일 목요일

역사 선생님인 클라라 보리소브나는 맹수 조련사 일이 지금 자신의 일보다 훨씬 더 쉬울 것이라고 생각하였다. 맹수들은 조련사가 한쪽 손으로 요란한 소리를 내며 채찍을 휘두르며 다른 손에 있는 회초리로 위협을 하면 꼼짝없이 그의 말을 들을 것이기 때문이다. 하지만 이제 곧 시작될 여름방학을 맞이하는 6학년 A반 아이들은 길들여지지 않은 맹수들과도 같았다. 여덟 명의 남자아이와 열두 명의 여자아이……. 늘 그렇듯이 아이들은 한마음이 되어 함께 놀지도, 한마음이 되어 함께 공부를 하지도 않았다. 클라라 보리소브나는 이 반의 담임이 된 것을 원망하고 원망하였다.

"다섯 명이 부족하군. 가만, 세마크와 자고르킨은 어디 있는 거지? 바로 10분 전까지만 해도 분명히 봤는데 왜 없는 거야?"

클라라 보리소브나가 아이들에게 물었다.

"세마크가 물웅덩이에 빠졌대요!" 킥킥거리며 누군가가 그녀에게 말하였다. 클라라 보리소브나는 모든 것을 포기한 듯한 표정을 지었다. 어디서 물웅덩이를 찾았단 말인가! 5월초부터 비 한 방울도 오지 않아서 사방에 먼지만 폴폴 일고 있는데 말이다. 웅덩이에 빠진 호기심 많은 '돼지'에 대한 다양한 의견들이 이곳저곳에서 들려왔다.

"그럼 자고르킨은 어디에 있지?"

담임 선생님이 다음 아이를 찾았다.

"걔는 물에 젖은 세마크를 짜고 있어요!" 무리로부터 누군가 소리를 쳤다.

6학년 A반 아이들이 한꺼번에 까르르 하고 웃어 댔다. 이것이 유일하게 이 아이들이 한마음이 되어 함께 잘 할 수 있는 것이었다. 클라라 보리소브나는 난감한 표정으로 눈을 들어 하늘을 봤다. 마치 주문을 외우듯 속으로 중얼거렸다.

'그래, 이번이 마지막이야.'

그녀는 미니버스에 아이들을 태우기 시작하였다. 말 안 듣는 6학년 A반 아이들로 부족하여 견학 프로그램 담당 선생님마저 그녀를 배신했다. 큰 버스를 보내주기로 해 놓고 16인승 미니버스를 보내준 것이다.

방법이 없었다. 투덜거리는 여자아이들을 2인용 좌석에 세 명씩 끼어서 앉게 하였다. 그렇게 아이들이 자리를 잡는 동안 흠뻑 물에 젖은 세마크와 자고르킨이 왔다. 클라라 보리소브나는 어금니를 꽉 물었다. 그리고 두 명에게 앞쪽 의자를 가리키며 앉으라고 조용히 말하였다.

"자, 여러분 이제 출발할까요?"

사람 좋아 보이는 사십 대의 남자 운전사가 버스 안쪽을 향해서 소리쳤다.

"아니, 아직이요! 세 명이 아직 안 왔어요……. 아, 저기 한 명이 오네요, 글레프 옐리자로프! 내가 널 모시러 가야겠니? 빨리 와!" 담임 선생님이 출발을 막은 후 때마침 오고 있는 옐리자로프에게 소리쳤다.

중간 키의 까칠하게 생긴 남자아이가 버스 안으로 들어와서 잔뜩 찡그린 얼굴로 빈자리를 찾았다.

"옐리자로프, 저쪽으로 가서 앉아라, 제냐 무힌 옆에." 클라라 보리소브나가 지시하였다.

"왜 하필 여기예요! 난 쟤하고 함께 앉고 싶지 않아요. 그러느니 차라리 안 가겠어요." 두 자리에 혼자 앉아 있던 무힌이 기분 나쁜 표정으로 말하였다.

"무힌! 하고 싶다거나 하고 싶지 않다거나 하는 것은 집에서 엄마에게나 하는 거야! 여긴 학교야. 옐리자로프, 내가 누구에게 이야기한 거냐?" 클라라 보리소브나가 목소리를 높여서 말하였다.

"저리 가! 어제 당했던 게 부족해? 더 당해 볼래?" 무힌이 글레프를 위협하였다. 그리고 발을 들어서 통로를 막았다.

"누가 뭘 당했다는 거야! 누가 쓰레기통을 머리로 부쉈을까? 하긴 쓰레기통이 아깝지. 네 머리통에 비하면 말이야." 글레프도 가만있지 않았다.

"뭐야, 이게 정말! 아주 죽으려고 안달이 났구나. 걱정 마! 도착하게 되면 계속 괴롭혀 줄 테니." 무힌이 씩씩거리며 큰 소리로 말하였다.

"나도 이런 미친놈들만 있는 반에서 계속 공부할 생각 없어! 조금만 기다려. 이 촌구석에서 더이상 날 볼 일 없을 거야." 글레프가 어금니를 악물며 말하였다.

버스 안 여기저기서 불만이 섞인 소리가 터져 나왔다. 아이들에게 그들이 사는 드루즈느이는 훌륭한 마을이지 촌구석이 아니기 때문이다! 무힌이 앞자리에 앉아 있는 세마크와 자고르킨에게 가려고 몸을 움직였고 글레프는 그가 앉아 있던 자리 쪽으로 침을 퉤 뱉고는 창문 쪽으로 고개를 돌렸다.

그때 버스 쪽으로 뚱뚱한 아이가 할머니와 함께 왔다. 유라 카라세프였다. 반에서 유일한 우등생이다. 할머니의 머리는 검은색 스카프로 가려져 있었다. 유라의 할아버지께서 2주일 전에 돌아가셨기 때문이다. 담임 선생님은 그때 이후로 유라가 너무 달라졌다고 걱정을 하였다. 유라는 공부뿐만 아니라 아무 일에도 관심을 가지지 않았다. 바로 그런 유라가 무관심한 표정으로 무겁게 한숨을 몰아쉬며 경사가 가파른 버스의 계단을 오르고 있었다.

"곡예가 따로 없군! 공중 곡예가 붕어 유라입니다, 여러분!" 무힌이 외쳤다.

"곰돌이 푸우가 도착하였습니다! 경호 임무를 마쳤으니, 유라, 경호원을 보내 드려야지. 할머니, 집에 가세요!" 자고르킨과 세마크가 말을 받았다.

유라는 아무 말 없이 그들 곁을 지나서 유일하게 자리가 비어 있는 글레프의 옆 자리로 갔다. 그러자 글레프는 고개를 돌려서 못마땅하고 불쾌하다는 표정으로 쳐다봤다. 유라는 컬러풀한 색상의 백팩을 의자의 등받이에 기대며 자리에 앉았다. 글레프는 다시 창문 쪽으로 고개를 돌렸다.

"더 기다려야 하나요? 언제 가나요? 우리 쪽에는 햇빛이 들어와서 더워요!"

여자아이들이 참지 못하고 짜증을 냈다.

"레나 쥬지나가 아직 안 왔잖아." 클라라 보리소브나가 말하였다.

여자아이들이 언제 더웠냐는 듯 금방 경멸하는 듯한 표정으로 바뀌어 투덜거렸다.

"뭐 하러 기다려요!"

"집에서 동생들이나 보라고 해요!"

"저기, 온다, 꺽다리가 오고 있어. 긴 다리를 휘적휘적 저으며 오고 있어. 쟤가 어디에 앉을까?" 도로쉐비치가 멸시하는 투로 말하였다.

"내 옆은 안 돼, 내 옆은 안 돼!" 여자아이들이 앞 다투어 말하였다.

"그로모바하고 앉으라고 해, 짝이잖아."

"무슨 소리야! 나도 싫어. 걸레 냄새 난단 말이야!" 그로모바가 모두의 말을 끊으며 소리쳤다.

키가 크고 비쩍 마른 레나 쥬지나가 버스로 날아오르면서 마지막 문장을 듣고 말았다. 그로모바가 앉아 있는 좌석 주위가 갑자기 얼어붙은 듯하였다. 그로모바는 재빨리 몸을 숨겼다. 하지만 레나 쥬지나는 그로모바를 뚫어지게 바라보며 말하였다.

"담배 냄새 나는 것 보다 걸레 냄새가 더 나을 걸!"

"담배 냄새라고?" 갑자기 훅 들어온 말에 당혹스러워하며 그로모바가 말하였다.

"응, 네가 테카예바하고 학교 뒤에서 몰래 피우는 담배 냄새." 거리낌 없이 쥬지나가 확인시켜 주었다.

"너, 뭐야, 왜 그런 말을 큰 소리로 말하는데? 너 미쳤냐?" 테카예바가 놀라서 눈을 꿈뻑이며 낮은 소리로 말하였다.

테카예바는 클라라 보리소브나가 있는 쪽으로 재빨리 눈을 돌려서 확인하였다. 다행히 담임 선생님은 운전사와 이야기를 하고 있어서 못들은 듯하였다. 제13학교에서 담배를 피우다 걸리면 엄중한 징계가 주어졌다.

"쥬지나, 두 명 앉은 곳 아무 곳에나 앉아!" 선생님이 소리쳤다.

자리를 찾기 위해서 앉아 있는 아이들의 얼굴을 눈으로 쭉 쳐다보던 레나는 그들의 표정에서 적의감마저 느낄 수 있었다.

"앉을 데가 없어요. 안 가면 안 되나요? 아르바이트도 하러 가야하고요." 레나가 큰 소리로 말하였다.

클라라 보리소브나는 한바탕 잔소리를 내뱉을 요량으로 이미 숨을 깊게 들이마셨다. 그런데 그때 갑자기 유라 카라세프가 말하였다.

"우리랑 앉아."

"야, 네가 벌써 한 사람 반 자리를 차지하고 있잖아? 쥬지나가 앉을 자리가 어디 있어?" 글레프가 당황스러워하며 말하였다.

유라는 할 수 있는 한 최대로 몸을 움직여서 글레프를 창 쪽으로 밀었다. 레나는 조심스럽게 좌석의 한쪽 끝에 앉았다.

"됐네. 모자란 것들이 한 곳에 모였네. 이제 가죠!" 무힌이 셋을 가리키며 큰 소리로 말하였다.

운전사가 사람 좋은 미소를 띠며 아이들 쪽으로 돌아보았다.

"이런, 얘들아! 왜 이렇게 분위기가 가라앉았냐? 다 함께 행진곡 같은 것을 부르는 게 어때?"

"모두가 도망가게요?" 아이들이 대답하였다.

"보세요, 전 이런 아이들하고 매일 전쟁을 하고 있죠." 클라라 보리소브나가 한숨을 내쉬며 말하였다.

"불쌍한 아이들이죠. 들떠 있어서 평정심을 잃은 것 같군요. 뭘 어떻게 해야 하는지 전혀 모르는 것 같아요." 운전사가 운전석에 자리를 잡고 앉아서 핸들을 움직이며 말하였다.

버스가 천천히 돌더니 학교 운동장을 빠져나갔다.

"얘들은 들떠 있는 것이 아니라 그냥 기분이 안 좋은 거예요. 얘들은 어떤 때는 아주 인정머리도 없고 감정도 없는 이기주의자들이 되죠. 20년 전에는 상상도 하지 못 할 짓들을 지금 아이들은 하고 있죠. 시험 성적표를 고치기도 하죠. 월요일에는 학교에 폭탄이 설치되어 있다고 전화를 하기도 했어요……." 클라라 보리소브나가 한숨을 쉬며 말하였다.

"시험을 못 치르게 하기 위해서요?" 운전사가 물었다.

"아니요, 전화기로 혼란스러운 장면을 찍어서 인터넷에 그 장면을 올리기 위해서요."

"하하, 아이들이란……. 뭔가 아이들이 관심을 가질 만한 좋은 것을 찾아보는 게……."

"아이들은 아무것에도 관심이 없어요. 정말이에요! 아무것에도!

지금 이렇게 박물관에 가는 것도 현장학습에 빠지면 점수를, 수행평가 점수를 안 준다고 하니까 마지못해서 가는 거예요. 고대국가 보스포러스의 고대도시 고르기피야를 보러 아나파 시로 가는 건데 말이죠. 동굴, 유적 발굴 이런 것들은 항상 사람들을 매료시키는 것들 아닌가요! 하지만 모르겠어요⋯⋯. 요즘 아이들은 아무것에도 관심이 없죠. 과거에도, 미래에도."

클라라 보리소브나는 힘이 빠져서 말을 멈추었다. 운전사도 말없이 무언가를 생각하고 있었다. 운전사는 삼거리 앞에서 갑자기 버스의 브레이크를 밟으며 한쪽으로 차를 세웠다.

"선생님, 제가 선생님께 한 곳을 추천할게요. 여기서 멀지 않은 곳이에요. 아마 아이들 마음에 들 거예요." 운전사가 말하였다.

"고르기피야에서 우리를 기다리고 있는데⋯⋯. 어떤 곳이죠?" 역사 선생님이 물었다.

"혹시 들어 보시지 않았나요? 별장촌 너머 녹화사업을 위해서 식목을 하던 곳에서 고대국가의 성벽 일부가 발견되었대요. 기원전 2세기경의 것이라고 하더라고요. 발굴 작업에 대한 공식적인 승인을 이미 받았죠. 하지만 정식으로 발굴단을 꾸려서 작업을 하는 것은 7월 이후에나 가능하다고 합니다. 그런데 제 친구 중에 열혈 고고학자가 한 명 있는데 그가 지원자를 중심으로 예비 발굴단을 꾸렸어요. 그곳에 텐트를 치고 살면서 발굴을 하고 있죠." 운전사가 활기를 띠며 말하였다.

"그렇군요. 하지만 누가 십여 명의 아이들이 들어가도록 허락하겠어요? 게다가 이런 말도 안 듣는 아이들을⋯⋯."

"그건 걱정하지 마세요. 제가 허락을 받을게요. 제 친구는 이런 사람입니다. 그가 다 알아서 할 것입니다." 운전사는 엄지손가락을 치켜세우며 말하였다.

"글쎄요." 걱정스러워하며 클라라 보리소브나가 중얼거렸다.

"하나 더 말씀드릴 것은 그곳에 전문가들이 왔었다고 하더군요. 뭐, 아직 추측이지만 벽에 마야 인들의 초기 글자와 비슷한 것들이 발견되었기 때문이죠." 운전사가 말을 보탰다.

"말도 안 되는 소리예요! 그럴 수 없어요. 마야라고요? 여기에? 그들은 이 지역에 산 적이 없어요." 역사 선생님이 소리쳤다.

"아직은 추측만 할 뿐이죠." 운전사가 '아직'이라는 단어를 강조하며 반복해서 말하였다.

"제 친구가 그러는데 마야 인들의 기원에 대해서 아직 밝혀진 것이 아무것도 없다고 하더군요. 어쩌면 바로 이곳에 그들의 기원이 있는지도 모르죠? 저야 뭐 아무것도 모르지만 말입니다. 하지만 선생님은 역사학자이지 않아요. 과거가 미래보다도 더 커다란 선물을 줄 거라는 것을 잘 알지 않아요. 어때요?"

"저는 당연히 가보고 싶죠. 하지만 아이들은……. 그런데 우리는 왜 여기에 서 있는 거죠?" 결정을 내리지 못하고 있던 클라라 보리소브나는 차가 멈추어 있는 것을 느끼고 물었다.

"왜냐하면 선생님께서 어느 방향으로 가야할 지 말씀해주지 않았기 때문이에요. 만약 박물관에 갈 거면 왼쪽으로 가야 하고, 발굴현장으로 갈 거면 오른쪽으로 가야 하거든요." 운전사가 설명하였다.

"그럼, 오른쪽으로 가죠." 클라라 보리소브나가 결정을 하였다.

"이게 진짜 발굴현장이란 말이죠? 마야의 흔적이요? 에이 그냥 평범한 정사각형 모양으로 판 땅 같은데요." 실망스러워하며 자고르킨이 투덜거렸다.

"우리 별장에 수영장을 팠는데 이것하고 똑같아요. 오히려 수영장이 좀 더 깊죠." 무힌이 말하였다.

"이렇게 땅을 판 곳을 발굴지라고 한다. 발굴지는 반드시 사각형으로 파야 돼. 그래서 구덩이는 정사각형이야. 그리고 땅을 파는 방법이 너희들 수영장 만들 때하고 전혀 다르지. 처음엔 조심스럽게 삽으로 땅의 표면을 잔디의 떼를 떼어 내듯이 걷어내야 해. 다음에 쓰레기 같은 불순물들을 걷어내고 표면을 다시 평평하게 만들어. 그리고 다시 다음 층을 걷어내지. 그런 식으로 몇 번을 하는 거야. 발굴을 할 때에는 삽이 아니라 칼로 해야 할 경우도 있단다. 드물게는 외과용 메스를 사용하기도 해. 얼마나 어려운 작업인지 상상이 되냐?" 아이들에게 놀라운 발견을 보여줄 것을 허락해준 턱수염이 더부룩하게 난 고고학자가 설명해주었다.

"아, 지루해. 감자 캐러 별장에 가는 게 더 낫겠어." 도로쉐비치가 유행하는 구두의 굽을 모래밭에 박은 채 입을 크게 벌려 하품을 하였다.

"도로쉐비치 입 다물어!" 클라라 보리소브나가 도로쉐비치에게 주의를 주었다.

6학년 A반 아이들은 드넓은 들판 한가운데에 있는 발굴지 한쪽에 서 있었다. 아이들 뒤로는 약 100미터가량 떨어진 곳에 얼마 전에 심은 듯한 묘목들이 있었으며 그 뒤로 고고학자의 천막이 서 있었다.

점심 시간이었기 때문에 6학년 아이들은 발굴지에서 작업을 하고 있는 사람들을 볼 수 없었다. 발굴단원들은 휴식을 취하고 있었다.

"자, 여러분 혹시 비밀 같은 것을 좋아하나요?" 도로쉐비치의 반응에 살짝 미소를 띠며 털보 아저씨가 물었다.

6학년 A반 아이들이 한꺼번에 웅성거렸다.

"자, 한번 생각해봐요, 여러분이 발굴지에 발을 딛는 그 순간 여러분은 바로 비밀의 문턱에 들어선 겁니다. 이 비밀은 오랫동안, 수백 년 동안 땅속 깊은 곳에 숨겨져 있던 비밀입니다. 여러분은 그 비밀을 1센티미터씩 밝혀주는 거죠. 마치 타임머신을 타고 과거로 여행하는 것처럼……." 고고학자가 말하였다.

"시간여행을 할 거면 미래로 가야죠! 과거에 뭐 재미있는 게 있나요? 과거에는 해골과 뼈들밖에 없지 않나요!" 자고르킨이 참지 못하고 말하며 턱으로 발굴지를 가리켰다.

6학년 A반 아이들이 한꺼번에 낄낄거렸다. 털보 아저씨는 그런 아이들을 보면서 진지한 표정으로 말을 이어갔다.

"과거를 알지 못하는 사람에게 미래는 없는 법이예요."

이 말은 아이들에게 새로운 생각을 만들어낼 빌미만을 제공할 뿐이었다. 아이들은 저마다 자기의 생각을 이야기하기 시작하였고, 클라라 보리소브나는 아이들의 입을 막으려고 애썼지만 헛수고였다.

다만 뒤에 서 있던 세 명은 고고학자와의 훌륭한 대화(?)에 참여하지 않았다. 글레프는 무리에서 떨어져서 지금 일어나고 있는 것에 아무런 관심이 없다는 것을 보여주었다. 레나는 관심을 갖고 들으며 보고 있었지만 말을 하지 않았다. 유라는 어딘가 다른 곳에 있는 듯

하였다. 그는 멍하니 앞을 응시하면서 파이를 먹고 있었다. 손에 남아 있던 파이를 다 먹은 후 유라는 다시 백팩에 손을 넣었다. 유라는 레나의 눈빛에서 그녀가 배고파한다는 것을 알고는 커다란 빨간색 파이 하나를 꺼내서 레나에게 내밀었다.

"자, 먹어. 난 아직도 많아."

레나는 순간적으로 망설였지만 잠시 후 고개를 좌우로 흔들었다. 유라는 옆에 서 있는 글레프에게 말을 걸었다.

"먹을래? 할머니가 만든 거야."

"이봐, 뚱땡이. 할머니가 만든 파이 좀 작작 먹어라. 난 너와 좁은 버스 좌석에 함께 앉아야 해. 넌 지금 부풀어 오르게 될 것이고, 그렇게 되면 난 버스 유리창과 너 사이에 끼어 숨 막혀 죽을 것이고, 쥬지나는 너 때문에 통로로 튕겨져 나갈 거야." 글레프가 까칠하게 말하였다.

유라는 아무 말 없이 물러서서 계속해서 파이를 먹었다.

"옐리자로프! 넌 어떻게 할 수 없는 신체적인 약점을 가지고 놀리면 안 된다는 것 모르냐?" 레나가 화가 나서 말하였다.

"쥬지나, 니가 왜 끼어드는데? 전봇대처럼 긴 게 네 잘못은 아니지. 하지만 뚱땡이 카라세프는 할머니의 파이 때문이야. 그러니까 입 닥치고 아무 데나 끼어들지 마." 글레프가 위협적인 말투로 말하였다.

"옐리자로프, 넌 정말 산짐승 같구나. 넌 사람들 틈에 있으면 안 될 것 같아."

"네 생각에 여기에 사람이 있다는 거야?"

레나는 말문이 막혀 더이상 아무런 말도 할 수 없었다. 레나는 글레프로부터 두 발 뒤로 물러섰다. 한편 털보 고고학자는 아이들에게 발굴지로 내려가게 허락을 해주었다. 아이들은 차례로 한 명씩 아래로 내려갔다. 위쪽에는 도로쉐비치와 잔뜩 멋을 낸 여자 아이 두 명만 남아 있었다.

갈색의 땅을 따라서 조심스럽게 내려가면서 아이들은 1미터 정도 크기의 바위로 다가갔다. 그 바위는 땅 위에서 흔들렸다. 표면이 거친 회색 바위 표면에는 마치 어린아이의 그림 같은 알 수 없는 표시들이 있었다. 세마크가 유물 위에 앉으려고 다리 하나를 그 위에 올렸다. 그러자 고고학자가 말썽쟁이의 목덜미를 잡았다. 고고학자가 말하길 이 성벽은 3,000년이 된 것일 수 있다고 하면서 그런 유물에 대해서는 경의를 표해야 한다고 하였다.

"자 여러분 한번 상상해 보십시오. 이 성벽 조각이 고대에 사원, 궁전 또는 피라미드의 한 부분이었다고 말입니다. 아마도 여기에 고대 도시의 광장이 있었을지도 모릅니다. 사람들이 이곳에서 활발하게 생활을 한 것이죠. 사람들이 걸어 다니고 웃음소리가 들리고……. 아주 오래전에 한 인간의 손이 이 표시를 만들어 낸 것이죠. 매력적이지 않나요? 이런 발견은 다른 세계를 연결하는 다리입니다."

"왜 내가 어떤 바보 같은 네안데르탈인의 이런 터무니없는 그림을 보고 매력을 느껴야 하죠?" 무힌이 큰소리로 궁금해하며 물었다.

"마야 인들은 매우 현명했어." 유라가 작은 목소리로 말하였지만 모두가 그의 말을 듣고 고개를 그에게 돌렸다.

"예를 들어서 그들은 태양력을 만들었어. 그리고 금성의 움직임으로 일 년을 계산하였는데 14초밖에 틀리지 않았어! 현대적인 장치나 기술이 없었는데도 말이야.”

“어떻게 네가 그런 걸 아냐, 동글아?” 오브차렌코가 비웃으며 물었다.

“우리 할아버지는 고고학과 교수였어. 할아버지는 고대 문명에 대해서 연구를 하였어.” 유라는 고개를 떨구고 말을 하였다.

“뭐야, 그럼 저게 진짜 마야 문명의 것이라는 거야? 그러니까 세계의 종말을 예언하였던 그들 말이에요?” 레나가 재미있다는 듯이 성벽을 가리키며 말하였다.

“아직 알 수 없어. 하지만 비슷한 점이 어느 정도 있지.” 고고학자가 솔직하게 말하였다.

“마야 인들은 세상의 종말을 예언하지 않았어.” 다시 유라가 말하였다.

“예언하지 않았다니 무슨 말이야? 그럼 우린 지난겨울에 뭘 기다린 거야? 바디크가 누구보다도 기다렸지. 집 밑으로 땅굴을 파고 먹을 것을 쌓아놓고 비상사태를 준비하였어.” 자고르킨이 황당하다는 표정으로 말하였다.

“할아버지께서 내게 말씀하시길 마야의 달력은 사이클을 만든 것이래. 그 날짜는 단순하게 하나의 사이클의 끝을 의미하는 동시에 다른 사이클의 시작을 의미한다고 하셨어.” 유라가 설명해줬다.

“그냥 보통 바위네. 별다른 게 없어. 이런 그림은 나도 그리겠어.” 옆에 서 있던 글레프가 투덜거리며 말하였다. 그는 고개를 숙여서 그림들 중 하나를 손톱으로 긁어 보았다.

"이건 그린 것이 아니라 파낸 거야. 고대의 조각가들은 아주 단단한 돌을 칼로 긁어내면서 상형문자를 만들었지." 유라가 말하였다.

"이봐, 카라세프, 그만해. 네 강의 더는 못 참겠다. 그린 것이든 파낸 것이든. 나도 이렇게 파낼 수 있단 말이야. 알겠어?" 글레프는 주머니에서 집 현관 열쇠를 꺼냈다. 그리고 탱크 모양의 번쩍이는 열쇠고리를 보여주었다.

"아직도 어리군. 전쟁놀이나 좋아하고." 레나가 핀잔을 주었다.

"쥬지나, 너 바보냐? 이건 〈월드 오브 탱크(world of tanks)〉의 타이거 탱크야"

"뭐라고?"

글레프가 손을 흔들더니 돌아섰다.

"타이거라고 불리는 탱크야. 컴퓨터 게임 〈월드 오브 탱크〉에 나오는 것이지." 유라가 설명해주었다.

"그러니까 내가 이야기하는 거 아니야. 아직도 어리다고." 레나가 말하였다.

그때 클라라 보리소브나가 아이들에게 버스에 오르라고 불렀다. 6학년 아이들은 땅 위로 올라가기 위해 발굴지에서 가장 턱이 낮은 곳으로 앞다투어 달려갔다. 운전사와 고고학자가 맨 처음 지상으로 올라갔고, 폭 좁은 짧은 치마를 입어서 다리를 높게 올리지 못하는 여자아이들을 한 명씩 끌어 올려줬다. 남자아이들은 혼자서 올라갔다. 그리고 위에서 어떻게 올라와야 하는지 설명해주었다. 레나와 유라도 아이들 뒤를 쫓아서 움직였다. 그런데 글레프가 슬쩍 뒤를 쳐다보더니 고대의 성벽으로 몸을 숙였다. 레나가 걸어가다가 뒤를 돌아보았고 갑자기 소리 질렀다.

"너 무슨 짓을 하는 거야? 옐리자로프, 너 미쳤어?"

그녀의 말에 신경도 쓰지 않으며 글레프는 쭈그리고 앉았다. 레나는 몸을 돌려 글레프의 행동을 쳐다보았다. 레나가 흥분하는 소리에 놀라서 영문도 모르는 채 유라도 멈추어 섰다. 그는 망연자실 서 있는 레나 옆에 섰다.

글레프는 고대의 성벽에 쓰여진 마지막 상형문자 옆에 〈2013. 05.23〉이라고 자신의 열쇠고리의 뾰족한 끝으로 숫자를 파내며 썼다.

"자, 이제 나도 조각가야. 난 후손으로서 메시지를 남겨 뒀어." 일어서서 무릎에 묻은 흙을 털며 그가 말하였다.

유라와 레나는 어찌할 바를 모르고 서서 보고만 있었다.

"뭐야, 왜 겁을 먹고 있어? 박물관의 그림에 낙서를 한 게 아니잖아. 걱정 마, 이건 그냥 돌덩이일 뿐이야! 만약 고대 인디언들이 홈을 팔 수 있다면 왜 나라고 하면 안 되는 거지?" 헛기침을 하며 글레프가 말하였다.

"이건…… 이건…….." 놀란 유라가 말을 시작하였다가 말을 잇지 못하였다.

"이건 시간을 연결하는 거야. 봐, 고대 상형문자와 현대의 날짜가 바로 옆에 있잖아. 이것은 두 세계를 연결하는 다리잖아." 글레프가 계속해서 놀렸다.

"옐리자로프, 넌 완전 멍청이에다 야만인이야!" 레나가 소리쳤다.

"카라세프, 옐리자로프, 쥬지나! 빨리 버스로 와라!" 클라라 보리소브나가 부르는 소리가 그들까지 날아왔다.

"자, 내기하자! 달리기 시합하지 않을래? 마지막으로 도착하는 사람이 멍청이다!" 열쇠고리를 주머니에 넣으며 글레프가 말하였다.

장소를 떠난 글레프는 발굴지 밖으로 쉽게 몸을 날려 올라갔다. 유라와 레나는 그가 가는 모습을 잠시 바라보다가 마찬가지로 버스가 서 있는 곳으로 향하였다.

글레프

만두가 떠오르더니 부풀어 올라서 냄비 밖으로 넘쳤다. 큰 냄비로 옮기고 싶었지만 하나뿐인 더 큰 냄비는 먹다 남은 양배추 수프 보르시가 일주일 넘게 담겨 있었다. 월세로 살고 있는 집에는 더이상 적당한 크기의 그릇은 없었다. 글레프가 낭패스러워하며 침을 뱉었다. 만두 한 봉지를 다 넣는 게 아니었다! 하지만 견학을 마치고 집으로 온 그는 배가 몹시 고팠다. 사실 아빠가 곧 퇴근할 시간이다. 아빠가 오면 함께 저녁을 먹고 영화를 보러 가고 싶었다. 그냥 아빠와 둘이 함께 아무데나 갔으면 좋겠다! 사실 최근 두 달 동안 한 번도 둘이서 어딜 간 적이 없었다…….

아빠는 여덟 시가 되어서야 집으로 왔다. 문이 열리는 소리를 듣고 글레프는 기뻐서 현관으로 뛰어나갔다.

"안녕하십니까, 중대장님!" 글레프는 아빠의 머리에서 군모를 빼앗아 자기 머리에 얹은 후 경례를 하며 큰소리로 말하였다.

아빠는 미소를 띠었고, 아들의 코를 손가락으로 툭 치더니 손을 씻기 위해서 목욕탕으로 들어갔다. 글레프는 꼬리처럼 그를 좇았다.

"벌써 한 시간 전에 만두를 삶아 놨어! 먹지 않고 아빠를 기다렸어. 왜 이렇게 늦은 거야. 전화라도 하지. 글쎄 아빠, 오늘 우리가 어디 갔는지 알아? 발굴지에 갔어. 그리고 마야 문명에 대한 이야기를 들었어. 글쎄 마야 인들은 세상의 종말을 이야기한 게 아니래! 아빠, 오늘 함께 영화 보러 가자!"

아빠는 생각에 잠겨 아들의 머리카락을 헝클어트리더니 목욕탕에서 나와서 평상복으로 갈아입기 시작하였다. 글레프는 무언가 이상하다는 생각이 들었다.

"아빠, 왜 옷을 입는 거야? 저녁부터 먹어야지."

"응, 아니 난 안 먹을래. 혼자 먹어라." 자신만의 생각에서 깨어나며 아빠가 말하였다.

"아빠!, 또 나보고 혼자 집에 있으라고? 어제도, 그제도 그리고 일주일 전에도 혼자 집에 있었어! 언제는 일한다고, 언제는 숙직을 해야 한다고, 또 어떤 날은 왔다가 그냥 나가버렸잖아!"

"소리 좀 그만 질러라. 넌 이제 어른의 손이 필요한 어린아이가 아니야. 열세 살이면 충분히 혼자서 있을 수 있어." 아빠가 인상을 쓰며 말하였다.

"이 촌동네에서 뭘 하라고? 텔레비전은 망가졌고, 컴퓨터는 없고, 아빠 테블릿은 안 줄 거고. 퍼즐은 다 맞추었어."

"그럼 나가서 친구들과 놀아." 현관에 서 있는 커다란 거울로 자신을 비추어 쳐다보며 아빠가 말하였다.

"친구들이 어디 있어. 이렇게 맨날 이사를 다니는데! 학기 중에 전학을 하면 아무도 나랑 사귀려고 하지 않는단 말이야." 글레프가 화를 내며 말하였다.

"글레프, 그 문제는 이미 너와 수백 번 이야기 했잖아. 난 군인이야. 군에서 명령이 내려오면 난 그곳으로 가야 해. 그리고 넌 아직 성인이 안 되었어. 그러니 나와 함께 살아야 하고. 윗분들이 옐리자로프 중대장의 아들이 새로운 곳에서 친구를 사귈지 못 사귈지 신경 써야 할까? 나도 마찬가지로 항상 낯선 사람들 속에 던져진다. 익숙해져야지. 친구도 사귀고." 아빠의 목소리에서 찬바람이 느껴졌다.

"왜? 뭣 때문에 내가 익숙해져야 해. 만약 한 달 있다가 여기서 이사를 가야 한다면 말이야?" 열을 내며 글레프가 말하였다.

아빠는 대답을 하지 않았다. 그는 두 손으로 자신의 짧은 머리카락을 쓰다듬더니 향수병을 들어서 목에 두어번 뿌렸다. 글레프는 팔짱을 낀 채 우울하게 아빠를 바라봤다.

"자, 나 나간다. 늦게 올 거야. 이십삼 시 공공 분까지 임무를 마쳐라. 질문 있나?" 대답을 기다리지 않고 아빠는 현관문을 열었다.

"차라리 날 고아원에 보내줘! 그렇게 살든 이렇게 살든 가족이 없는 건 마찬가지잖아." 아빠의 등 뒤에 대고 글레프가 소리쳤다.

아빠는 문지방에 순간적으로 멈추어 섰다. 그리고 그가 돌아섰을 때에 그의 두 눈은 차갑고 매섭게 변해 있었다. 그는 아들의 눈을 마주보기 위해 고개를 숙인 후 분노를 숨기지 않고 말하였다.

"넌 이게 다 누구의 잘못인지 모르는 거냐? 누가 이 모든 것을 자신의 손으로 망쳤냐는 말이야?"

아빠는 벌떡 일어서더니 밖으로 나갔다. 글레프는 아파트 전체가 들리도록 커다란 소리가 나게 문을 쾅 하고 닫았다. 그리고 방으로 돌아와서 맞추어 놓은 커다란 퍼즐이 놓여 있는 탁자를 발로 찼다. 알록달록한 퍼즐 조각들이 마치 축제날 종이 꽃가루처럼 방바닥에 흩어졌다.

유라

할아버지는 얼굴에 크고 밝은 미소를 띠고 있었다. 유라는 컴퓨터 모니터 속 할아버지의 얼굴을 슬픔에 젖어 쳐다보았다. 유라는 할아버지의 사진에서 도저히 눈을 뗄 수가 없었다. 할아버지의 전기 면도기의 웅웅 거리는 소리가 더이상 들리지 않는 집을, 방금 끓인 커피향이 잠결에 꿈속으로 들어오지 않는 그런 날을 도저히 상상할 수 없었다. 커다란 가방을 메고 답사를 마치고 돌아온 할아버지가 밤새도록 들려주던 머나먼 고대문명에 대한 이야기를 더이상 듣지 못한다는 말인가? 체스도 더이상 못 두고 더이상 같이 놀지도 못하고 바닷가로 같이 가지도 못하고 야영장에서 같이 밤을 새우지도 못한다는 것이 사실일까?

"유라, 아빠와 엄마가 왔다. 저녁 먹자!" 할머니가 방안을 들여다보며 말하였다.

"싫어, 할머니. 나 여기서 먹을래. 이리로 갖다 줘." 서둘러 모니터에서 할아버지의 사진을 숨기며 유라가 대답하였다.

할머니가 그에게 다가와서 화면을 쳐다보았다. 그곳에는 작은 글씨가 쓰여 있는 워드 화면이 하얗게 있었다.

"지리 숙제하고 있어. 내일 것." 무엇 때문인지 유라가 설명을 하였다. 할머니는 한숨을 쉬었다.

"다 안다. 무슨 숙제를 한다고 하느냐. 너 또 사진을 보고 있었던 게지. 무엇 때문에 자신을 괴롭히는 게냐?"

"할아버지가 나 때문에 돌아가셨잖아." 간신히 들리는 목소리로 유라가 말하였다. 할머니가 놀라서 신음소리를 내었다.

"무슨 소리냐? 무슨 생각을 하는 게야?"

"만일 내가 그때 집에만 있었다면, 내가 할아버지를 도울 수 있었어! 응급차를 불러서 할아버지를 살릴 수 있었단 말이야! 그런데 그날 난 그 거지 같은 경기에 나가겠다고 집에 없었어."

"유라! 그만해라! 네가 어떻게 알 수 있었겠냐?"

"난 여섯 시에 나가면 되는데 경기가 당겨져서, 일찍 나갔고…… 할아버지는 혼자서 집에 계시다 돌아가셨어. 난 그 시간에 체스대회에 가서 경기를 하고 있었고!"

"나도 집에 없었다. 아빠도, 엄마도 없었고. 그럼 우리 모두가 잘못이네. 우리는 그 시간에 별장에 있었지. 넌 왜 너만 잘못하였다고 하는 게냐? 만약 언제 어떤 일이 일어나는지 알 수 있다면……."

"난 이제 더이상 체스를 두지 않을 거야." 유라가 큰 소리로 말하였다.

"체스를 두지 않을 거고, 우리랑 같이 저녁도 먹지 않을 거고, 또 뭘 하지 않을 거냐?"

할머니가 유라의 뻣뻣한 머리카락을 쓰다듬으며 물었다.

"얘야, 이제 그만 컴퓨터를 끄고 공원에 가든가 친구들하고 영화를 보러 가든가 하는 게……."

"난 친구가 없어. 할머니도 알잖아." 유라가 대답하였다.

"친구를 만들면 되지. 그렇게 항상 혼자서 지내면 안 돼."

"아무도 나랑 친구하려고 하지 않아. 난 뚱뚱하잖아."

"유라! 첫째로 넌 뚱뚱한 것이 아니라 통통한 거야. 둘째로 나도 통통하고 네 아빠도 통통하다. 하지만 난 친구들이 아주 많아. 아빠는 정말로 친구들이 많고. 그러니 체형의 문제가 아니라 성격의 문제야. 아니면 네가 다른 친구들을 멀리 하는 것 아니냐?"

"할머니! 난 수업시간에 아이들에게 문제를 푸는 법을 가르쳐 주기도 하고 쪽지를 돌리기도 해. 아이들도 내게 쪽지를 주지. 그런데 친구로 지내고 싶지는 않은가 봐. 게다가 온갖 별명으로 나를 불러, 그리고 우리 반에 아주 키가 큰 여자아이가 있는데 동생들이 4명이나 돼. 아빠는 감옥에 있대. 그 아이와도 아이들이 친구하고 싶어 하지 않아. 항상 걔한테 얘들이 시비를 걸어."

할머니는 한숨을 쉬고 나서 손자의 머리를 쓰다듬은 다음 방에서 나갔다.

"할머니는 이해를 못해……. 할아버지는 항상 나를 이해했는데." 할머니가 문을 닫고 나가자 유라가 작은 소리로 중얼거렸다. 그리고 그는 다시 화면 전체에 할아버지의 사진을 펼쳤다.

레나

집 안에서 뭔가 이상한 냄새가 났다. 무언가 타는 듯한 냄새였다. 하지만 창문을 열고 환기를 시킨 뒤인 것 같았다. 레나는 현관문 앞쪽에 걸레가 들어있는 양동이를 집어 던진 후 부엌으로 달려가면서 소리쳤다.

"에이, 꼬마들! 뭘 태운 거야?"

레나를 맞이한 것은 여섯 살짜리 보바였다.

"레나 누나! 왔어! 오늘 일은 어땠어?"

보바는 '오늘 일은 어땠어'라고 매일 똑같은 질문을 하였다, 마치 옆 아파트의 현관을 청소하기 위해서 가는 길이 바뀌지 않았는지 점검하는 것처럼.

식탁, 마루, 가스레인지 위에는 하얀 설탕 가루가 흩뿌려져 있었다.

"너희들 설탕을 다 먹은 거야? 어떻게 1킬로그램의 설탕을 다 먹을 수 있지?" 레나가 펄쩍 뛰면서 말하였다.

"아니야, 우리가 먹은 게 아니라 쏟은 거야." 제일 나이 많은 열한 살 안드레이가 자백하였다.

"맞아, 그냥 버리기는 아깝고 해서 한데 모아서 끓여 먹으려고 했단 말이야. 끓이면 바이러스도 다 죽을 테니까."

"다만 제대로 보고 있지 않아서 타버린 거야." 1학년짜리 사샤가 말을 끝냈다.

레나는 어지럽혀진 부엌을 보고 무겁게 한숨을 내쉬었다. 그리고 막내 여동생 아뉴트카가 있는 방으로 갔다. 아뉴트카는 수두에 걸려서 오늘 어린이집에 가지 않았다.

아픈 아이는 이불이 잔뜩 쌓여 있는 엄마의 침대 위에서 폴짝폴짝 뛰고 있었다. 행복한 표정이었다. 얼굴에는 녹색 점들이 달콤하고 끈적거리는 어떤 것 때문에 반짝이는 듯하였다. 꼭 쥔 주먹에서는 무슨 국물인지 침대보 위로 흘러내리고 있었다. 바나나 껍질과 귤껍질, 요란한 색깔의 사탕 껍질, 땅콩 껍질 등이 이곳저곳에 아무렇게 던져져 있었다. 침대보 위에도 알 수 없는 녹색 점들이 흩어져 있었다.

"커틀릿 두 개, 특별 소스, 치즈……. 내가 좋아하는 거야.!"

"아뉴트카! 이게 뭐야?" 기겁을 하며 레나가 소리쳤다. 두 시간 전에 현관을 청소하러 갔을 때 집은 깨끗하였다. 차분하고 조용하였다.

"안드레이! 왜 녹색약을 건드렸어?"

"아뉴트카 발라 주려고." 남동생은 폴짝폴짝 뛰고 있는 여동생을 턱으로 가리켰다.

"안 발라도 돼! 내가 아침에 발랐단 말이야."

"아뉴트카가 계속 간지럽다고 한 번 더 발라야 한다고 했어."

"이게 얼마나 비싼 건데! 더이상은 박테리아도 살아남지 못할 거야." 아뉴트카가 소리쳤다.

"이게 다 뭐지? 과일, 땅콩, 사탕?" 레나가 기억을 더듬으며 물었다.

"누나가 안 사주니까 그렇지. 우리는 비타민이 필요하단 말이야. 그러니까… 음. 포도당도." 이마를 찡그리며 사샤가 중얼거렸다.

"내가 말했는데. 듣지 않고 먹었어." 안드레이가 서둘러 변명을 하였다.

"내가 묻잖아. 누가 이걸 줬어? 아뉴트카, 누가 네게 귤하고 사탕을 줬어?" 차갑게 레나가 물었다.

"리파 할머니! 리파 할머니가 줬어. 할머니는 오늘 하루 종일 우리하고 놀았어. 언니가 없는 동안 말이야. 그리고 또 왔어. 맛있는 것을 가지고 왔어." 여동생이 설명해주었다.

"내가 그럴 줄 알았어!" 레나가 소리쳤다. 남동생들은 잔뜩 겁에 질려 있었다.

"내가 몇 번이나 이야기했잖아, 우리는 거지가 아니라고! 우리에게는 동냥이 필요 없어. 엄마와 내가 일해서 우리가 먹는 것은 다 살 수 있단 말이야! 우리는 남에게 구걸하지 않는단 말이야." 레나가 잔뜩 화가 나서 말하였다.

"리파 할머니가 왜 남이야! 우리 할머니지!" 아뉴트카가 소리쳤다.

"리파 할머니는 네 친할머니가 아니야, 남이란 말이야. 그러니 우리 집에 들어오게 해서도 안 돼! 알겠어?"

"아니, 모르겠어! 모르겠어! 리파 할머니가 왜 남이야!"

레나는 여동생 손을 잡고 목욕탕으로 데리고 갔다. 그리고 마카로니를 삶았고 동생들을 지저분한 부엌의 식탁으로 모이게 해서 저녁을 같이 먹었다. 레나는 저녁을 먹고 청소를 하기로 결심하였다.

"안드레이, 너 내일 수업 꼭 들어야 하니? 내일 하루 그냥 집에 있으면 안 돼? 아뉴트카 좀 봐줘. 난 내일 영어 시험이 있어. 그리고 지리 시험도 있어. 잘못하면 낙제할거야. 그래서 빠지면 안 돼." 포크질을 하며 접시를 달그락거리는 아이들을 보면서 레나가 물었다.

"누나, 왜 그래 잊은 거야? 우리 내일 행사 있잖아!" 안드레이가 말하였다.

"무슨 행사?"

"졸업식!"

"아, 그래. 깜빡했네. 몇 시야?" 레나가 지친 표정으로 이마를 닦았다.

"누나 너무한다! 바로 어제 이야기해 주었잖아. 10시에 시작한다고. 내일 안 올 거야?"

"내가 어떻게 가? 아뉴트카는 누가 보고?"

"엄마는?"

"엄마는 모레 올 거야. 오늘은 아빠 계신 곳에서 잘 거야. 내일 기차를 타고 올 거야."

"왜 하필 엄마는 내 졸업식이 있을 때 간 거야?" 안드레이가 퉁퉁 부어 말하였다.

"오늘 면회를 허락해주어서 그 일정에 맞추어 간 거야. 넌 흰색 셔츠가 깨끗한지 봐, 아니면 돼지처럼 더러운 것 입고 가야 할 테니." 레나가 말하였다.

"바지가 조금 찢어졌어. 나무에서 내려오다가 그랬어." 1학년짜리 사샤가 말하였다.

"너 왜 자꾸 나무에 올라가는데? 어떤 바지? 교복바지 말이야?" 레나가 물었다.

"선생님이 내일까지 현수막에 글씨 예쁘게 써줄 수 있는 부모님이 있냐고 물어 봤어. 그래서 내가 손 들었어. 선생님이 커다란 종이하고 포스터를 주셨어. 멋지지! 지금 글씨를 써야 돼." 사샤가 들떠서 말하였다.

"이제 바나나 줘!" 아뉴트카가 컵에 들어있는 젤리를 식탁 위에 쏟으면서 소리쳤다. 그리고 젤리를 손으로 만지기 시작하였다.

레나는 힘없이 손을 축 늘어뜨렸다. 오늘밤 잠을 잘 수 없게 되었다는 것을 인정해야만 하였다.

2013년 5월 22일 수요일

    지리 교실의 문은 잠겨 있었다. 유라와 레나는 문 앞에서 서성거리고 있었고 글레프는 창턱에 가방을 올려놓고 창밖을 보고 있었다. 글레프는 두 사람과 이야기를 나누고 싶은 마음이 없었다. 어제 글레프의 아버지가 집에 들어오지 않았고 그 때문에 글레프는 앞으로 몇 주 동안 혼자 집을 지켜야 하는 것 아닌가 하는 생각을 하고 있었다.

    "아무도 없어."

    유라가 입을 열었고 유라의 말을 들은 글레프가 주위를 살펴보았다. 긴 복도를 따라 아이들이 뛰어다녔지만 6학년 A반 아이들은 한 명도 보이지 않았다. 교실 문은 여전히 굳게 잠겨 있었다.

    "오겠지, 지들이 갈 데가 어디 있다고!" 글레프가 창턱에 걸터앉으며 중얼거렸다.

    "아직 10분 남았어." 유라의 얼굴에 당황한 기색이 역력하였다.

    "뭘 그렇게 뚫어져라 쳐다 봐?" 글레프가 물었다.

"하나도 없네?"

"뭐가 하나도 없어?"

"어제만 해도 뺨이 온통 피딱지 투성이었잖아."

"그런데?"

"지금 보니까 없는데?"

글레프가 어리둥절한 표정으로 자기 뺨을 만지기 시작하였다. 손으로 만져 보니 얼굴이 아주 매끈하였다. 말라붙은 피도 없고 아프지도 않았다. 글레프는 전화기를 꺼내서 자신의 얼굴을 찍었다. 그리고 사진 속의 자기 얼굴을 보고는 입이 쩍 벌어지고 말았다.

"너희들 왜 여기서 이러고 있어?" 도로쉐비치와 그로모바가 빠르게 세 명 옆을 지나치면서 말하였다.

"너희들은 어디 가는데?" 글레프가 달려가는 두 명에게 물었다.

"시험 보러 가잖아!"

레나와 유라가 서로의 얼굴을 쳐다 보았다.

"대수학 시험은 그제 봤는데……. 둘 다 2점을 받았나? 그래서 시험을 다시 보려고 뛰어가는 건가?" 유라가 중얼거렸다.

"도로쉐비치와 그로모바가?" 레나는 그럴 리 없다는 표정을 지어 보였다.

"둘 다 공부 잘하는 편이잖아."

"저 이상한 아이들한테는 관심 없어." 글레프가 딱 잘라서 말하였다.

"대수학 교실에 가 봐야 하는 거 아니야?" 유라가 수업 시간표를 보려고 배낭에 손을 집어넣었다.

"거기를 뭐 하러 가, 여기 '지리'라고 딱 적혀 있는데!"

글레프가 짜증을 내면서 유라의 알림장을 손가락으로 가리켰다. 유라는 그렇지 않다고 말을 하려고 했는데 바로 그때 클라라 보리소브나가 소리를 지르며 달려와서 말을 하지 못했다.

"옐리자로프, 카라세프, 쥬지나! 너희들 여기서 뭐 하는 거냐? 학년말 시험을 망치고 싶은 거야? 얼른 교실로 가!"

클라라 보리소브나는 당혹스러워하고 있는 아이들을 3층으로 올려 보냈다.

대수학 교실에는 반 아이들이 모두 모여 있었고 각자의 책상 위에는 문제지와 도장이 찍힌 답안지들이 놓여 있었다. 교실 앞쪽에서는 수학 선생님이 학년말 시험 답안지 작성법을 칠판 위에 적고 계셨다.

글레프와 유라와 레나는 깜짝 놀라며 각자의 자리로 가서 앉았다. 글레프가 의자에 털썩 주저앉더니 옆 자리에 앉은 소냐 트카추크를 뚫어지게 쳐다보았다. 소냐는 또박또박 답안지를 작성하고 있었다.

"트카추크, 어떻게 된 일이야?"

"뭐가 어떻게 돼?"

트카추크가 이해할 수 없다는 표정을 지으며 글레프를 쳐다봤다.

"왜 또 이 시험을 보고 있는 거냐고?"

"옐리자로프, 너 제정신이니? 닥치고 시험이나 봐."

소냐 트카추크는 다시 시험에 집중하기 시작하였다. 글레프는 주위에 있는 친구들을 둘러봤다. 그때 몹시 당황한 표정으로 제일 앞

줄 창가에 앉아 있는 레나와 눈이 마주쳤다. 그리고 잠시 후에는 유라가 두 사람을 뒤돌아보았다. 유라도 많이 당황스러워 하는 것 같았다.

"정상인 사람은 우리 셋밖에 없어." 글레프가 작은 소리로 중얼거렸다.

"나머지는 전부 다 미쳤어."

"옐리자로프! 너 시간이 아주 많은가 보구나?" 선생님이 무섭게 말씀하셨다.

글레프는 펜을 꺼내서 도장이 찍힌 답안지를 작성하기 시작하였다. 이미 풀었던 문제를 또 풀어야 했던 것이다.

"도대체 어떻게 된 일이지?" 시험이 끝나자마자 글레프가 유라와 레나에게 물었다.

"우리를 골려 주려고 그러는 건가?" 유라가 짐작을 해보았다.

"누가 누굴 골려? 반 아이들이 우리를?" 레나가 물었다.

"내가 그랬지, 너희 반 아이들은 전부 바보 천치들이라고."

"저기, 옐리자로프, 니가……."

그때 벨이 울리고 7학년 아이들이 소리를 지르며 교실로 뛰어 들어왔다. 세 사람은 다음 수업을 듣기 위해 서둘러 교실에서 나왔다. 다음 수업은 러시아문학 교실에서 있었다.

"옐리자로프, 너 왜 러시아어 교과서를 꺼냈어?"

트카추크는 문학 교과서를 펼쳐 놓고 있었다. 그리고 무언가를 되풀이해서 읽기 시작하였다. 트카추크가 편 쪽은 룹쪼프*의 시가

* 룹쪼프(1936~1971)- 러시아의 현대 시인.

있는 쪽이었다.

"트카추크! 너 정말 아무것도 기억 못하니?"

"뭘 말이야?"

"이 시 네가 외운 시잖아. 그리고 〈그것은 금빛 가을 위에서 타올랐다〉라는 대목에서 네가 말이 막히니까 오브차렌코가 슬쩍 알려줬단 말이야. 너 4점 받았어."

"너 담배를 많이 피우더니 헛소리를 다 하는구나. 내가 언제 이 시를 외웠어?"

"문학 수업 시간에! 수요일에 문학 수업 했잖아!"

소냐 트카추크는 불쌍하다는 표정으로 옐리자로프를 바라보았다.

"오늘이 수요일이야!"

글레프는 트카추크에게 '넌 지금 과거를 살고 있어, 오늘은 금요일이야'라고 말해 주고 싶었다. 하지만 그때 칠판 앞으로 불려 나간 레나가 모두의 이목을 집중시켰다. 레나는 오늘이 금요일인데 왜 수요일 시간표로 공부를 하고 있는지 이해가 되지 않는다고 말하였다. 교실 안에 있던 아이들의 눈이 휘둥그레졌고 세르게이 세르게예비치 선생님은 할 말을 잃은 듯하였다.

"오늘이 수요일이니까 그렇지."

"오늘은 금요일이예요! 수요일은 이틀 전이었어요. 그리고 수요일에 저는 이 시를 외우고 3점을 받았단 말이예요."

레나가 자신 있게 말하였다.

이제 반 아이들은 드러내 놓고 웃기 시작하였다.

"쥬지나, 농담하는 거냐?" 선생님이 물었다.

"아니요, 농담이 아니어요. 너희들 최근 이틀 동안에 있었던 일들을 정말 기억하지 못하는 거야!" 레나가 화를 내며 말하였다.

세르게이 세르게예비치 선생님은 안경을 닦더니 조심스럽게 쥬지나를 쳐다보았다. 그리고 생활기록부를 챙겨서 레나에게 다가갔다.

"여기 봐라, 표시한 곳 말이야. 여기에 네가 외워야 하는 시 〈들판의 별〉에 대한 점수가 기록되어야 한다. 보이지. 아무것도 없는 게?"

레나는 마지못해 고개를 끄덕였다.

"여기에 몇 일이라고 써야 할까? 크게 읽어 봐라."

"5월 22일. 하지만 이건 불가능해요. 22일은 이미 있었어요. 오늘은 5월 24일이예요." 레나가 기어들어가는 소리로 읽었다.

"음, 음…… 너희들 중 누가 더 오늘이 24일이라고 생각하냐?" 교실에 울려 퍼지는 술렁이는 소리를 잠재우기 위해서 세르게이 세르게예비치 선생님은 목소리를 높였다.

소란은 점점 잦아들었다. 아이들은 서로 얼굴을 보면서 낄낄거렸다. 레나는 도움을 요청하는 눈길로 유라와 글레프를 쳐다보았다. 하지만 둘은 고개를 숙이고 아무 말도 하지 않았다.

그때 교실로 클라라 보리소브나 선생님이 들어왔다. 그리고 공지를 하나 할 수 있냐고 물었다.

"내일 견학수업이 있다는 것을 기억하지! 2교시가 끝나면 집으로 가서 점심을 먹은 후 옷을 갈아입고 정확하게 학교로 열한 시 삼십 분까지 오도록 한다. 물하고 간단한 간식을 가져와. 모두가 갈 수 있도록 하자. 아픈 사람도 죽어가는 사람도 모두! 무힌과 자고르킨은 특히 박물관으로 가는 버스 안에서 예의 바르게 행동하고. 물론 다른 사람들도 마찬가지다. 모두 잘 들었지?"

클라라 보리소브나 선생님이 나갔다. 6학년 A반 아이들은 곧 있을 견학에 대한 이야기로 시끄러워졌다. 세 명의 학생만이 놀라서 입을 벌린 채 꼼짝 않고 앉아 있었다.

5교시가 끝난 후 인상을 잔뜩 쓰고 있는 글레프, 유라, 레나는 함께 밖으로 나갔다. 교실건물을 돌아서 아무 말 없이 학교 운동장으로 갔다. 운동장에 있는 계단 위에 앉아서 오랫동안 말없이 앉아 있었다.

"자, 무슨 생각을 하고 있어? 무슨 일이 일어나고 있는지 이해하는 사람 있어?" 글레프가 맨처음 입을 열었다.

"한 가지는 알 수 있어. 무슨 이유에서 인지 우리는 거꾸로 수요일에 와 있다는 거야." 유라가 이마를 닦으며 대답하였다.

"말도 안 돼! 어제가 목요일이었으면 오늘이 금요일이잖아." 레나가 소리쳤다.

"그럼 내 상처는 어디로 간 거지? 자려고 누웠을 때만해도 상처가 있었어." 글레프가 레나에게 왼쪽 뺨을 보여주면서 말하였다.

"내가 어떻게 알아, 네 상처지 내 상처야?" 손을 저으며 레나가 말하였다.

"바로 그거야! 만약 오늘이 수요일이라면 무힌이 내 뺨에 상처를 낸 것은 저녁때였어. 그렇기 때문에 상처가 없는 거지. 설명이 되잖아." 글레프가 말하였다.

"아니야, 이건 꿈이야…… 무서운 꿈." 레나가 흐느끼며 말하였다.

"그래, 그런데 왜 우리 세 명이 함께 꾸는 걸까?" 글레프가 신경질적으로 말하였다.

"내가 어떻게 알아. 어쩌면 이건 내 꿈 아닐까? 너희 둘은 내 꿈에 나타난 거고. 난 곧 깨어날 거야. 그러면 모든 게 정상이 될 거야."

"레나 쥬지나, 내가 지금 가방으로 네 바보 같은 머리를 세게 쳐서 네가 어떻게 깨어나는지 볼게."

"얘들아 그만 해. 내일 몇 일이 될지 궁금하지 않아?" 유라가 차분하게 말하였다.

글레프와 레나는 둘 다 의기소침하여서 입을 다물었다. 거기까지는 둘 다 생각하지 못하였던 것이다.

"난 언젠가 하루 동안 몇 년을 산 어떤 사람에 대한 영화를 본 적이 있어. 그라운드 호그 데이라는 미국의 경축일이었어. 매일 아침 그날이 계속되는 거야. 마치 다람쥐 쳇바퀴 돌듯. 그 사람은 아무 것도 할 수 없었지. 그 사람에게는 계속해서 그라운드 호그 데이 였던 거야." 유라가 말하였다.

"무시무시하군!" 레나가 소리쳤다.

"우리의 경우는 그렇지 않기를 빌어. 방학이 3일 남아있는 오늘 5월 22일에 멈추고 싶지 않아." 글레프가 말하였다.

"영화 속의 그 남자는 어떻게 그것으로부터 벗어났어?" 레나가 유라에게 물었다.

"그 남자는 완전히 변했던 거야. 착한 일만 하게 되고 다른 사람들을 도와주고 뭐 그런 거지." 유라가 이마에 주름을 만들면서 기억해 냈다.

"그렇다면 그건 옐리자로프에게 일도 아니네 숙제를 매일 하고,

룹쬬프 시를 외우기만 하면 되겠네."

"야, 쥬지나! 그라운드 호그 데이엔 네가 빠져야지. 그래야 네가 사람이 되지." 글레프가 히죽거리며 말하였다.

"네 주제 파악이나 해, 옐리자로프! 네 옆에 있는 것만으로도 기분이 나빠진다고!"

"그렇다면 저리 꺼져!"

"당근이지. 미친놈!"

"정신병자!"

글레프와 레나는 동시에 자기 가방을 집더니 서로 반대 방향으로 갔다.

"얘들아! 어디 가는 거야? 돌아와!" 유라가 두 사람 등 뒤에 대고 소리를 질렀다. 하지만 둘은 돌아보지도 않았다.

유라는 턱을 손으로 괴고는 놀란 할머니가 그를 찾을 때까지 그렇게 앉아 있었다. 할머니는 학교 안을 샅샅이 뒤지고 다녔다. 그리고 마침내 그를 찾아냈다.

유라

"할머니, 난 숨은 게 아니야. 그냥 할머니가 기다린다는 것을 깜빡한 거야. 정신이 하나도 없어서 머릿속에서 날아간 거야." 유라가 집으로 오는 길에 할머니에게 변명을 하였다.

"그래, 아마도 수학 시험이 너무 어려웠던 모양이구나." 검은색 손수건으로 땀으로 젖은 관자놀이를 닦으며 할머니가 걱정스레 말하였다.

"아니야, 하나도 어렵지 않았어." 유라는 속으로 웃으며 말하였다.

할머니는 학교에서 무슨 일이 있었는지 물어보기 시작하였다. 그것은 이틀 전에 할머니가 물어봤던 내용 그대로였다. 유라는 멈추어서서 머리를 흔들었다⋯⋯.

"왜 그러냐, 유라, 머리가 아픈 게냐? 오늘 얼굴이 많이 창백해 보인다. 이게 다 방 구석에만 콕 박혀 있었기 때문이야." 할머니가 걱정을 하였다.

이런 단어는 진짜 수요일에는 없었던 것이다. 그래서 유라는 조금은 마음이 풀렸다. 그는 다른 이야기를 하려고 노력하였다. 하지만 그는 할머니가 다시 자신이 읊었던 대사로 돌아가고 있는 것을 보고는 말을 멈추었다.

"유라, 왜 너는 다른 친구들하고 함께 견학을 가지 않으려고 하는 거냐?" 할머니는 조심스럽게 물어봤다.

유라는 할머니가 말할 단어 하나하나를 똑똑히 기억하고 있었다. 그걸 다시 듣는 것은 참을 수 없을 것 같았다. 그래서 바로 대답을 하였다.

"좋아, 할머니 나 친구들하고 함께 갈게!"

할머니는 어리둥절해 하였다. 그녀는 손자가 그렇게 빨리 가겠다고 할 줄은 몰랐다. 그래서 오랫동안 설득을 해야겠다고 생각하고 있었다. 그러다 보니 그녀의 머릿속에 있던 내용들이 사라지고 머릿속은 텅 비게 되었다. 유라는 웃음을 참으며 돌아보았다. 이렇게 앞으로 무슨 일이 일어나는지 알면서 다른 사람과 대화를 한다는 것은 재미있는 일이었다.

"정말 갈 거냐? 생각을 바꾸지 않을 거지?" 손자가 아무런 거리낌 없이 견학을 가겠다고 말하는 것을 믿을 수 없다는 듯 할머니는 다시 물었다.

"할머니, 걱정 마. 틀림없이 그 발굴현장에 갈 거니까." 유라가 굳게 약속하였다. 그리고 조금 작은 소리로 덧붙였다. "그건 바뀌지 않을 거야."

할머니는 현관문 앞에서 열쇠를 찾았다. 할머니가 가방 속에서 열쇠를 찾고 있는 동안 앞집의 현관문이 열리더니 이웃집 아줌마가 나왔다.

"올가 이바노브나! 아주머니 집에도 전기가 나갔나요?" 그녀가 소리쳤다.

"아직 모르겠는데, 슈라. 내가 집에서 나갔을 때에는 이상 없었는데. 왜 그러는데?" 할머니가 마침내 열쇠를 찾아 꺼내면서 대답하였다.

"숙직을 하고 왔더니 전기가 나갔더라고요. 다른 집도 그런 건지 아니면 우리 집만 그런 건지 알고 싶어서요."

유라는 하마터면 토할 뻔하였다. 이건 그대로 있었던 일이다! 몇 가지만 빼고 말이다. 그때에는 이웃집 아줌마가 집 안으로 들어와서 이야기를 하였다. 그랬다! 진짜 수요일에 유라는 학교에서 바로 집으로 왔다. 그러니까 더 일찍 집에 왔다. 그리고 유라는 한 시간 내내 이웃집의 이곳저곳을 살피며 전선을 살폈다. 싫다. 다시 하고 싶지 않았다! 그렇게 몸을 쓰는 일은 그를 위한 일이 아니다.

"우리 집은 전기가 들어와요." 할머니가 문을 열고 스위치를 켜기도 전에 유라는 참지 못하고 말하였다. "아줌마네 토끼가 전선을 갉아먹어서 그래요. 그래서 합선이 되었어요."

"유라, 상상력이 좋구나!" 집 안으로 들어서면서 할머니가 한숨을 내쉬었다.

"우리 집 프로샤가? 프로샤는 이때까지 한 번도 뭘 갉아먹은 적이 없어." 이웃집 아줌마가 놀라며 말하였다.

"냉장고 뒤를 한 번 보세요. 아줌마네 프로샤가 거기에 증거물을 남겨 놨어요. 토끼만이 만드는 구슬들을……."

할머니는 고개를 절레절레 흔들며 그를 공상가라고 말하였다. 이웃집 아줌마는 믿을 수 없다는 듯 몸을 떨더니 자기 집 현관문 뒤로 사라졌다. 하지만 2분도 지나지 않아서 눈을 동그랗게 뜨고 나타나서는 유라에게 설명을 하라고 요구하였다.

"유라, 어떻게 안 거냐?" 놀란 할머니가 소리쳤다. 손자는 미소를 머금고 눈을 깔더니 자신도 자기가 왜 그렇게 이야기했는지 모른다고 하였다. 슈라 아줌마가 너무 빨리 돌아왔기 때문에 유라는 어떻게 자기가 알 수 있었는지 설명해 줄 말을 생각해내지 못하였다. 유라는 급히 전화할 데가 있다고 이야기를 한 후 자기 방으로 들어갔다. 두 여자는 놀란 눈빛으로 그를 배웅하였다.

"천리안을 가진 아이군요! 그러한 능력은 사춘기부터 발휘된대요." 검지를 들어 흔들면서 이웃집 아줌마가 말하였다.

"무슨 쓸데없는 소리를 하는 거야, 슈라!" 할머니가 화를 냈다.

"유라가 예언가라는 말을 하는 거예요."

"당장 그만 둬. 그냥 추리해냈을 뿐이야."

45

"그렇게 정확하게 추리할 수 없어요. 알고 있었던 거죠!"

"슈라, 집 안으로 들어가서 토끼나 잡아." 할머니가 손을 내저었다.

"올가 이바노브나, 손자 유라는 앞으로도 계속 사람들을 놀라게 할 거예요. 두고 보세요." 복도에서 아줌마가 소리쳤다.

유라는 둘의 언쟁을 들으며 미소를 지었다. 그는 2주 만에 처음으로 기분이 좋아졌다. 슬픔을 조금 놓아주니 주위의 모든 것들이 밝아진 것 같았다.

글레프

아빠가 집에 왔다 간 흔적은 없었다. 아빠의 실내화는 옷걸이 밑에 가지런히 놓여 있었다. 집에 들르지도 않고 일하러 간 걸까? 그렇다면 어떻게 옷을 갈아입었지? 군모도 군화도 제 자리에 없었다. 어쩌면 아빠는 글레프가 학교에 간 사이에 늦게 다녀갔을지도 모른다. 무슨 일이 있었는지 전혀 알 수가 없었다!

글레프는 신발을 벗어 던지고 책가방을 한쪽 구석에 던진 후 방 안으로 들어와서는 그대로 몸이 굳었다. 어제 화가 나서 엎어버렸던 커다란 퍼즐 그림이 완전히 맞춰진 상태로 탁자에 그대로 놓여 있었다. 글레프는 마치 양이 낯선 문 앞에 서 있듯 몇 초 동안 탁자를 쳐다보았다. 그리고 잠시 후 이마를 탁 쳤다. 당연한 거지! 오늘은 그날이잖아. 오늘은 이미 지나간 수요일이잖아. 수요일에는 퍼즐이 흩어지지 않았어. 퍼즐은 내일, 목요일에 흩어지잖아. 목요일도 이미 지났지만. 하지만 아무도 모르잖아. 모두가 생각하기에 목요일은 아직 안 왔고, 어제는 화요일이었다고 하겠지. 정말 머리가 돌아버릴 것 같아!

글레프는 부엌으로 들어가서 냉장고 안을 들여다보았다. 그곳에는 일주일 된 양배추 수프가 든 냄비와 마지막으로 남은 세 개의 소시지가 있었다. 글레프는 자신의 〈점심〉을 꺼내면서 이틀 전에 먹었던 음식 그대로 지금 먹는다는 것이 정말 이상하다고 생각하였다. 그는 방으로 들어와서 지난번과 같이 빵조각과 3개의 소시지를 손에 들고 창턱에 앉았다. 사실 글레프는 이런 식으로 창문을 열고 산책하는 사람들을 바라보면서 창턱에 앉아서 시간을 보내곤 하였다.

소시지에서 비닐 껍질을 벗기면서 글레프는 생각하였다. 만약 오늘이 수요일이라면 아빠하고 아직 싸우지 않았고 아빠는 혼자 나가지도 않았을 것이다. 아빠는 지난 밤 집에서 자지 않았다. 아빠는 아직 부대에 있다. 화요일 아침에 아빠의 당직 근무가 시작되었고, 아빠는 수요일 아침에 집에 와서 잠을 자야만 하였다. 하지만 아빠는 집에 와서 잠을 자지 않았다. 부대에 무슨 일이 생겨서 아빠는 부대에 남았다. 그렇다, 바로 그날이다. 글레프가 감자 퓨레를 만들고 커틀릿을 튀겨 놓았지만 아빠는 입에 대지도 않았다. 저녁 아홉 시에 돌아온 아빠는 샤워를 한 후 바로 잠에 곯아 떨어졌다. 즉, 아빠는 지난 밤 숙직을 서고 아직 집에 돌아오지 않은 것이다.

아파트 앞에서 파란 바지를 입은 꼬마가 미끄럼틀을 거꾸로 기어 오르려고 애쓰고 있었다. 꼬마의 엄마는 등지고 서서 친구와 수다를 떨고 있었다.

"꼬마가 굴러 떨어져요!" 글레프는 자신도 모르게 소리쳤다. 꼬마의 엄마가 돌아보았다. 그 순간 뒤뚱거리던 꼬마가 넘어져서 구르면서 큰 소리로 울기 시작하였다. 글레프는 하얗게 질린 엄마가 아기를 손으로 받아서 벤치로 데려가서 상처를 살펴보는 것을 지켜보았다. 글레프는 아기가 안전하게 구른 편이고 5분 뒤에는 다시 이곳저곳을 뛰어다니게 될 것을 기억하였다. 모든 것이 바로 지금처럼 일어났었다. 마치 같은 영화를 다시 보는 것 같았다.

글레프는 갑자기 자기가 운이 좋다는 것을 알았다. 그는 오늘 무슨 일이 일어나는지 다 알고 있지 않은가! 똑같은 실수를 하지 않아도 되며 변명하기 위해서 애를 쓰지 않아도 되었다. 중요한 것은 다른 사람들이 가지지 못한 것을 가지고 있다는 것이다. 아빠는 자신이 몇 시에 집에 오게 될 지 모르지만 글레프는 그가 몇 시에 집에 오는지 알고 있다. 그는 아빠가 저녁을 먹지 않을 뿐 아니라 부엌에 들어가지도 않을 것이라는 것을 알고 있다. 만약 그렇다면 감자를 깎느라고 고생할 필요도, 가게 가서 커틀릿을 살 필요도, 튀길 필요도 없지 않은가! 글레프는 레모네이드 한 잔과 과자들만 먹어도 되었다. 게다가 만약 커틀릿을 사러 가게를 가지 않는다면 무힌을 만날 일도, 가게 옆에서 마주칠 일도 없다. 적이 어디에 있는지 알면 만나지 않을 수 있다. 아니면 반대로 적이 무방비 상태로 있을 때 가서 한 방 먹여줄 수도 있다.

글레프는 기분이 좋아졌다. 만약 내일 이 모험이 시작된 것처럼 갑자기 끝난다면 아쉬울 것이라는 생각을 하였다. 글레프는 아빠가 식료품을 사라고 남겨둔 돈을 챙겨서 자신을 위해서 요긴하게 쓸 생각을 하였다. 예를 들어서 놀이동산에 가든가 아니면 영화를 보러 갈 생각이었다. 그리고 아빠가 느닷없이 일찍 들어올 수도 있다는 걱정을 전혀 할 필요도 없다. 그는 정확하게 저녁 아홉 시에 집으로 온다. 미래를 안다는 것은 정말 좋은 일이다!

레나

"레나 누나, 더위 먹은 거 아니지?" 이리저리 집안을 분주하게 왔다 갔다 하는 누나를 의심스럽게 바라보며 안드레이가 물었다.

"왜?" 가스 불에 올려져 있는 커다란 냄비를 숟가락으로 휘휘 저으며 설거지를 마무리하면서 동시에 일하러 갈 준비를 하던 레나가 기계적으로 대답하였다.

"누나 벌써 세 번째로 아뉴트카가 어디 있냐고 물었어. 아침에 물었고, 학교에서 물었고, 그리고 지금 또 묻고 있잖아!"

"그래? 그래서 아뉴트카가 어디 있어?"

"그새 잊은 거야? 걔는 주중 5일 동안 24시간 맡아주는 유아원에 있잖아."

"유아원에? 수두 때문에 집으로 오지 않았어?"

안드레이는 그녀를 물끄러미 쳐다보았다. 레나는 그의 이상한 눈빛을 느끼고 갑자기 생각이 났다.

"그러니까 난 말이야……. 아냐 아무것도 아니야. 오늘이 무슨 요일이야?"

"그것도 벌써 물었어. 수요일이야. 일하러 가지 않는 게 좋지 않을까? 내가 가서 누나가 아프다고 할게."

"난 안 아파. 정상이야. 그냥 잠을 덜 자서 그래. 보바의 현수막을 그리느라고."

"레나 누나, 무슨 말이야? 무슨 현수막?"

안드레이의 목소리에는 걱정이 담겨 있었다. 마침내 레나는 가방을 챙긴 후 수돗물을 잠그고 냄비의 불을 껐다.

"동생들하고 같이 먹어. 빗자루로 거실 좀 쓸고." 그녀는 동생에게 지시를 내린 후 집에서 재빨리 나갔다. 안드레이는 걱정스러운 눈빛으로 레나를 배웅하였다.

레나는 현재에 집중할 수 없었다. 머릿속에는 어제이면서 내일인 일이 자꾸 생각이 났다. 오늘은 그제잖아. 그제 일은 벌써 다 잊었어. 사실 그녀는 어제 일도 어렵게 기억해 내었다. 왜냐하면 그녀의 하루 24시간은 거의 비슷비슷하였기 때문이다. 특히 엄마가 병원에 입원하고 있었던 최근 한 달은 더욱 그랬다. 레나는 마치 회전목마의 말처럼 몇 일인지 무슨 요일인지 생각할 여유도 없이 일상생활을 뺑뺑 돌며 살았다. 그녀의 하루는 정확하게 계획되어 있어서 어떤 일 다음에 어떤 일을 해야 하는지 한 치의 오류도 없이 짜여져 있었다. 그런데 그렇게 시스템에 의해서 잘 돌아가던 바퀴가 갑자기 어떤 것에 의해서 방해를 받고 있는 것이다.

아이들에게 과일을 사주어야 해. 일주일에 두 번 아르바이트를 하는 미용실로 가면서 레나가 생각하였다. '오늘 한 4,000루블쯤 되는 월급을 줄 거야. 200루블 정도는 사과, 바나나 그리고 아픈 아뉴트카를 위해서 귤을 좀 사야겠어. 식료품도 사야 해. 마카로니도 수수도 감자도 거의 떨어졌으니까. 설탕도 다 쏟아 버렸잖아. 이 멍청이들! 아니 아니지 설탕은 아직 쏟지 않았지. 설탕을 쏟아버리는 건 내일이잖아. 차라리 한 봉지 더 사서 잘 숨겨둬야 겠어.'

미용실 문을 열다가 레나는 놀라서 그 자리에 멈추어 섰다. 레나는 미용실 안에서 대학생 언니인 마리나를 보았기 때문이다. 마리나는 가운을 입고 있었다. 레나는 다리가 휘청거렸다. 또다시 헷갈린 것이다. 모든 것이 수요일에 멈추어 서 있는데 그녀는 금요일 계획대로 움직인 거였다. 이것은 오늘 레나가 이곳에서 일을 할 필요가 없다는 것을 의미하고 월급도 없다는 것을 의미하였다. 실제로 오늘은 대학생 마리나가 청소를 하는 날이다. 레나는 화요일과 금요일에 청소를 한다.

"레나, 무슨 일로 온 거야? 오늘은 네가 일하는 날이 아니잖아." 밀라 아줌마가 놀라서 말하였다.

밀라 아줌마는 아직 어린 학생이라서 일 하기가 힘들다고 하는 원장 선생님을 설득하여서 레나가 아르바이트를 할 수 있도록 도와준 사람이었다.

"제가 일하는 날 아닌가요?" 무언가 잘못되었다고 생각을 하면서 레나가 말을 하였다.

아 얼마나 더 이 이상한 상황을 참아야 하나! 그녀는 마치 부조리극에 등장하는 인물이 된 것 같았다. 도대체 언제쯤 이 상황에서 벗어날 수 있을까?

"레나 네 차례는 금요일이잖아. 너 헷갈렸구나." 미용사 아줌마가 미소를 지었다.

"밀라 아줌마, 아줌마만이라도 오늘이 금요일이라고 이야기해주세요! 도대체 무슨 일이 일어나고 있는지 모르겠어요." 소녀가 애원하였다.

"레나, 어디 아픈 거냐?"

"아니요, 저는 멀쩡해요. 오늘이 수요일이라고 생각하는 사람들이 미친 거죠."

의자에 앉아 있던 두 손님이 무슨 일이 벌어지는지 관심 있게 쳐다보았다. 밀라 아줌마가 레나의 손을 잡더니 다른 사람들의 관심을 받지 않도록 자재실로 데리고 들어갔다. 그곳에서 밀라는 물을 따라주며 오래 되어서 낡은 쇼파에 레나를 앉게 하였다.

"일을 너무 많이 해서 그런 거구나. 지쳤어. 열두 살짜리 아이가 어른들도 하기 힘든 일을 하니 안 그렇겠어. 넌 좀 쉬어야겠다. 친구들하고 놀기도 하고." 레나의 머리를 쓰다듬으며 그녀가 말하였다.

"전 어린애가 아니에요. 그리고 전 벌써 열세 살이 되었다고요." 그녀의 손을 뿌리치며 레나가 머리를 좌우로 흔들었다.

"열두 살이나 열세 살이나 무슨 차이가 있냐? 넌 인형들을 가지고 놀아야 하는데 가족을 등에 짊어지고 있으니."

"인형 가지고 놀 나이 아니에요. 시간을 낭비하고 싶지 않아요. 하루가 얼마나 짧은데요. 뭐 하나 제대로 하기도 힘들어요."

"불쌍한 것. 레나, 내가 너희 남동생들 주려고 옷을 좀 챙겨 왔어. 우리 손자들이 입던 옷이야." 밀라 아줌마가 한숨을 쉬며 말하였다.

"필요 없어요." 일어서면서 레나가 말하였다.

"필요 없다니? 남자아이들 입을 옷이 없잖아!"

"아니요, 고맙지만 우리도 옷 있어요. 전 갈래요."

"그래, 알았다." 미용사가 기분 나빠하며 말을 하였다. 레나는 물을 다 마신 후 홀을 지나서 문으로 갔다.

"금요일에 와라." 밀라 아줌마가 그녀의 뒤에 대고 이야기하였다.

"금요일이 오면 올게요." 마리나 옆을 지나가면서 레나가 못마땅하다는 듯 말을 내뱉었다.

"아주 질이 나쁜 아이네요." 고개를 절레절레 흔들며 잘린 머리카락을 청소하던 대학생이 말하였다.

"쟤가 뭐라고 했는데?" 밀라 아줌마는 레나가 한 말을 못 들은 것이다.

"금요일까지 살 수 있을지 모르겠다고 이야기했어요."

"저런, 너무 지친 나거야."

미용실 안에서 레나에 대해서 이야기를 하는 동안 레나는 다른 일자리인 카페 〈레기나의 집〉으로 갔다. 그곳에서 레나는 수요일, 목요일, 토요일에 청소 아르바이트를 한다. 카페는 다섯 시에 문을 연다. 그때까지 전날 밤 흐트러져 있던 홀을 정돈 하여야만 하였다.

카페는 엉망진창이었다, 또다시. 정확하게 말해서 레나에게는 '또다시'이지만 다른 사람에게는 첫 번째이다. 웨이터들이 말하길 전날 밤 싸움이 있었기 때문에 오픈 시간까지 청소를 마치려면 부지런히 일해야 할 것이라고 하였다.

"난 이걸 다시 한번 청소하기 싫어요. 지난번에 네 시간 동안 청소를 했다고요!" 힘없이 웅크리고 앉아서 레나가 울부짖었다.

웨이터들은 우선 그녀의 정신 건강에 대해서 걱정을 한 뒤 만약 지금 당장 걸레를 가져오지 않는다면 일 할 의사가 없는 것으로 생각하겠다고 하였다. 레나는 지금 필요한 것은 걸레가 아니라 삽이라고 아니 굴착기가 필요하다고 입 속으로 중얼거리며 두 번째 청소를 하기 시작하였다.

저녁때 레나는 아이들이 모두 잠자리에 들도록 한 뒤 침대에 쓰러지려고 하려는 순간 내일 먹을 것이 아무 것도 없다는 것을 알았다. 오늘 낮에 삶은 배추를 다 먹었고, 수요일 저녁(진짜 수요일)에 만든 생선수프는 사라져서 없었다. 정확히 이야기해서 사라진 것이 아니라 아직 만들지 않은 것이다. 모든 재료는 칼로 다듬거나 끓인 흔적 없이 냉장고 안에 아무 일 없었다는 듯 그대로 놓여 있었다.

소녀는 의자에 앉아서 한 점을 멍하니 바라보았다. 아니 이 그라운드 호그 데이는 정말로 그녀 마음에 들지 않았다. 정말로 그 영화 속 남자처럼 몇 년 동안 공포스러운 날을 살아야 한단 말인가? 그녀는 매일 수학 시험을 봐야 하고, 매일 더러운 카페를 청소해야 하고, 매일 밤 지친 상태로 생선수프를 끓어야 한단 말인가? 그리고 월급도 결코 주지 않을 거고, 엄마는 아빠한테서 영영 돌아오지 않는단 말인가? 어쩌면 그녀는 정말로 미친 것인지 모른다. 그래서 그렇게 보이는 것일 수도 있다. 어쩌면 실제로는 결박당한 옷을 입고 정신병원에 앉아서 헛소리를 하고 있을 지도 모른다. 아니면 그녀는 기절을 하고 있는 상태가 아닐까? 링거를 꽂고 누워있고 호스들이 몸에 연결되어 있고 머릿속에는 무시무시한 그림이 자꾸 떠오르는 것은 아닐까?

헝클어진 머리카락의 머리 하나가 부엌으로 조심스럽게 들어왔다.

"무슨 일이야?" 레나가 지쳐서 물었다.

"레나 누나, 지금 막 생각났는데 그러니까 말이야……." 보바가 버벅 대며 말을 하였다.

"운동화가 찢어지고 모자를 잃어버렸다고?"

"어떻게 알았어?"

"난 이제 다 알아. 네가 모르는 것도 다 알아."

"대단한데! 번개를 맞은 거야? 영화에서처럼? 그래서 누나한테 놀라운 능력이 생긴 거야?" 남동생이 놀라서 말하였다.

"그래 맞아! 그러니까 이제 네가 무슨 생각만 해도 난 네가 무슨 일을 벌일지 이미 다 알고 있다는 거야. 알겠어?"

보바가 고개를 끄덕였다. 그리고 자러 가려고 하였다.

"이봐, 장난꾸러기 친구, 내일 선생님이 커다란 현수막을 하룻밤 사이에 만들어올 수 있냐고 물으면 손을 들 생각 절대 하지 마. 인간 적으로 네게 부탁한다!"

레나가 그를 붙잡아 세우며 말하였다.

2013년 5월 21일 화요일

여자 탈의실에서 고막을 찢을 듯한 비명소리가 들렸다. 체육복으로 갈아입은 무힌과 그 친구들이 여자 탈의실과 남자 탈의실 사이를 막아주는 칸막이 위로 고무로 만든 이상한 모양의 거미들을 던져 넣었기 때문이다. 여자아이들은 겁에 질렸기 때문만이 아니라 공감을 표현하기 위해서 비명을 질러 댔다.

"이건 브라질에 사는 떠돌이 거미야! 식인 거미지! 이건 블랙 위도우야. 이 거미의 독은 튼튼한 말도 죽일 수 있어. 쥬지나, 위험해!" 이미 목소리가 쉰 자고르킨이 누구를 겨냥한 것인지 말하였다.

두 탈의실을 막고 있는 얇은 칸막이가 쉴 새 없이 흔들렸다.

"한 곳에 어떻게 정신 나간 인간들이 저렇게나 한꺼번에 많이 몰려 있을 수 있지?" 유라와 함께 벤치에 앉아 있던 글레프가 말을 걸었다.

유라는 대답을 하지 않았다. 그는 양말을 잡아당기며 가쁘게 숨을 몰아쉬고 있었다.

"야, 그렇게 힘든 운동은 하지 마." 유라가 낑낑거리는 모습을 보고 글레프가 비웃으며 말하였다.

마침내 양말을 벗은 유라가 자신의 발을 주의 깊게 쳐다보더니 글레프에게 내밀었다.

"뭐야, 네 더러운 발을 내게 왜 내미는 거야?" 글레프가 당혹스러워하였다.

"발톱, 발톱을 봐." 유라가 말하였다.

"발톱? 완전 독수리 발톱같이 생겼네. 걸을 때마다 그 발톱으로 마룻바닥을 탁탁하고 치겠어."

"난 어제 저녁에 깎았어, 그리고 목욕도 했지. 그런데 오늘 다시 이렇게 자라 있어."

"자란 게 아니야. 그냥 넌 발톱을 수요일 저녁에 깎은 거고 오늘은 화요일 아침이기 때문이야. 그래, 근데 네 말대로 되지 않았어."

"무슨 말?"

"그러니까 우리가 똑같은 하루에 갇힌다는 말말이야. 날짜가 바뀌고 있어. 다만 가야할 방향으로 가지 않고 있을 뿐이지. 목요일 다음에 수요일이 왔어. 그리고 오늘은 화요일이고. 내일은 무슨 요일일까? 월요일?"

"그래……, 이상하고 무서워." 유라가 어깨를 움찔하였다.

"왜 아니겠어! 매일 저녁 넌 깨끗하게 정돈하고 씻는데 아침에 일어나면 발톱도 안 깎인 채로 더러운 모습이라니." 글레프가 웃으면서 동의하였다.

"그래, 믿을 수 없을 정도로 놀라운 예언이군." 유라가 자신의 맨

발을 바라보면서 생각에 잠겨 말하였다.

마침내 6학년 A반 아이들이 요란스럽게 밖으로 나왔다. 간신히 조용해져서 학교 운동장에 삐뚤빼뚤한 줄을 만들면서 서 있었다.

"운동장 다섯 바퀴를 돈다!" 체육 선생님이 지시를 내렸다.

"만약 제대로 안 돌고 가로지르거나 잔디밭에 앉아 있다가 걸리는 사람은 수업 끝날 때까지 운동장을 돌게 될 거다. 자 출발!"

6학년 아이들은 육상 트랙을 따라서 서서히 발을 떼어가면서 뛰기 시작하였다. 아무도 기록을 세울 생각을 하지 않았다. 왜냐하면 천천히 뛰면 뛸수록 체육 시간은 빨리 지나가기 때문이다. 하지만 그렇게 천천히 뛰는 것도 유라에게는 힘든 일이었다. 그는 맨 뒤에서 간신히 쫓아가고 있었다.

"힘내, 챔피언, 힘내! 너한테는 오늘에 갇히는 것이 좋을 것 같은데. 그래서 매일 운동장 다섯 바퀴를 돈다면 한 달 후에는 아무도 너를 못 알아보게 될 거야." 유라와 발을 맞추며 두 바퀴째를 돌면서 글레프가 말하였다.

"지금 완전히 죽을 것 같아." 땀을 씻어내면서 유라가 헉헉거렸다.

"오늘은 화요일이야! 5월 21일!" 레나가 가까이 다가오면서 큰소리로 말하였다.

"저런! 네가 알려주지 않았다면 아무도 몰랐을 거야. 착한 아가씨, 알려줘서 고마워." 글레프가 앞으로 나아가며 비꼬면서 말을 하였다.

"옐리자로프, 너 바보냐! 지금 농담할 때가 아니야. 우리한테 무슨 일이 벌어지든지 너희들 정말 아무렇지도 않은 거야?" 달리기를 멈추며 레나가 화를 내며 말하였다.

"당연히 괴로워. 체육 시간을 이번 주에 벌써 몇 번째 하는 거야. 말도 안 돼." 숨을 헐떡이며 유라가 말하였다.

세 명은 육상 트랙을 따라 함께 천천히 걸어갔다.

"왜 갑자기 화요일이 온 걸까? 누가 설명해줄 수 있어?" 짜증 나는 목소리로 레나가 말하였다.

"왜냐하면 화요일은 수요일 앞에 있으니까. 그러니까 내일은 아마도 월요일이 될 거야. 지금까지의 사정을 보았을 때 우리는 반대로 가고 있어." 숨을 헐떡이며 유라가 말하였다.

"그러니까, 왜 그런 거냐고?" 레나가 화가 나서 큰소리를 쳤다.

"틀린 질문이야. '왜'라고 물으면 안 되고 '왜 우리만'이라고 물어야 돼. 다른 사람들은 내 생각에 정상적으로 생활하고 있어. 아무런 문제도 없는 것 같아. 왜 우리만 이 미스터리한 덫에 걸려 들었냐는 말이지." 글레프가 말하였다.

"그렇다면 우리 셋이 알 수 없는 어떤 것으로 연결되어 있다는 이야기지." 유라가 이야기하였다.

"우리가 뭘로 연결될 수 있단 말이야?" 레나가 투덜거렸다.

"그래, 우선 그것부터 생각해 보자. 수업이 끝나면 운동장에 모여서 각자의 생각을 말해 보자. 자신들이 가지고 있는 지식을 총동원해 보자고." 글레프가 레나를 곁눈질로 보면서 말하였다.

"난 오랫동안 남아있을 수 없어. 아르바이트 가야 해." 레나가 말하였다.

"아이구 뭐가 그렇게 바쁜데?"

"난 누구처럼 할 일이 없는 사람이 아니야."

그때 체육 선생님의 날카로운 시력이 세 명이 계속해서 다정한 말을 나누는 것을 방해하였다.

"거기 뭐냐, 누가 산책을 하러 나온 거냐?" 선생님이 소리쳤다.

"옐리자로프, 쥬지나! 병든 말처럼 왜 그렇게 천천히 걷는 거냐? 빨리 뛰어. 뛰어가서 도망가는 5점*을 잡아야지, 너희들 조금 더 처지면 5점은 영영 구경도 하지 못하게 될 거다."

레나와 글레프는 마치 채찍질을 맞은 것처럼 서로가 서로를 앞서려고 앞으로 달려 나가기 시작하였다. 서로에게 지고 싶지 않았던 두 사람은 잠시 동안 어깨를 나란히 하고 뛰어갔다. 하지만 한 바퀴 반을 돈 후 글레프가 레나보다 지구력이 더 강하다는 것을 보여주었다. 레나는 오른쪽 배를 잡으며 항복하고 쳐졌다. 글레프는 승자의 모습으로 레나를 바라봤다.

3교시가 끝나고 글레프는 맞수 무힌에게 복수할 수 있는 절호의 기회가 있음을 알게 되었다. 진짜 수요일처럼 영어 시간에 교무부장 선생님이 6학년 A반의 남자아이들에게 봉사활동을 시켰다. 곧 있을 졸업식을 준비하기 위해 단장을 마친 체육관에 의자들을 놓고, 피아노를 옮기고, 창문에 커튼을 달아야 하였다. 이 일을 위해서 교무부장 선생님은 다섯 명을 데리고 가고 총무부장 선생님이 추가로 세 명을 데리고 운동장으로 갔다.

"너 이제 걸렸다, 무힌. 시간은 내 편이야. 난 지금 무슨 일이 일어

---

* 러시아의 학력평가 체계는 1, 2, 3, 4, 5점으로 구별을 한다. 이중 5점은 우리의 성취평가제에 의한 A에 해당하는 것이고 4점은 B, 3점은 C, 2점은 D, 1점은 F를 나타낸다.

날지를 알고 있지만 넌 몰라." 계단을 따라 이층으로 내려가면서 득의만만한 표정으로 글레프가 중얼거렸다.

"무슨 생각을 하는 거야?" 유라가 물었다.

"기억 안 나? 저 녀석이 나를 어떻게 했는지 말이야. 된통 당해서 우리 아빠한테 교장 선생님이 전화를 했잖아. 교장 선생님이 나 같이 버릇없고 뻔뻔스러운 나쁜 놈에게 시범학교에 있을 자리가 없다고 소리 지르고 그랬잖아."

"그래, 기억나지. 모두가 기억할 걸."

"아니야, 이 바보야. 아무도 몰라. 우리만 기억해. 멋지지 않아?"

글레프는 만족감을 느끼며 손을 비볐다. 대가를 지불할 시간이 된 거다! 새로운 학교에 전학을 온 첫날부터 녀석들은 글레프를 못살게 굴었다. 그냥 아무 이유 없이 놀려 댔다. 하지만 그런 바보 같은 일은 그날 처음 당하였다. 그때, 화요일에, 교활한 세마크는 체육관에서 교무실로 연결되는 비밀통로의 문 열쇠를 가지고 있었다. 이 문에 대해서는 모두가 알고 있었다. 이 문은 체육관에서 행사가 있거나 콘서트가 있을 때 연기자들이 곧바로 무대로 올라가기 위해서 사용하는 문이었다. 그 외의 시간에 문은 꼭 잠겨 있었다. 그런데 그때 어찌된 일인지 그 열쇠가 녀석들의 손에 있었다. 이런 좋은 기회를 녀석들이 어떻게 놓칠 수 있겠는가!

무힌과 세마크는 자고르킨을 복도에 세워서 망을 보게 하고 자신들은 교무실로 들어가서 반 생활기록부를 찾았다. 영국인 영어 선생님은 한 번도 반의 생활 기록부를 교실로 가져온 적이 없었다. 영어 선생님은 우선 자기 노트에 점수를 쓴 다음에 생활 기록부에 옮겨

적는데 익숙하였기 때문이다. 유라는 일어나고 있는 일에 전혀 참여하지 않았다. 유라는 복도에 쌓여 있는 의자들을 하나씩 체육관으로 옮기고 있었다. 무슨 일이 일어나고 있는지 전혀 모르는 눈치였다. 하지만 글레프는 생활기록부에 뭐가 적혀 있는지 너무 보고 싶었다. 세르게이 세르게예비치 선생님이 2점, 즉 낙제 점수를 주겠다고 위협을 한 러시아어 점수가 너무 궁금하였다. 다른 생각은 전혀 없었다. 볼펜을 가지고 자신의 점수를 고치려고 잔뜩 준비하고 있는 무힌과는 전혀 다른 생각을 하고 있었다. 한 가지 이상한 점이 있었다. 처음에 글레프는 그것을 전혀 눈치채지 못하였다. 글레프가 책상으로 가서 생활 기록부를 보려고 당겼을 때 무힌이 아무런 저항 없이 그것을 주었다는 것이다. 그리고 세마크는 글레프에게 볼펜을 주기까지 하였다. 글레프는 볼펜을 받지 않고, 책상 앞에 서 있는 무힌을 어깨로 밀었다. 그리고 몸을 숙여 생활 기록부를 쳐다봤다. 다행이도 2점은 없었다. 그는 다른 과목의 점수도 보고 싶어졌다. 집중한 나머지 세마크와 무힌이 비밀의 문을 통해서 이미 사라져버렸다는 것을 눈치채지 못하였을 뿐이었다. 지리 선생님이 들어오다가 범죄의 현장에서 글레프와 마주쳤다. 생활기록부가 펼쳐져 있었고, 그 옆에는 볼펜이 굴러다녔다. 이 볼펜은 몇몇 점수를 고치는데 사용이 되었다는 것이 밝혀졌다. 그 중에는 '글레프 옐리자로프'라는 이름 옆의 점수도 있었다. 무힌은 보험을 들어 둘 생각으로 '글레프 옐리자로프'라는 이름 옆의 몇몇 점수를 고쳐주는 친절함을 보여주었다, 도망갈 수 없는 증거물을 남기기 위해서.

글레프는 모든 것을 혼자 감당하였다. 무힌과 그 친구들에 대해서도 이야기하지 않았다. 속으로 분을 삭였다. 그리고 복수를 할 것을 결심하였다.

"그러니까 너 지금 녀석들이 걸려들게 하려는 거야?" 의자들을 가지러 복도로 나서면서 유라가 물었다.

"당연하지! 자기들이 한 짓에 대해 책임을 지게 해야지." 글레프는 복수심에 불타올랐다.

"이건 불공평한 거잖아."

"왜?"

"왜냐하면 아직 걔들은 아무 짓도 하지 않았잖아. 벌을 줄 수가 없어. 이런 걸 보고 바로 시간 역설이라고 하는 거야."

"뚱땡아, 시간 역설이 뭔지도 모르고, 그게 뭐든 상관도 없어. 난 녀석들이 무엇을 했는지 정확하게 알고 있고, 버릇을 고쳐주고 싶어할 뿐이야."

"그래서 어떻게 할건대? 전화기로 사진을 찍을 거야 아니면 소리를 녹음해 둘 거야?"

"아니, 내게 더 좋은 생각이 있어."

상황은 이미 알고 있는 상태로 진행이 되고 있었다. 무힌과 세마크는 몰래 교무실로 들어갔고, 자고르킨은 복도에서 망을 보고 있었다. 글레프는 사건의 연결고리를 바꾸어 놓으려고 하였다. 유라를 밀쳐낸 후 그는 비밀의 문으로 다가갔다. 그리고 자물쇠에 걸려 있는 열쇠를 두 번 돌렸다. 그리고 열쇠를 자신의 주머니에 넣었다.

"자고르킨을 복도에서 다른 곳으로 가게 해야 돼. 할 수 있어?" 글레프가 속삭였다.

유라는 할 수 없다고 고개를 좌우로 흔들었다. 그는 글레프의 생각을 좋아할 수만은 없었다. 무힌이 어떻게 나올지 겁이 났기 때문이다. 글레프는 필요없다는 뜻으로 손을 흔들더니 체육관의 창문 쪽으로 뛰어갔다. 그리고 운동장을 바라봤다. 그곳에는 타마샨, 오브차렌코 그리고 아가포프가 총무부장 선생님의 지시에 따라 창고에서 커다란 나무판자를 꺼내고 있었다. 글레프는 복도로 향해 있는 문을 활짝 열었다. 유라는 조심스럽게 글레프의 행동을 주시하고 있었다. 하지만 글레프가 무슨 생각을 하고 있는지 전혀 알 수 없었다. 글레프는 문 앞에 서서 마치 아무 일도 없었다는 듯한 모습을 보이며 천천히 체육관에서 걸어 나갔다. 자고르킨은 계단 옆에서 자신의 임무인 망보기를 정직하게 수행하며 불안감에 발을 동동 굴렀다.

"야, 자고르킨. 총무부장 선생님이 너를 아래로 보내라고 하셨어. 아래에 사람이 더 필요하대."

"총무부장 선생님이? 언제?" 믿을 수 없다는 듯 자고르킨이 총무부장 선생님이라는 말을 반복하며 물었다.

"방금, 바깥에서 소리쳤어. 잽싸게 내려오라고."

"너 거짓말 하는 거 아니지?"

"난 전했다. 가지 마. 그럼 선생님이 이리로 올라오셔서 널 모시고 갈 거야." 글레프가 체육관으로 다시 돌아가기 위해서 몸을 돌렸다. 자고르킨은 갈등을 했다. 오라고 하는데 안 가면 나중에 혼날 것이 틀림없는 일이다.

"옐리자로프, 애들한테 나오라고 말 전해 줘." 그는 교무실 쪽으로 고갯짓을 하면서 말하였다. 글레프는 덤덤하게 어깨를 으쓱하였다.

비록 심장은 마구 방망이질을 해댔지만 아주 천천히 체육관 쪽으로 걸어갔다. 이제 곧 지리 선생님이 복도에 나타날 것이다.

"근데 왜 나지? 네가 아니라?" 자고르킨이 복도에서 소리쳤다.

"선생님이 널 더 좋아하나 보지." 글레프가 대답하였다.

글레프가 체육관으로 다시 돌아오자 겁을 잔뜩 먹은 유라가 그에게 달려왔다. 그리고 작은 목소리로 말하였다.

"쟤들이 문을 두드리고 밀고 그래. 풀어줘야 하는 거 아니야?"

"지리 선생님이 풀어줄 거야. 복도로 가자. 알리바이를 만들어야 하니까."

"쟤들이 우리를 죽이려고 할 거야."

"겁먹지 마, 뚱땡아. 내일이면 아무도 이 일을 기억하지 못해."

"무힌은 내일까지 기다리지 않을 걸. 내가 분명히 말하건대, 오늘 복수를 할 걸."

지리 선생님인 키라 다비도브나가 3분 있다가 나타났다. 글레프와 유라는 의자들이 잔뜩 쌓여 있는 복도에서 열심히 일을 하고 있었다. 지리 선생님은 아무 생각 없이 바라보며 그들 옆을 지나갔다. 그리고 교무실 문 앞에 서서 열쇠를 꺼냈다. 글레프는 기쁨의 순간을 만끽하며 잠시 그대로 서 있었다. 자, 이제 정의의 재판이 시작될 거야! 키라 다비도브나 선생님이 문을 열었다. 그리고 교무실 안으로 사라졌다. 글레프와 유라는 비명이나 우당탕 거리는 요란한 소리 아니면 하다못해 우는 소리가 나지 않을까 기다렸다. 하지만 교무실 안에서는 아무 소리도 들려오지 않았다. 이해할 수 없는 표정으로 둘은 교무실 안을 살폈다. 왜 지리 선생님은 그 도둑들에 반응을 하지 않는 걸까? 진짜 화요일에 선생님이 탁자 앞에 서 있던 글레프를 발견하였을 때는 목소리가 너무 커서 귀가 먹는 줄 알았다. 그런데 지금은 아무 소리도 들리지 않는다, 마치 아무 일도 없는 것처럼. 정말 아무 일도 없는 걸까? 그새 도망을 친 걸까?

두 손에 노트를 잔뜩 든 키라 다비도브나가 교무실에서 나왔다. 의기소침해진 둘은 의자를 든 채 얼어붙었다. 어떻게 이런 일이? 무힌과 세마크는 어디에 있는 걸까? 창문을 통해서 날아갔나? 아니면 투명모자라도 쓴 걸까? 하지만 바로 그 순간, 지리 선생님이 문을 잠그려고 하는 바로 그 순간 엄청나게 큰 소리가 교무실 안에서부터 들려왔다. 키라 다비도브나는 놀란 눈으로 글레프와 유라를 보았다. 그리고 소리에 귀를 기울인 후 재빠르게 문을 열었다. 마침내 기다리고 기다리던 비명 소리가 들렸다. 그들은 교무실로 뛰어가서 지리 선생님의 넓은 등 뒤로 그림과 같은 장면을 볼 수 있었다. 책장은 쓰러져 있고, 서류와 종이들, 책, 카드들이 사방에 흩어져 있었다. 그리고 쏟아져 내린 책장의 내용물들 중앙에 무힌과 세마크가 있었다. 그들은 몸을 일으켜 세우면서 동시에 쏟아져 내린 물건들을 치우느라 땀을 뻘뻘 흘리고 있었다.

"카라세프! 당장 교무부장 선생님을 모셔와라!" 키라 다비도브나가 화가 나서 떨리는 목소리로 소리쳤다. "아니, 스톱. 옐리자로프 네가 가는 게 더 낫겠다. 그게 더 빠르겠어. 선생님은 지금 운동장에 계시다."

"넵!" 글레프는 마치 기다렸다는 듯이 대답을 하고 교무실에서 잽싸게 빠져나갔다.

사건이 어떻게 진행될지 글레프에게는 너무나 뻔하였다. 왜냐하면 얼마 전에 바로 이 사건의 당사자가 자신이었기 때문이다. 하지만 운동장으로 달려가기 전에 그는 체육관에 들렀다. 그리고 조심스럽게 소리를 내지 않으며 비밀의 문의 자물쇠를 풀어 놓았다. 그리고 원래 있던 자리인 피아노 위에 열쇠를 올려놓았다.

"남자는 한 번 한다고 하면 하는 거야. 아무렴 그렇고 말고." 만족스러워 하며 글레프가 혼잣말을 하였다.

글레프는 자고르킨과 현관에서 마주쳤다. 자고르킨은 다짜고짜 글레프의 멱살을 잡았다.

"너, 왜 마루샤 선생님이 나를 부른다고 거짓말 한 거야?"

"올라가 봐, 알게 될 거야." 글레프가 심드렁하게 대답하였다.

"무힌하고 곧 보게 될 거야, 옐리자로프. 죽도록 맞을 줄 알어."

"네 친구 무힌은 아마 당분간 바쁠 거야. 내 말을 믿어도 돼."

글레프는 확신에 차서 자고르킨의 손을 셔츠에서 떼어 냈다. 그리고 그를 지나쳐가면서 일부러 어깨를 으쓱하였다. 그리고 천천히 현관 계단을 내려갔다.

"이해를 못 하겠군." 기가 찬 듯 자고르킨이 중얼거렸다.

6교시 수업이 끝났지만 레나는 교실에 남아 있었다. 기하학 수업 시간에 도형을 그렸어야 했다. 하지만 레나는 시간 안에 다 그리지 못했다. 선생님은 도형을 다 그릴 때까지 교실에서 나가는 것을 허락하지 않았다. 학교 운동장으로 뛰어 나왔을 때에는 20분이 지난 뒤였다.

"마침내 그리긴 그렸군. 우리가 왜 너를 이렇게 오래 기다려야 하냐?" 글레프가 불만스럽게 말하였다.

"아마도 할머니가 벌써 나를 찾고 있을 거야." 유라가 걱정스러운 목소리로 중얼거렸다.

"그래. 나도 그래. 빨리 결정하자고. 나도 시간이 없어." 시계를 보며 레나가 말하였다.

"시간이 없단다! 하지만 우린 모두 한 배를 타고 있어. 왜 우리가 네 사정을 봐주어야 하지? 우리한테 그게 왜 필요한 거야?" 글레프가 화를 내며 말하였다.

"너희들 보고 내 생각 해달라고 하지 않았어. 그냥 난 빨리 가야하기 때문에 그렇게 말한 것 뿐이야."

"그렇다면 빨리 가! 만약 지금처럼 시간이 반대로 흘러가는 것이 좋다면 네 마음대로 뛰어다녀. 멍청한 기린아!"

"그래, 너 같이 나쁜 녀석하고 무슨 일을 같이 하느니 차라리 반대로 시간이 흐르는 게 더 나을지도 몰라."

레나는 왔던 방향으로 다시 갔다. 학교 한 쪽 구석에서 유라의 할머니가 나타났다.

"너도 네 할머니한테 어서 가라. 너희 둘 다 필요 없어. 나 혼자서 알아서 할게. 하나는 자기밖에 모르고 다른 하나는 6학년이 되었는데도 할머니 치마만 붙잡고 있다니!"

"갈게, 할머니!" 유라가 할머니에게 소리친 뒤 미안하다는 표정으로 글레프를 보면서 내일 다시 생각해보자고 중얼거렸다.

"물론이지! 내일 생각할 수 있지. 모레에도 그리고 일주일 후에도 우리에겐 시간이 많아. 남아서 어떻게 할 수 없을 정도지. 서두를 필요가 없잖아?" 혼자 남은 글레프가 화를 곱씹으며 말하였다.

그는 오랫동안 마음을 진정할 수 없었다. 도대체 무엇 때문에 이런 말도 안 되는 일이 생긴 걸까? 예를 들어서 여름 방학 때 이런 일이 생긴다든가 9월 1일부터 시간이 되돌아가기 시작해서 8월이 다시 한번 오든가……. 아니면 이야기를 나눌 수 있는 기분 좋은 사람들과 이런 일이 생기든가……. 이건 말도 안 돼! 여름도 여름방학도 이제 더이상 볼 수 없게 되었잖아. 게다가 저 인정머리 없는 꺽다리와 겁쟁이 햄스터라니. 도대체 누가 세상이 공평하다고 한 거야!

레나

이미 점심 먹을 시간은 없었다. 레나는 곧장 미용실로 뛰어가야만 했다. 기하학 시간에 도형을 그리느라고 늦게까지 교실에 있다가 점심을 먹으러 집에 들렀고, 덕분에 지각해서 야단을 맞은 지난 화요일을 반복하지 않기 위해서이다. 그날 그녀 없이 교대가 이루어졌고 미용사들은 원장에게 이야기를 했고, 화가 난 원장은 레나를 보바가 다니는 유치원의 학부모 모임에 가지 못하도록 붙잡아 두었다. 그래서 그녀는 점심을 먹지 않기로 결심하였다.

레나는 찻길까지 뛰어간 후 낮은 가드레일을 뛰어넘었다. 지하보도까지 가는 것은 너무 멀었다. 땅속으로 한참을 내려가야 했고, 한참을 위로 올라와야 했기에 너무 시간이 많이 걸렸다. 지금은 초를 다투는 경우이기 때문이었다. 레나는 조심스럽게 양쪽을 살펴본 후 길을 건너기 시작하였다. 그때 갑자기 외국산 차 한 대가 그녀를 향해 달려왔다. 그녀는 무슨 일이 일어났는지 이해를 하지 못하였다. 공포도 아픔도 없었다. 다만 '빡' 하고 귀청이 떨어질 정도로 커다란 소리가 어디선가 들렸다. 그리고 무엇 때문인지 빙글빙글 돌았다. 그녀가 마지막으로 기억하는 것은 놀라서 얼굴이 부은 행인의 얼굴이 그녀를 쳐다보는 것이었다.

"불쌍한 것, 깨어났냐? 지금 언니를 불러야겠다." 가운을 입고 한쪽 손에 깁스를 하고 있는 중년의 여자가 말하였다.

"어떤 언니요?" 쇳소리가 났다. 혀가 말을 안 들었고 몸은 마치 남의 몸 같았다. 쇠로 만든 뜨거운 고리가 머리를 조이는 것 같았다.

"간호사 선생님 말이야. 넌 지금 병원의 정형외과에 와 있어. 난 네 이웃이 된 로자 아줌마라고 해." 여자가 친절하게 설명해 주었다.

"무슨 병원이요? 왜 내가 병원에 와 있죠?" 레나가 몸을 움직이려고 애썼지만 신음 소리만을 낼 뿐이었다.

"얘야, 가만히 있거라, 움직이지 마. 아무것도 기억이 안 나니? 차가 너를 받았어. 넌 팔과 다리 뼈가 부러졌어. 운전자가 브레이크를 밟았으니 다행이지 그렇지 않았으면 넌 벌써 황천길로 갔을 거다."

레나는 간신히 고개를 들 수 있었다. 그녀는 자신의 몸 대신에 이쪽저쪽으로 꽁꽁 말려 있는 누에고치를 볼 수 있었다. 레나는 눈을 돌려서 병실 안을 살폈다. 다른 침대에도 자신과 마찬가지로 깁스를 한 몸들이 누워 있었다.

"괜찮다. 뼈는 금방 붙을 거야. 넌 아직 어리니까. 한 세 달 정도 지나면 전과 같을 거야. 난 여기서 유일하게 걸어 다니는 사람이야. 널 도와줄게." 로자 아줌마가 계속 수다를 떨었다.

"아니야! 이럴 수 없어! 차가 나를 쳤을 리가 없어! 난 그때의 화요일을 똑똑히 기억하고 있어! 이럴 수 없어!" 레나가 갑자기 크게 소리를 질렀다.

놀란 로자 아줌마가 간호사 선생님을 불렀다. 그리고 그들은 함께 레나를 진정시켰다. 하지만 그녀는 히스테리를 부리며 자신은 지금 병원에 누워있으면 절대로 안 된다고 소리치기 시작하였다. 그녀는 지금 당장 일을 하러 가야하고 그다음 유치원 학부모 회의에 참석해야 하고 그다음 아이들 저녁을 챙겨줘야 하고 그리고 그다음 현관을 청소하러 가야 한다고 소리쳤다. 커다란 비명 소리에 가까이 있는 의료진들이 모두 레나에게 달려왔다. 사람들은 머리에 큰 충격을 받아서 혼란스러운 상황일 뿐이며 아무 곳에도 갈 필요 없다고 레나를 진정시켰다. 일하러 갈 필요도, 아이들 저녁을 챙겨줄 필요도 없다고 하였다. 그녀는 겨우 열세 살이기 때문에 아이들도 일도 아직 그녀에게는 없다고 하였다. 알림장이 들어있는 그녀의 가방을 찾았고 이미 학교에 연락을 했다고 하였다. 그러니까 곧 엄마가 달려올 것이고 모든 것이 잘 될 것이라고 하였다. 그녀는 반드시 건강해질 것이라고 하였다.

레나에게 진정제 주사를 놓았다. 그녀는 조금 진정되었다. 생각들은 엉망진창이 되었고 혀는 꼬였다. 하지만 레나는 여전히 이것은 무언가 잘못된 것이라고 하였다. 진짜 화요일에는 이런 일이 없었다! 마치 어딘가 먼 곳에서 들리는 듯한 간호사 선생님의 목소리가 들렸다.

"네, 머리에 아주 큰 충격을 받은 것 같아요. 정신을 완전히 잃지 않기를 바랄 뿐이죠."

"이건 말도 안 돼. 난 망했어……." 레나가 잠이 들면서 쉿소리를 냈다.

2013년 5월 20일 월요일

글레프는 학교의 현관 계단에서 발을 동동 구르며 교문 앞에서 할머니와 함께 서 있는 유라를 기다렸다. 둘은 벌써 5분 넘게 한 자리에 서서 이야기를 하고 있었다. 마치 무슨 이유 때문에 집에서 할 이야기를 다 끝내지 못한 듯이 말이다. 글레프는 그들이 서 있는 쪽을 화가 나서 바라봤다. 그리고 참을 수 없다는 듯 발로 계단을 찼다. 할머니가 인사로 손자의 볼에 뽀뽀를 하자 글레프는 있을 수 없다는 듯 눈을 굴렸다. 뭐야, 유치원생이야? 이 겁장이 뚱땡이 토끼 나이가 몇 인대 아직 할머니랑 같이 학교를 다니는 거야!

"넌 6년이 지났는데 아직 학교 다니는 길을 외우지 못한 거야?" 유라가 마침내 그에게 다가왔을 때 독기어린 목소리로 글레프가 물었다.

유라는 그를 쳐다보고 말을 하려고 했지만 대답을 할 수 없었다. 왜냐하면 바로 그때 정신 나간 표정의 레나가 어디선가 나타나서 첫 마디로 그들에게 일격을 가했기 때문이다.

"우리 첫 시간 들어가지 말자!" 흥분하여서 그녀가 말하였다.

"쥬지나! 무슨 소리를 한 거야? 땡땡이 치자고? 내가 보고 있는 게 너야 아니면 미래에서 온 너의 쌍둥이야?" 글레프가 깜짝 놀라며 말하였다.

"지금 네 실없는 소리를 들을 때가 아니야. 문제가 아주 심각해. 우린 이 굴레에서 빨리 벗어나야만 해." 레나가 손을 내저으며 말하였다.

"무슨 일이 있는 거야? 어제는 이렇게 서두르지 않았잖아." 유라가 물었다.

"누가 보기 전에 학교 뒤로 가자. 거기서 이야기하자."

"좋아. 사실 오늘 학교에서 별 다르게 할 일도 없어." 글레프가 고개를 끄덕였다.

"왜?" 유라와 레나가 동시에 물었다.

"월요일이잖아. 기억 안나? 폭탄이 설치되었다고 해서 대테러부대가 오고 난리가 났잖아. 또 그 말도 안 되는 상황에 엮이고 싶지 않아." 글레프가 말하였다.

"맞아! 수업을 전혀 못했어." 레나가 소리쳤다.

"그래, 그때 모두 집에 일찍 보내줬잖아. 시간이 반대로 가는 거에 적응을 못하겠어." 유라가 이마를 닦으며 말하였다.

"시간이 반대로 가는 것에만 적응 못하는 것이 아니잖아……." 글레프가 헛기침을 하며 말하다가 레나의 비수 같은 시선을 느끼고 말을 멈추었다.

셋은 학교 뒤로 갔다. 교실 창문에서 거의 보이지 않는 운동장 한쪽에 있는 철봉대 주위에 모였다. 그때 수업 시간을 알리는 종소리가 크게 들렸다.

"시작했네. 자, 이제 15분 뒤에 얘들이 뛰어나오고 난리가 나겠지." 자신의 전화기로 시간을 보며 글레프가 말하였다.

"얘들 사이에 끼지 않아서 다행이야. 그때 그렇게 등이 아프도록 밀렸어, 넘어질 뻔하였지." 유라가 응수하였다.

"누군가에게 이야기해 주어야 하지 않을까? 폭탄이 없다고 말이야." 레나가 말하였다.

"너 미쳤냐? 쥬지나, 너 날 놀라게 하는구나. 넌 우리가 그걸 어떻게 알게 되었다고 설명할 건대? 우리에게 모든 책임을 뒤집어씌울 생각이야? 너 바보 아니야?" 글레프가 소리쳤다.

"스톱! 우리 셋이 함께 이런 상황에 처해졌으니 이제 우리 서로 성을 부르지 않기로 하자. 그리고 욕하지도 말고. 우리에겐 어떻게든 이 상황에서 벗어나야 한다는 같은 목적이 있어. 만약 우리가 이렇게 계속해서 서로 싸우기만 한다면 우린 아무것도 하지 못할 거야." 유라가 단호하게 말하였다.

"좋아, 동의해. 힘을 합쳐야 해." 레나가 말하였다.

"누가 그렇게 하지 말재? 누가 어제 우리를 개무시하고 볼일을 보러 갔는데? 왜 갑자기 마음이 바뀐 거야?" 글레프가 중얼거리며 어제 일을 상기시켰다.

"그냥 난 과거에 위험한 것들이 또다시 우리를 위험에 처하게 하지 않을 거라고 생각했어. 그런데 말이야……." 레나는 어제 그녀에게 무슨 일이 있었는지 이야기해 주기 시작하였다. 둘은 입을 다물지 못한 채 이야기를 들었다.

"생각해 봐, 어제 내 두 손과 두 발은 깁스를 하고 있었어. 난 꼼짝도 할 수 없었어! 난 손, 다리를 전혀 쓰지 못하는 불구자들과 함께 병원에 있었어. 그런데 아침에 일어나니 깨끗한 거야. 전혀 다친 곳도 없고. 그리고 집이고!" 전날에 대한 기억이 레나를 몸서리치게 하였다.

"사고는 어제 있었던 것이 아니라 내일, 화요일에 있을 거야. 오늘은 월요일이야. 그러니 넌 건강한 모습이지." 글레프가 말하였다.

"하지만 진짜 화요일에는 아무런 사고도 없었어!" 레나가 큰 소리로 말하였다.

"너 뭔가 다르게 행동을 한 거야? 무언가를 바꾼 것 아니냔 말이야?" 유라가 추측하였다.

레나는 생각에 잠겨서 이마를 찡그렸다.

"맞아. 난 수업이 끝나고 집으로 가지 않고 바로 일을 하러 달려갔어. 난 늦고 싶지 않았거든." 그녀가 말하였다.

"지난번에는 늦었어?" 유라가 확인하였다. 레나가 고개를 끄덕였다.

"그렇군, 알겠어. 그러니까 진짜 화요일에 넌 집에 들르느냐고 늦었고 그 차는 그냥 지나갈 수 있었던 거야. 그런데 어제는, 그러니까 내일은. 아, 아니 두 번째 화요일에는 넌 그 장소로 좀 더 일찍 갔고 거기서 차와 부딪힌 거지. 논리적이지 않니?" 글레프가 생각을 정리하였다.

"그럼 어떻게 하지? 만약 내가 하루 종일 그 전에 있었던 날과 똑같이 행동하지 않는다면 나의 안전이 보장되지 않는다는 거네. 정말 마음에 안 들어. 자, 어서 어떻게 정상적으로 돌아갈 수 있을지를 생각해 보자고." 레나가 겁에 질려 말하였다.

"우선 왜 이런 일이 벌어지고 있는지 그 원인을 알아야 해. 원인을 찾아야 문제를 해결하지." 글레프가 한숨을 쉬었다.

"난 어제 하루 종일 생각을 해 봤어. 원인은 오직 마지막 날에 있어. 그러니까 마지막으로 있었던 정상적인 날 말이야. 그 날은 바로 5월 23일 목요일이었어. 바로 그날 무슨 일이 있었던 거야. 우리 셋과 관련된 일 말이야."

"우린 셋이 함께 같은 의자에 앉았어. 하지만 난 버스의 그 의자 때문에 우리가 이렇게 말도 안되는 상황에 빠졌다고는 생각하지 않아." 글레프가 기억을 더듬었다.

"그럴 수도 있잖아." 레나가 투덜거렸다.

"그럴 리 없어. 내 생각에 발굴현장과 관련이 있는 것 같아. 우리 할아버지는 많은 곳을 탐험했지. 할아버지가 그랬는데 발굴현장에는 기이한 현상들이 많이 얼어난다고 했어. 때로는 도저히 믿기 힘든 일도 일어난다고 했어. 너희들 파라오 투탕카멘의 저주에 대한 이야기를 들은 적 있지? 8년 동안 자그마치 20명의 학자들이 죽었대. 투탕카멘의 무덤을 연구했던 학자들 거의 전부래."

"하지만 우린 아무것도 연구하고 있지 않아. 그리고 그곳엔 무덤도 없었어. 그 근처에도 없었고." 글레프가 아니라고 하였다.

"맞아! 고대 성벽! 이 야만인이 3,000년이나 된 성벽을 훼손했어! 그래서 지금 성벽이 쟤를 벌하는 거야." 레나가 갑자기 소리를 친 후

손가락으로 글레프를 가리켰다.

"말도 안 되는 소리 하지 마, 쥬지나. 성벽은 복수를 할 수 없어." 글레프가 말하였다. 하지만 그의 목소리에는 확신이 없었다.

"복수를 하는 거야. 그리고 그렇게 하는 게 맞아. 왜냐하면 그런 식으로 고대 문명에 야만적인 행동을 하였으니 말이야. 그것도 마야의 문명에!"

"넌 왜 그게 마야 문명의 것이라고 생각하는 거야? 그건 증명된 것이 없잖아."

"증명하나마나 뻔해! 넌 성벽을 훼손했어. 그리고 곧바로 그 다음 날부터 자신의 행동에 대한 대가를 받고 있는 거야. 네게 분명히 이야기했잖아. 마야 문명은 지구상 가장 수수께끼 같은 문명이라고. 그들은 그런 야만적인 행동에 대해서 어떻게 해야 하는지 알고 있어."

글레프는 유라가 도와주기를 바라며 유라에게 고개를 돌렸다.

"이봐 교수님 손자, 넌 왜 아무 말 않는 거야? 너도 이게 다 그 이상한 성벽 때문이라고 생각하는 거야?"

"그럴 가능성이 높아. 할아버지께서는 그런 경우가 있다고 하셨어. 한 고고학자가 탐험을 하다가 고대 성전의 한 기념비에서 돌 조각을 떼어낸 후 얼마 지나지 않아 그 사람 머리가 이상해졌대. 그는 이 고대 도시가 밤마다 변한다고 했대. 그리고 그곳에는 예전에 살았던 사람들이 나타나고 그들의 언어로 그들과 이야기를 하기도 했다는 거야." 유라가 생각에 잠겨서 이야기를 하였다.

"무슨 말도 안 되는 소리를 해. 그건 다 아이들이 만들어낸 공포소설일 뿐이야." 글레프가 말하였다.

"그럼, 지금 우리한테 일어나는 일은? 이것도 그런 공포소설이라고 생각하는 거야? 만약 우리에게만 시간이 반대 방향으로 간다고 한다면 다른 사람들은 우리를 미쳤다고 생각하지 않겠어? 다 좋다 이거야. 그런데 도저히 이해를 하지 못하겠는게 네가 잘못을 저질렀는데 왜 나와 유라가 함께 고통을 겪어야 하는 거지?" 레나가 글레프를 몰아세웠다.

"왜냐하면 너희들이 내가 하지 못하게 막지 않았기 때문이야. 그렇게 똑똑한 너희들은 왜 아무 말도 하지 않은 거지?" 모든 잘못이 자신에게만 있다고 하는 말에 화를 내며 글레프가 소리쳤다.

"웃기시네, 우리가 어떻게 너를 막을 수 있지? 넌 어느 누구의 말도 듣지 않잖아." 대답 대신 레나가 소리쳤다.

"너희 둘 다 조용히 해봐!" 차분하기만 했던 유라가 갑작스럽게 소리를 쳤다. 너무도 갑작스러운 상황이라서 레나와 글레프는 순간적으로 움직임을 멈추고 그를 바라보았다.

"내 생각에 네가 그걸 썼을 때 단순하게 우리가 옆에 있었기 때문이야. 발굴지에서 우리만 빼고 모두 나간 상태였잖아. 그래서 우리 세 명만 함께 있었던 거지." 자기가 화낸 것을 후회하고 당혹스러워하며 유라가 설명을 하였다.

"미치겠네. 그런 식으로 걸려든 거군." 레나가 작은 목소리로 말하였다.

몇 분 동안 그들은 아무 말 없이 우울하게 자신만의 생각에 잠겨 앉아 있었다. 갑자기 오월 아침의 고요를 깨고 요란한 화재경보 소리가 울려 퍼졌다. 세 명은 머리를 들고 나뭇가지 사이로 학교 건물의 유리창 안쪽을 쳐다보려고 애썼다.

"이제 시작이군, 이제 난리가 나겠군." 글레프가 팽팽한 긴장감 속 고요를 깨고 말하였다.

"그래. 우린 저기 없어. 우린 아예 없지. 모두 앞으로 살아가는데 우리는 뒤로 살잖아. 우리는 삶으로부터 완전히 떨어져 나왔어. 고 마워 옐리자로프." 레나가 응수하였다.

"그만 좀 찡찡거려. 만약 정말로 이 일이 성벽과 관계가 있는 것이라면 사실 아무 문제도 아니야. 가서 낙서한 것을 지우면 되잖아. 그 럼 모든 게 제자리로 갈 거 아냐. 그렇게 슬퍼할 필요 없어." 글레프가 불쾌하게 이야기하였다.

"어떻게 지운다는 거야, 넌 홈을 파서 글씨를 썼잖아!"

"홈을 파서 낙서를 하였으니까 똑같은 방법으로 지우면 되지. 낙서를 한 곳을 평평하게 한 껍질 더 벗기면 되잖아."

"그런 건 생각도 하지 마. 상황을 더 나쁘게 만들게 될 거야. 어쩌면 고대 인디언들이 살고 있는 기원전 몇 세기의 시대에 잠에서 깨어나게 될지도 몰라."

"네게 딱 맞는 시대잖아!"

"우선 발굴현장까지 어떻게 갈 수 있는지부터 생각해야 돼. 누구 길을 기억하는 사람 있어?" 유라가 화해의 뜻으로 부드럽게 말하였다.

글레프와 레나가 고개를 흔들었다. 아무도 길을 눈여겨보지 않았다. 그들은 그게 필요할지 몰랐기 때문이다.

"우린 별장촌에서 보스크레센코 마을 쪽으로 좌회전을 했어. 하지만 거기서 어디로 간 건지 기억이 안 나." 유라가 기억을 더듬었다.

"누군가에게 물어봐서 그 발굴현장이 어디였는지 알아봐야겠어." 레나가 제안하였다.

"누구한테 물어봐? 우리는 거기를 우연히 가게 된 거잖아. 버스기사 아저씨가 우리 반에게 거기에 가자고 제안하였던 거잖아." 글레프가 말하였다.

"그렇지. 클라라 보리소브나가 말하길 우린 지금 버스를 타고 아주 재미있는 곳으로 간다고 이야기를 했지." 유라가 동의하였다.

"그래 맞아, 너희들 혹시 기사 아저씨를 어디서 본 것 같지 않아? 어디선가 본 것 같은데." 레나가 물었다.

"인터넷에서……." 자기 생각에 빠져서 유라가 말하였다.

"뭐라고? 무슨 인터넷? 우리 집엔 인터넷도 컴퓨터도 없어." 놀라서 레나가 말하였다.

"인터넷을 통해서 찾아볼 수 있다는 거야. 그런 중요한 발굴현장에 대한 뉴스라면 어딘가에 반드시 있을 거야." 유라가 자신의 생각을 정리하며 말하였다.

"난 아빠가 노트북을 집에 두고 일하러 갔을 때에만 인터넷을 할 수 있어. 하지만 그런 경우는 최근엔 거의 없어." 글레프가 투덜거렸다.

"그렇다면……." 유라가 말을 시작했다가 멈추었다. 그는 지금까지 한 번도 집으로 친구들을 부른 적이 없었다. 그리고 싶지도 않았다. 그렇기 때문에 자기 집으로 친구들을 초대하는 것이 옳은 것인지 알 수 없었기 때문이다. 갑자기 얘들이 싫다고 한다면? 아니면 깔깔거리고 웃는다면? 누군가의 집으로 손님으로 간다면 초대하는 사람이 어딘가 매력이 있어야 하지 않을까? 사실 유라는 학교생활을 하는 동안 친구들이 자신에 대한 관심이 전혀 없다는 것을 알고 있었다. 같은 반 아이들은 유라를 없는 것처럼 여기거나 아니면 조롱의 대상으로만 여겼다.

"자, 뚱땡아, 이젠 너만 남았어! 교수님 손자라면 최소한 인터넷을 할 수 있지 않겠어, 안 그래?" 그의 내적 갈등을 전혀 눈치 채지 못하고 글레프가 딱 잘라 말하였다.

"맞아! 할 수 있어. 지금은 할머니도 안 계셔. 할머니는 열두 시까지 집에 안 오실 거야. 지금 당장 가자." 유라가 단숨에 말하였다.

"너 할머니 없이 집에 가는 길 찾을 수 있어? 주소는 기억하고 있는 거야?" 글레프가 그를 놀렸다.

유라는 기쁜 나머지 그의 농담을 귀로 흘려버렸다. 대신 레나가 글레프를 못마땅한 눈으로 쏘아 보았다.

유라는 마을에서 가장 좋은 지역, 즉 중심가에 살고 있었다. 그곳에는 놀이동산도 있고 5층짜리 건물들이 솟아 있었다. 주변의 2층짜리 건물들 사이에서 이 건물들은 마천루 같은 느낌이었다. 출입구에는 인터폰이 설치되어 있었고, 계단 난간에 있는 화분에는 꽃들이 심어져 있었다. 아이들은 2층으로 올라가서 집 안으로 들어갔다.

"우와! 뭐가 이렇게 문이 많아. 방이 몇 개나 있어?" 복도의 크기를 보고 놀라서, 자기가 살고 있는 임대 아파트와 비교하면서 글레프가 물었다.

"네 개." 유라가 대답하였다.

"와우! 여기 몇 명이 살아?"

"다섯 명. 아니……, 네 명."

"부르조아네."

"옐리자로프! 넌 도대체 어떤 녀석이냐?" 레나가 그를 제지하였다.

"이봐, 우리 성으로 서로를 부르지 않기로 했잖아. 그리고 욕도 하지 않기로 했고, 레나." 글레프가 그녀의 이름을 특히 강조하면서 그녀의 기억을 살렸다.

"그래서 내가 너를 무식한 당나귀라고 말하지 않은 거야, 글레프." 레나가 받아쳤다.

유라는 둘을 거실에 남겨 둔 채 컴퓨터를 켜기 위해서 자기 방으로 갔다. 그는 친구들을 바로 자기 방으로 데려가야 할지 결정하지 못하였다. 할머니가 월요일에 그의 방을 청소하였는지 기억이 나지 않았기 때문이다.

레나와 글레프는 커다란 거실과 거실 한켠에 서있는 커다란 식탁을 보고 있었다. 식탁은 하얀색 식탁보로 덮여 있었다. 그리고 그 주위에는 등받이에 섬세한 조각이 돋보이는 5개의 나무 의자가 놓여 있었다. 모든 가구들은 마치 박물관의 유물처럼 무게감이 느껴졌고, 전혀 현대적이지 않았다. 식탁 위에는 두 개의 커다란 그릇이 있었다. 그릇 하나에는 과일이, 다른 하나에는 과자가 담겨 있었다.

'우리 집이었다면 2분도 이 상태를 유지할 수 없었을 거야. 순식간에 포장지와 껍질만 남은 빈 그릇이 되어버렸을 거야.' 레나가 생각하였다.

'이 사람들은 가족들이 함께 식사를 하네. 모든 가족이 모여서 말이야. "오늘 나 집에 못 들어 와. 중요한 일이 생겼거든"이라고 이야기하는 사람도 아마 없을 거야.' 글레프가 생각하였다.

"봐. 교수님이야. 아직 젊은데." 레나가 글레프를 보면서 속삭였다.

글레프가 사진으로 다가갔다. 사진 속에서는 마른 사람이 밝게 웃으며 그들을 바라보고 있었다.

"교수치고는 젊다는 말이야?" 글레프가 물었다.

"돌아가시기에는 아직 젊다는 말이야." 레나가 설명하였다.

"마치 나이 든 사람만 죽는 것처럼 이야기하네. 우리 엄마는 스물다섯 살이었어."

"엄마? 엄마가 돌아가셨어? 왜?"

"무슨 상관인데? 무엇 때문에 죽은 게 무슨 상관이야. 중요한 것은 그 사람이 더이상 존재하지 않는다는 사실이야."

"그럼 넌 누구랑 살아?"

"아빠랑."

"더 없어?"

"누가 더 필요해? 둘이면 충분해."

레나는 글레프가 한 말을 곱씹으며 더이상 말을 하지 않았다. 그녀는 엄마 없이 아빠와 단 둘이 산다는 것을 상상조차 해본 적이 없었다. 아마도 얘 집은 아주 조용할 거야. 지저분한 것도 소란스러움도 없을 거야. 그리고 혼자서 자유로운 시간도 많겠지. 하지만 엄마 없이 산다고? 레나는 얼굴을 일그러뜨렸다. 아니야, 엄마 없이 사는 것 보다는 정신없이 바쁘고 아이들이 시끄럽게 소리치고 집 안에

잡동사니가 가득한 것이 훨씬 나아.

유라가 돌아와서는 인터넷이 안 된다고 미안하다고 말하였다. 유라는 일요일과 월요일, 세 명에게는 월요일과 일요일, 이틀 동안 인터넷이 안 될 것이라고 하였다. 유라는 좀처럼 거꾸로 가는 시간에 적응을 할 수 없었다. 과거에 있었던 일이 실제와 반대로 가는 시간 속에서는 아직 일어나지 않았고 앞으로 일어날 일이라는 것을 항상 잊어버린다. 인터넷 연결은 이틀 후 토요일까지 기다려야만 하였다.

"이틀 동안이나 기다려야 한다고! 미치겠군. 먹어치운 점심을 다시 준비하고 이미 끝마친 청소를 또 해야 한다는 말이잖아!"

"내 생각에는 새 것을 청소하는 일이나 과거에 했던 청소를 또 하는 일이나 똑같을 것 같은데. 지저분한 것은 그냥 지저분한 것일 뿐이니까." 글레프가 헛기침을 하며 말하였다.

"과거의 것을 청소하는 게 더 기분 나빠." 레나가 아니라고 말하였다.

유라는 아이들에게 할머니가 만들어 놓은 팬케이크와 차를 마시자고 하였다. 유라는 일부러 속이려고 한 것은 아니지만 결과적으로 속아서 자기를 기다려준 친구들에게 미안한 마음에 불편한 상황을 벗어나고자 제안을 하였다. 글레프는 얼마 전에 아침을 먹었지만 반대하지 않았다. 게다가 집에서 만든 이런 맛있는 것을 거부할 이유가 없었다. 하지만 레나는 언제나처럼 거부하였다.

"먹지 말라고 해. 우리 몫이 많아지잖아. 솔직히 이야기해서 유라넌 이런 팬케이크 먹으면 안 돼." 묵직한 탁자 앞에 놓인 의자를 움직여서 앉으며 글레프가 말하였다.

"다른 곳에 앉을래." 유라가 조용히 부탁하였다.

"어디?" 글레프가 놀라서 물었다.

"그곳만 빼고 아무 데나 앉아."

글레프는 싫다고 하려고 하였다. 이 의자가 다른 의자들과 무슨 차이가 있다는 말인가? 하지만 갑자기 교수님의 초상화로 살짝 눈길을 돌리는 유라의 눈빛을 느끼고는 모든 것을 이해할 수 있었다. 그는 아무 말 없이 일어서서 옆의 의자로 옮겨 앉았다. 유라는 가벼워진 마음으로 그에게 고맙다는 눈길을 주었다. 레나는 인상을 찌푸리고 의자 옆에 잠깐 동안 서 있다가 결국엔 앉았다. 그리고 친절하게 손님을 맞아주는 주인이 가져온 찻주전자를 자신에게 끌어당겼다.

"내일 우리한테 무슨 일이 벌어질 지 궁금하지 않아?" 팬케이크에 산딸기 잼을 두껍게 바르며 글레프가 말하였다.

"뭔 소리야?" 차를 홀짝거리고 마시던 레나가 물었다.

"그러니까 우리는 어제로 가는 거잖아. 다른 사람들은 내일로 가고. 우리가 거기에 있을까?" 글레프가 설명하였다.

"내 생각엔 있을 거야. 왜냐하면 우리는 아무 일도 없었을 때 거기에 있었잖아." 유라가 말하였다.

"만약 우리가 전날을 바꾸게 되면 그 다음날도 바뀌게 될까? 그러니까 예를 들어서 레나가 화요일에 병원에 입원 했잖아. 그런데 오늘 레나는 멀쩡하잖아. 왜냐하면 오늘이 그 전날, 그러니까 월요일이기 때문이잖아. 그러면 저쪽의 수요일에 레나는 병원에 있을까 집에 있을까?" 글레프는 바쁘게 머리를 굴리기 시작하였다. 레나는 순간적으로 몸이 굳었다.

"무슨 생각을 하는 거야, 옐리자로프, 아, 아니 글레프." 레나가 재빨리 수정하였다.

"난 생각하기도 싫어. 그것보다 너희들 어떻게 잠이 드는지 이야기를 해 줄 수 있어? 그러니까 어떻게 침대를 정리하고 어떻게 눕고 어떻게 이불을 덮는지 기억이 나냐는 말이야." 레나가 덧붙였다.

유라와 글레프는 레나의 이상한 질문에 조금 놀랐다. 그리고 아주 잘 기억하고 있다고 말하였다.

"그런데 난 기억이 없어. 이렇게 되고 나서부터 난 한 번도 제대로 누워서 잔 것 같지가 않아. 한 번은 현수막에 색칠을 하려고 붓으로 물감을 찍다가 더이상 아무런 기억이 나지 않아서 정신을 차려보면 아침인 거야. 또 한 번은 수프를 끓이기 위해서 재료를 볶는데 갑자기 아침이 된 거야. 왜 그런 거지?"

친구들은 어깨를 으쓱하였다. 두 사람은 그런 경우가 없었기 때문이다. 글레프는 교통사고 날 때 머리를 크게 다쳐서 그렇게 되었을 거라고 놀리고 싶었다. 하지만 그만 두었다.

차를 마신 후 레나가 집으로 가려고 하였다. 폭탄이 설치되었다는 사이렌이 있은 후 학생들은 모두 집으로 돌아갔다. 그러므로 안드레이와 사샤도 집에 갔을 것이다. 지난번에 레나는 학교 앞에서 동생 둘을 만났고 함께 집으로 갔다. 그런데 오늘은 유라의 집에 와서 차를 마셨다, 동생들에 대해서는 까맣게 잊고 말이다. 동생들한테 무슨 일이 생겼을지 걱정이 되었다. 레나는 과거를 바꾸는 것이 얼마나 위험한 것인지 실제로 체험하였기 때문이다. 반대로 글레프는 유라의 집에서 나가고 싶어 하지 않았다. 집에 가면 혼자 거실 바덕에 앉아서 퍼즐이나 맞추는 것 외에는 할 수 있는 일이 아무 것도 없다는 것을 잘 알고 있었다. 하지만 이곳에 계속 남아 있을 수도 없었다. 왜냐하면 그렇게 해야 할 합당한 이유를 발견할 수 없었기 때문이다. 그는 무언가가 필요해서 여기에 왔다. 그러므로 그 필요성이 없어졌다는 것은 여기서 할 수 있는 일이 아무것도 없다는 것을 의미하였다. 유라는 친구들이 이렇게 빨리 가려고 한다는 것이 섭섭하였다. 하지만 그는 입 속에서 맴도는 "뭘 그렇게 서둘러! 놀다 가" 라는 말을 입 밖으로 내뱉지 못하였다. 친구들의 거절이 두렵기 때문이다.

"전화번호를 서로 교환해야 해. 누군가가 갑자기 뭔가를 알아내거나 생각해낸다면 곧바로 연락할 수 있게 말이야." 글레프가 문 앞에서 말하였다.

유라는 자신의 전화에 입력할 준비를 하였다. 그리고 글레프의 번호를 입력하기 시작하였다.

"넌? 네 번호는 뭐야?" 글레프가 레나에게 물었다.

"없어. 난 휴대폰이 없어." 레나가 신경질적으로 대답하였다.

친구들은 놀란 표정으로 그녀를 바라봤다. 그들은 휴대폰이 없는 사람을 지금까지 본 적이 없기 때문이다. 물론 아주 나이 많은 노인들이나 유치원에 다니는 아이들을 빼고 말이다. 레나는 이들이 자기를 마치 무슨 희귀동물 바라보듯 쳐다보는 것에 기분이 상하였다. 그래서 그녀는 자신은 아무런 상관이 없다는 듯이 당당한 모습을 보이려고 하였다.

"뭘 봐? 전화기가 없다면 내가 사람이 아니라는 거야?"

"내가 전에 쓰던 전화기가 있어. 유심카드도 있고. 지금 가져올게."

유라가 불쑥 말을 내뱉은 후 집 안 깊숙한 곳 어딘가로 사라졌다.

"필요 없어. 난 공짜 싫어. 동정은 필요 없어."

"그때 맹세를 하지 않았어야 하는데. 예외적인 경우도 있다는 것을 분명히 했어야 했는데……. 지금이 바로 그 예외적인 경우지. 넌 우리가 널 동정한다고 생각해? 이건 공짜로 주는 게 아니야, 그냥 필요해서 주는 거지. 우린 서로 연락을 해야 돼. 갑자기 아주 급하게 무슨 일이 생긴다면 연락을 해야 하거든." 글레프가 시큰둥하게 말을 하였다.

그러는 동안 유라는 현관으로 나와서 자기가 사용하였던 오래된 전화기를 가지고 레나에게 내밀었다.

"가져 가. 전화기에 글레프와 내 번호를 입력해 놨어."

레나는 잠시 머뭇거리다가 전화기를 받았다.

"사용할 줄은 알지? 우리한테 전화할 줄도 알고?" 글레프가 물었다. 레나는 그에게 얼음장 같이 차가운 시선을 한 번 보낸 다음에 현관문을 열고 계단을 따라 뛰어 내려갔다.

"여자가 아니라니까." 글레프도 계단을 따라 아래로 내려갔다.

레나

걸레로 난간을 닦으며 레나는 내일에 대해서, 그러니까 어제에 대해서 생각을 하였다. 그녀는 일요일에 무엇을 하였는지 기억하려고 애썼다. 엄마는 아마도 일을 하지 않았고, 그렇다 엄마는 토요일에 퇴원을 하였다. 그래서 일요일은 하루 종일 집에 있었다. 그랬다,

레나는 엄마와 함께 집에 있으면서 청소를 하고 식사 준비를 하고 동생들을 챙겨주었다. 아뉴트카는 아직 수두에 걸리지 않았고 남동생들도 아무것도 깨트리거나 찢지 않았으며 아무것도 잃어버리지 않았고 아무것도 쏟지 않았다. 그러니까, 내일, 일요일은 아주 조용한 하루였다. 모두가 만족하는 하루가 될 것이다. 엄마도 집에 있을 테니까.

아래쪽에서 아파트 현관문이 열렸다 닫히는 소리가 들렸다. 누군가 계단을 따라서 올라오고 있었다. 레나는 물을 짜낸 걸레를 계단 아래쪽에 던져 놓았다. 그 누군가가 청소한 것을 더럽히지 않게 발을 닦도록 하기 위해서다.

"우리 신데렐라, 일하고 있는 거야?" 반가워하는 남자의 목소리가 들렸다.

레나는 눈을 들었다가 너무 기뻐서 소리를 지를 뻔하였다. 너무 반가웠다! 그녀 앞에 바로 그 운전기사 아저씨, 견학을 갈 때 버스를 운전해주었던 그 아저씨가 서 있었다. 어디선가 본 듯한 느낌이 들었던 이유가 있었다. 그는 바로 레나가 청소를 하던 아파트에 살고 있었던 사람이었다.

"저, 저기요, 잠깐만요." 여자아이는 급하게 그를 불러 세운 뒤 물어보았다. "운전을 하시죠? 그러니까 크지 않은 하얀 버스를 운전하시죠?"

"그래, 운전을 하지. 그런데 왜?" 그가 놀라서 대답하였다.

"고대 성벽을 발굴한 곳을 알고 계시죠? 그러니까 최근에 발굴한 장소요. 거기에 고고학자들과 봉사자들의 캠프가 있는 곳이요. 거길 어떻게 가야 하는지 알려 주실 수 없나요?"

"왜 그러냐? 거긴 아무나 들어갈 수 있는 곳이 아니야."

"그러니까 그냥……. 학교에서 조별 과제가 있거든요. 고고학자의 일을 조사하는 거예요. 그래서 진짜 발굴현장을 꼭 가봐야 할 것 같아서요. 그렇게 되면 우리가 일등을 할 수 있을 것 같아요. 우린 그냥 멀리서 고고학자들이 어떻게 일하는지 보기만 할 거예요. 거기에 어떻게 갈 수 있는지 알려주세요, 네?"

레나는 간절한 마음으로 젖은 손을 자신의 가슴에 대며 말하였다. 운전기사는 그녀를 본 뒤 미소를 지었다.

"그래, 그렇게 꼭 필요하다면……."

"정말로 필요해요! 얼마나 중요한 일인지 상상도 못하실 거예요." 레나가 소리쳤다.

"그곳은 그러니까 보스크레센코 마을에 가기 전에 별장촌 '사도보드'라는 곳이 있다. 그곳에 그 발굴현장까지 연결되는 길이 있단다. 다만 발굴현장까지 가는 버스가 없어서 아마도 별장촌에서부터는 걸어가야 할 거다. 아, 그래. 만약 내일 아침 열 시까지 광장으로 올 수 있다면 와라. 내가 널 가까운 곳까지 데려다 줄게. 견학단을 데리고 가는데 보스크레센코 마을을 지나서 가거든. 거기서 내리면 그렇게 멀지 않을 거야."

"훌륭해요! 정말 고맙습니다! 다만 우린 세 명이예요. 함께 조사를 하는 친구들이요."

운전기사는 살짝 난감한 표정을 지으며 뒤통수를 긁었다.

"그으래, 좋아. 아마도 너희들 셋을 태울 수 있을 거야. 오래 가지 않을 테니. 늦지 않게 정확하게 열 시까지 와라. 늦으면 안 돼. 기다리지는 않을 거다."

운전기사는 2층에 있는 자기 집으로 향하였다.

"감사합니다!" 레나는 너무 기뻐서 그의 뒤에 대고 소리쳤다. 그리고 전화기를 주머니에서 꺼내서 유라에게 전화를 하였다.

"내일 열 시에 광장으로 와. 발굴현장이 어딘지 찾아냈어. 그리고 어떻게 거기에 가는지도. 나머지는 만나서 이야기해 줄게. 지금은 시간이 없어. 옐리자로프에게도 전해줘. 절대로 늦으면 안 돼. 안 그러면 걸어서 가야 할 거야." 그녀는 최대한 덤덤한 투로 말을 하였다.

2013년 5월 19일 일요일

아이들은 거의 동시에 광장에 모였다. 10시까지는 아직 몇 분 남아 있었다. 레나는 자신감으로 빛이 났다. 그녀는 마치 승리를 한 듯한 모습이었다. 이런 일을 해결하다니! 거의 문제를 해결하였다. 그런데 이 잘난 척하는 남자아이들은 문제를 해결하기 위해서 어떤 행동을 해야 할 지 전혀 알지 못하고 있지 않은가! 그렇기 때문에 두 친구의 질문에 대해서 레나는 틱틱 거리며 대답을 하였다. 두 친구가 까불지 못하도록 레나는 주도권을 쥐고 있으려는 것이다. 정확하게 열 시에 버스가 올 것이고 그 버스는 세 명을 필요한 장소 거의 가깝게 데려다 줄 것이다, 게다가 공짜로! 레나는 남자 아이들이 특별한 시선으로 그녀를 보고 있음을 알 수 있었다. 그녀는 마침내 인정과 존경을 받아낸 것이다. 이제 이들은 그녀가 여자임에도 불구하고 능력이 있으며 머리도 영리하다는 것을 이해했을 것이다. 아침에 일어나서 유라가 어제 주었던 전화기를 찾을 수 없었을 때 약간 기쁨이 감소되기는 하였다. 그녀는 침대 밑에 있는 탁자에 올려놓았던 것을 정확히 기억했는데 말이다. 하지만 괜찮다. 곧 찾아낼 것이다. 아마도 동생들 중 누가 가져갔을 것이기 때문이다.

"아니, 도대체 너 어떻게 알아낸 거야? 어떻게 발굴현장의 정확한 장소를 알아낸 거야. 그리고 광장에서 버스가 거기로 간다는 것을 어떻게 안 거야? 그것도 무료로!" 글레프가 틈을 주지 않고 질문을 쏟아냈다.

"아주 간단해. 그냥 머리를 조금 움직이면 됐어." 레나는 그를 아래로 보며(직간접적인 의미로) 대답하였다.

몇 분이 빠르게 지나갔다. 남자 아이들의 전화기는 벌써 10시 3분을 가리켰다. 하지만 어떠한 버스도 광장으로 오지 않았다.

"도대체 네 공짜 버스는 어디에 있어?" 5분 정도 더 지나자 글레프가 교활한 표정을 지으며 물었다.

"금방 올 거야! 좀 늦을 수도 있는 것 아니야!" 아무 일 아니라는 듯한 모습을 보이려고 애쓰며 레나가 큰 소리로 말하였다. 하지만 그녀는 이미 뭐가 잘못되고 있다고 느끼고 있었다.

"버스들은 제 시간에 오는 법이 없어. 좀 기다리자고." 유라가 레나를 도왔다.

글레프는 어깨를 으쓱한 뒤 말없이 좀 더 기다리자는 데 동의를 하였다. 하지만 15분이 더 지나고도 상황이 바뀌지 않자 그는 레나에게 어제 무엇을 알아냈고 왜 오늘 이곳 광장에 모이게 한 것인지 자세히 이야기해줄 것을 요구하였다. 이미 레나에게서는 오만한 모습이 사라져 있었다. 그녀는 여전히 무슨 일이 일어나고 있는지를 이해하지 못하였다. 하지만 무언가 잘못되고 있다는 것만큼은 분명하게 알 수 있었다. 그녀는 모든 것을 솔직하게 이야기하기 시작하였다. 레나는 우연히 버스 운전기사 아저씨를 만나게 되었고 아저씨를 통해 고고학자들이 머무르고 있는 캠프의 위치를 알 수 있었으며 운전기사가 다음날 10시까지 이곳에 오면 세 명을 그곳에 데려다 주겠다고 약속한 것까지 이야기 해주었다.

"내일이라고!" 머리를 감싸 안으며 글레프가 소리쳤다. "너 도대체 머리가 있는 거야, 이 멍청멍청아! 너 우리가 어떤 상황에 처해 있는 것인지, 그리고 우리에게 내일이 어떤 의미인지 잊어버린 거야?"

"그만 둬. 헷갈렸겠지. 레나, 네 잘못이 아니야. 누구도 이런 상황에 익숙해질 수는 없어." 유라가 둘을 진정시키며 말하였다.

"무슨 소리야? 내가 뭘 헷갈렸다는 거야?" 레나가 참지 못하고 말하였다.

"아직도 이해를 못하고 있는거야!" 글레프가 성질을 냈다.

"레나, '내일'이라고 하면 기사 아저씨는 화요일, 5월 21일을 이야기하는 거야. 하지만 우리들에게 '내일'은 일요일, 즉 5월 19일이야. 그러니까 지금 우리가 버스를 기다려봤자 버스는 오지 않을 거야. 아마 그 아저씨도 광장에서 우리를 기다리고 있을 거야. 다만 이틀 뒤라는 게 문제지만 말이야. 그리고 발굴현장에 데려다 달라고 그렇게 간절하게 부탁하였던 여자아이가 약속 장소에 오지 않는 것을 이해하지 못할 거야." 유라가 설명을 해주었다.

"아주, 간단해. 그냥 머리를 조금 움직이면 돼." 레나의 말투를 흉

내내면서 글레프가 말하였다.

레나는 그의 말에 아무 반응도 보이지 않았다. 그녀는 너무 큰 충격을 받았기 때문이다.

"우리가 알아서 가야겠다. 시간 낭비하지 말자. 별장촌 '사도보드'까지 다니는 버스가 있을 거야. 별장촌에서 내려서 걸어가자. 어서 버스정류장으로 가자." 글레프가 제안하였다.

"길을 잃지 않을까? 우리는 어디로 어떻게 가야 하는지 전혀 모르잖아. 별장촌에서 하루 종일 헤맬지도 몰라." 유라가 걱정스럽게 말하였다.

"별장촌에서 길을 좀 헤매는 것과 이 거꾸로 가는 시간 속에 남아 있는 것 중에 넌 어떤 게 더 최악이라고 생각하냐?" 글레프가 물었다.

"이대로 사는 건 정말 싫어. 할아버지의 추모식이 5월 16일에 있었어. 돌아가신 지 9일이 지난 날이야. 난 그걸 한 번 더 보고 싶지 않아." 유라가 머리를 흔들었다.

"우리 엄마도 내일 병원에서 퇴원해. 금요일에는 병원에 있을 거야. 집안 모든 일을 다시 내가 책임져야 해. 나도 이대로 시간이 거꾸로 흘러가는 것은 정말 싫어." 레나가 말하였다.

"그러니까 만장일치네. 그럼 가자고." 글레프가 결론을 내렸다.

글레프는 반대편 작은 공원에 있는 버스 정류장을 향해서 힘차게 발을 내딛었다. 레나와 유라가 그 뒤를 따랐다.

별장촌으로 가는 버스의 시간표는 버스정류장에 적혀 있었다. '사도보드' 별장촌으로 가는 버스는 두 시간마다 한 번씩 있었다. 아홉 시 삼십 분 버스는 이미 놓쳐버렸기 때문에 다음 버스를 기다려야 했다. 세 명은 한 시간 이상을 공원에 있어야 했다. 벤치에 앉아 있다가 놀이터에서 그네를 타기도 했고, 산책하고 있는 알록달록한 옷을 입은 사람들을 구경하기도 했다. 유라만 돈을 가지고 있었다. 유라는 넓은 아량으로 아이들에게 아이스크림을 사주었으며 버스비도 자기가 내겠다고 하였다.

마침내 버스가 출발할 시간이 되었다. 세 명은 버스 안으로 간신히 비집고 들어갔다. 버스 안에는 수많은 양동이들과 갈퀴, 삽 그리고 농사에 쓸 기구들이 담긴 배낭들이 있었고 그것들 사이를 비집고 들어가는 것은 결코 쉬운 일이 아니었다. 20분 정도 갔을 때 한 아저씨의 등에 코를 박고 가고 있던 유라가 키가 커서 창문 너머에서 어떤 일이 벌어지고 있는지 알 수 있는 레나를 계속 잡아당겼다. 그는 내려야 할 때를 놓칠까 봐 레나에게 지금 어디쯤 가고 있는지 계속해서 물었다. 레나는 별장들만 보이는데 우리가 내려야 할 곳을 어떻게 알아내야 하는지 도대체 모르겠다고 대답하였다. 마침내 글레프가 자기가 나설 때라고 생각하고 다시 사람들을 뚫고 앞으로 가서 운전기사에게 알아본 결과 이미 별장촌을 지나왔고 곧 보스크레센코 마을이라고 이야기해주었다.

그들은 상처 나고 지친 모습으로 버스에서 내렸다. 레나는 누군가의 묘목에 긁혀 손에 상처가 났고, 유라의 백팩에 있는 멜빵이 떨어졌고, 글레프는 발등을 밟혔다.

"아이고 이제야 살 것 같다." 유라가 숨을 몰아쉬며 말하였다. 그리고 백팩 안에 손을 넣고 만일을 대비해서 집에서 가져온 주스 병을 찾았다.

"뭐야, 또 파이를 찾는 거야?" 자신의 살림살이를 뒤지는 유라를 보고 글레프가 물었다.

"아니, 안타깝지만 할머니가 오늘은 안 구워 주셨어." 그가 말하였다.

"이건 뭐야?" 글레프가 검은색과 흰색의 바둑판 무늬가 있는 작은 상자를 끄집어 내어 손으로 흔들면서 말하였다.

"여행용 체스세트."

"누가 몰라? 이게 왜 필요하냐고?"

"그냥, 꺼내 놓지 않았을 뿐이야."

"너 체스 둘 줄 알아?" 레나가 관심있어 하였다.

"응, 조금." 유라가 대답하였다.

"어느 정도인데?" 글레프가 물었다.

"작년에 크라스노다르에서 있었던 청소년 대회에 나가서 우승 하였어." 유라가 겸손하게 말하였다.

레나가 그에게 놀라는 눈빛을 보이자 그의 얼굴이 만족감에 붉어졌다.

"와, 너 체스 영재였구나! 우리는 너와 친하다는 것을 자랑스러워 할거야." 글레프가 그의 어깨를 쳤다.

유라가 마침내 주스 병을 꺼냈다. 아이들은 순식간에 병을 비운 뒤 별장 울타리들 사이로 걸어가기 시작하였다. 세 명은 어디로 가야할 지 몰랐다. 하지만 한 가지, 나무 묘목이 시작되는 지점인 건너편으로 가야 한다는 것은 분명하였다.

정오의 태양은 마치 여름처럼 이글거렸으며, 뜨겁게 달궈진 공기가 여행자들의 발끝에서부터 머리끝까지 감쌌다. 가끔씩 그들까지 다다른 바람도 후덥지근하기만 하여서 하나도 더위를 식혀주지 않았다. 겨우 5분이 지났을 뿐인데 유라는 땀으로 범벅이 되었고 지쳐서 숨을 헐떡이며 천천히 가자고 부탁하였다.

"유라, 넌 현대적인 삶에 전혀 적응이 안 되어 있구나. 지금 제일 중요한 게 뭐겠어, 응? 속도와 인내력이야." 그의 옆에서 거북이걸음을 흉내 내면서 글레프가 말하였다.

"머리가 가장 중요해, 지능 말이야. 만약 생각할 능력이 없다면 속도는 전혀 도움이 안 돼." 레나가 동의하지 않았다.

"그래? 그런데 정말 그렇게 생각한다면 넌 바보야. 유라는 머리가 좋아. 그러니까 체스 챔피언도 됐겠지. 근데 그게 실제로 우리에게 어떤 도움이 되지? 예를 들어, 도시의 불량배들이 시비를 걸었을 때, 쟤 머리로 불량배들을 해결할 수 있을 것 같아? 그렇지 않다면 체스 게임이 뭐 살면서 필요한 무언가를 해결해줄 수 있는 게 있긴 한 거야?"

"유라는 도시 불량배들이 나타나는 곳에 다니지 않을 만큼 똑똑한 머리를 가지고 있어. 체스를 잘 두는 사람들은 모두 영리해 수학적인 머리가 훌륭하지."

"그 수학적인 머리 때문에 불과 몇 분이면 뛰어갈 수 있는 곳을 난 지금 삼십 도가 넘는 더위에 기어가야만 해. 난 달리기를 좋아해. 달리기 3급*, 즉 100미터를 12초 반에 달릴 수 있다고……."

* 러시아 국민체육진흥법에 의거하여 러시아 국민들의 체력 정도를 측정하기 위한 분류에 의거한 급수로 어른들의 경우는 12초 6 이하로 달리는 경우에 3급이고, 청소년의 경우는 15초 4 이하로 달리는 경우에 3급이다. 글레프가 거짓말을 하는 것이다.

"그래서? 그게 네가 우리들하고 엮이게 된 이유를 알아내는데 도움이 되었냐? 여기까지 오게 된 것도 다 유라가 추리해낸 거잖아. 이 모든 일이 고대 성벽과 관련이 있다는 것도 말이야. 100미터를 12초에 달리는 네 근육이 알아낸 것이 아니란 말야." 레나가 그의 말을 끊었다.

유라는 말싸움에 끼어들지 않았다. 유라에겐 말없이 걷는 것만으로도 충분히 고통스러웠기 때문이다. 그는 자신의 발걸음에 맞추어 헉헉 가쁜 숨을 쉬고 있었다. 물론 레나가 자신을 위해서 말해준 것이 마음에 들었다. 하지만, 글레프의 말도 어느 정도는 인정하였다. 그는 이렇게 몸무게가 많이 나가고 싶지 않았다. 만약 이렇게 몸이 무겁지 않다면 더 빨리 갈 수 있었을 것이다. 그때 유라의 주머니에서 갑자기 전화벨 소리가 울렸다. 그는 멈추어 서서 전화기를 꺼냈다. 하지만 전화를 받는 것을 주저하고 있었다. 글레프가 그의 어깨를 툭 치기 전까지 그는 당황한 모습으로 손에 휴대폰을 들고 서 있었다.

"왜 그래? 얼어붙었냐? 전화 받아!"

"받을 수 없어. 할머니야. 뭐라고 이야기해? 내가 어디 있는 줄 알면 할머니가 난리 날 거야." 유라가 말하였다.

"할머니한테 뭐라고 하고 나왔는데?" 레나가 물었다.

"동호회 친구들과 체스 게임을 하러 공원에 간다고 하였어. 우리는 공원 야외무대에 모여서 경기를 하곤 하거든."

"할머니가 널 바래다주지 않았어?"

"아니, 공원은 바로 집 앞이야. 할머니가 공원에 갔는데 내가 없는 것 아닐까?"

전화벨 소리가 멈추었다. 유라가 다시 전화기를 주머니에 넣었다. 그리고 천천히 앞으로 걸어갔다.

"넌 왜 할머니한테 아기처럼 대하지 말라고 이야기를 하지 않는 거야? 아니, 넌 이게 정상이라고 생각하는 거야? 6학년 학생이 어디를 가든 할머니의 손을 잡고 가야 한다는 게? 반 아이들 모두 널 비웃잖아, 이 뚱땡아!" 글레프가 참지 못하고 말하였다.

"맘대로 하라고 해. 걔들은 나와 전혀 상관없어. 할머니는 우리 식구고. 내가 어떻게 할머니를 서운하게 만들어? 특히 요즘에는 더." 유라가 말하였다.

"왜 할머니가 서운해야 하는데? 일반 가정에서는 한 아이가 독립적인 행동을 하고 자기의 취미가 생겼다고 아무도 서운해하지 않아. 오히려 가족 모두가 기뻐해야 하는 일이지. 네가 철이 들었다는 말이니 말이야!" 글레프가 화를 내며 말하였다.

"유라네 가족은 서로가 서로를 걱정하는 것에 더 익숙할 뿐이야. 모든 집이 똑같지 않아. 예를 들어서, 나도 작문 연습하러 학교에 가야 한다고 거짓말하고 왔어. 나도 엄마가 나 혼자서 어디를 간다고 하면 걱정을 할까 봐 그렇게 하였지." 레나가 마치 가르치듯 말을 하였다.

"우리 아빠는 내가 어디 가는지 묻지도 않아. 내가 어디 가든 아빠에겐 아무 상관이 없거든." 글레프가 투덜거렸다.

"봐, 우리만 해도 이렇게 다르잖아." 레나가 결론을 내렸다.

세 명은 울타리들, 나무들, 풀숲을 지나서 어딘가에서 방향을 바꾼 후 비닐이 덮여 있는 수많은 밭을 지났다. 이제 유라뿐만 아니라 나머지 두 명도 더위에 지쳤고 목이 탔다. 특히 단 주스를 마신 후라서 더욱 그랬다. 레나와 유라에게는 그들이 길을 잃어서 한곳을 계속 뺑뺑 돌고 있다는 생각이 들었다. 하지만 글레프는 머릿속에 있는 나침반을 수정하면서 일정한 방향으로 계속 걸어갔다. 길을 따라 방향을 바꾼 친구들은 울타리 한쪽에 펌프가 있는 것을 발견하였다. 글레프가 기뻐하며 단숨에 달려가서 손잡이를 눌렀다. 땅 위로 물이 무거운 소리를 내며 쏟아졌다. 글레프는 손잡이를 누른 채로 매달려 허겁지겁 물을 마시기 시작하였다. 레나와 유라가 가까이 다가왔다.

"너희도 마셔." 글레프가 물로 얼굴과 머리를 적신 후 편안해진 마음으로 숨을 쉬며 말하였다. 그리고 손잡이를 다시 한 번 눌렀다.

레나가 두 손을 포개어 조심스럽게 물을 마셨다. 하지만 유라는 쏟아지는 물을 어떻게 해야 할지 몰라 발을 동동 굴렀다. 잠시 후, 유라는 펌프에서 나오는 물을 어떻게 마셔야 할지 모르겠다고 말하였다. 글레프가 깔깔거렸다.

"그래, 뚱땡아. 이건 과학이지! 이건 체스 두는 것처럼 쉬운 게 아니야."

레나가 유라에게 손을 어떻게 포개어서 물을 받는지 알려주었다. 유라가 서툴게 포갠 손을 나오는 물에 갔다 대자 물이 거품을 내며 분수처럼 솟았다. 레나와 글레프가 그가 쩔쩔매는 것을 보고 배를 잡고 웃었다.

"넌 지금까지 살면서 정수기에만 익숙해져 있었다는 게 보이는구

나. 자연과 가까워지고 문명으로부터는 좀 멀어져야겠다. 그렇지 않으면 고대 인디언들이 널 이해 못해서 똑바로 가는 달력을 주지 않을 거야." 둘이서 유라를 놀렸다.

머리에서 발끝까지 젖은 유라가 마침내 방법을 찾아냈다. 머리를 나오는 물 밑에 넣는 것이었다. 펌프에서 나오는 물이 그의 목덜미를 감싼 뒤 얼굴로 흘러내리는 물을 허겁지겁 마셨다.

"수학적인 머리만이 이런 생각을 할 수 있을 거야." 글레프가 인정하였다.

"독창적인 해결이야!" 레나가 환호하였다.

생쥐처럼 젖었지만, 매우 만족스러운 표정을 지어 보인 유라가 한쪽 옷소매로 얼굴을 닦았다. 그때 다시 전화벨 소리가 울렸고 유라는 당혹스러워 어찌할 바를 몰라 하였다.

"할머니야? 그럼 나를 줘. 할머니 이름이 어떻게 돼?"

"올가 이바노브나."

글레프가 묻고 나서 고개를 끄덕이자 유라가 손을 내밀며 말하였다. 유라는 글레프가 무슨 짓을 하려고 하는지도 모른채 어떨결에 대답을 하였다. 글레프가 전화기를 낚아챘다.

"여보세요! 안녕하세요, 올가 이바노브나! 어떻게 지내세요?"

레나와 유라가 눈을 크게 뜨고 그를 바라보았다.

"유라는 지금 전화를 받을 수 없어요. 게임을 하고 있거든요. 아주 중요한 순간이라서 게임을 중간에 그만두고 전화를 받을 수 없어요." 친구들에게 눈짓을 하며 글레프가 말을 계속하였다.

"제가 누구냐고요? 글레프입니다. 동호회 회원이에요. 전 신입 회원이거든요. 신입 회원들이 오늘 많이 참석하였어요. 레나도 있고요. 레나, 챔피언 할머니와 인사해." 글레프가 그녀의 얼굴에 전화기를 내밀었다. 어리둥절해하는 레나는 글레프의 손을 밀치면서도 말을 하였다.

"안녕하세요…… 올가 이바노브나……."

처음 이야기해보는 사람에게 무슨 말을 더 할 수 있을 지 레나는 한참 생각을 하였다. 그러자 글레프가 전화기를 가지고 가서 이야기를 계속하였다.

"레나예요. 레나도 오늘 처음 왔죠. 레나는 아직 게임도 못해요. 하지만 너무 배우고 싶어 하죠. 그리고 저희들 친구인 제냐 무힌도 왔어요."

글레프는 작은 문 옆 통나무 위에 앉아 있는 머리를 빡빡 깎은 또래 아이를 발견하였던 것이다.

"제냐, 올가 이바노브나에게 한 마디만 해줘."

아이는 어리둥절하였다. 하지만 전화기에 대고 인사를 하였다. 글레프는 그에게 엄지손가락을 보여주며 이야기를 계속하였다.

"그러니까 우린 아무 일 없어요. 유라가 게임을 이기면 바로 전화드리라고 할게요. 안녕히 계세요, 올가 이바노브나. 네? 어디서 게임을 하냐고요?"

글레프가 묻듯이 얼굴이 하얗게 변한 유라를 쳐다봤다.

"공원은 안 돼! 공원은 절대 안 돼! 할머니는 벌써 공원에 있는 거야." 유라는 입술만 움직여서 말을 하였다.

"우린 처음에 공원에 있었어요. 그러다가 나중에……." 글레프는 잠시 한 숨을 쉬었다. 이 몇 초의 시간 동안 유라는 얼굴의 표정을 세 번 바꾸는 데 성공하였다. "나중에 우리는 우리 동네인 고르나야로 왔어요. 네. 여기는 개인 사유지이지요. 우리 집은 커다란 정원이 있고 베란다도 있어요. 여기서 지금 경기를 하고 있어요. 부모님이요? 당연히 반대하지 않으시죠. 우리 아빠는 완전 체스 팬이거든요. 언제 유라가 집으로 갈 거냐고요? 글쎄요, 아마도 금방 가지는 못할 것 같아요. 경기가 아주 재미있게 흘러가고 있거든요. 걱정하지 마세요. 우리가 집에까지 바래다 줄 거예요. 네, 안녕히 계세요, 올가 이바노브나. 항상 건강하세요."

"대단한 연기야, 거의 예술적이야. 전문가 같은데." 그가 전화를 끊자 레나가 혀를 차며 말하였다.

"휴, 일단 한 고비 넘겼네." 전화기를 받으며 유라가 가벼운 마음으로 한숨을 쉬었다.

"할머니가 만약 경기가 길어지면 너를 집에까지 꼭 데려다 달래. 할머니는 내가 너의 무슨 문제를 알고 있다고 생각하는 것 같아. 네 문제가 뭐야?" 글레프가 말하였다.

유라는 뭐라고 대답해야 할 지 몰라서 허둥지둥 댔다. 그때 통나무로부터 목소리가 들려왔다.

"너희들 젠도스의 친구들이냐?"

마치 도둑고양이처럼 그들을 바라보고 있는 아이를 향해서 모두 돌아보았다. 소년의 온몸은 상처투성이였다. 무릎과 손은 붕대로 감겨 있었고, 이곳저곳의 상처에는 소독할 때 사용된 것으로 보이는 녹색의 액체가 진하게 발라져 있었다. 이마에는 커다란 혹까지 나 있었다.

"누구 친구냐고?" 레나가 이해를 못하고 물었다.

"그러니까, 젠도스. 제냐 무힌 말이야." 아이가 설명을 해주었다.

"응 아주 친한 친구지. 우린 서로 없으면 못살 정도로 친해." 글레프가 가볍게 웃으며 말하였다.

"걔네 별장은 저쪽 끝에 있어. 하지만 무힌은 지금 거기 없을 걸. 누나 크슈하만 있어. 집 앞에 서있는 누나의 차를 봤어." 아이는 반대편 거리를 손으로 가리키며 말하였다.

"넌 여기 사람들 다 알아? 네 이름이 뭐냐?" 레나의 눈빛이 반짝였다.

레나는 캠프까지 자신들에게 길을 가르쳐줄 누군가를 만난 것이 기뻤다. 어쩌면 하루종일 거의 끝도 보이지 않는 이 별장촌에서 길을 헤맬지도 모른다고 레나는 생각하고 있었던 참이었다.

아이는 자신의 이름이 '세르이'고, 이 마을 사람들 대부분을 알고 있으며, 특히 이웃사람들에 대해서는 아주 잘 알고 있다고 하였다. 그리고 자신의 부모님들은 답답한 아파트에서 사는 것을 좋아하지 않기 때문에 쉬는 날이나 주말에는 언제나 이곳 별장촌에 와서 지낸다고 말해 주었다.

세르이는 그의 부모님들과 달리 이곳 별장에서 지내는 것이 몹시 무료하였기 때문에 내용과 상관없이 누군가와 이렇게 이야기를 나눌 수 있다는 것에 기뻐하고 있었다. 눈치 빠른 글레프는 세르이가 화제에서 벗어나지 못하도록 서둘러 발굴현장에 대한 질문을 하였다. 세르이는 왜 그들이 거기로 가는지를 궁금해 하였다. 아이들은 서로 얼굴을 쳐다보았다. 그리고 레나가 과제를 해야 한다는 이야기를 다시 써먹었다.

"너희는 잘못 가고 있어. 저 앞쪽에서 방향을 튼 다음 거리를 따라 끝까지 가면 거기에 제냐 무힌 네 별장이 나오는데 거기서 포장도로를 만나게 돼. 그 포장도로를 따라서 계속 가면 캠프에 도착할 수 있을 텐데, 아마도 시간으로 따지면 한 3~40분 정도는 가야 할 거야." 붕대를 감은 손으로 약을 발라 녹색으로 변해있는 귀를 만지며 세르이가 말하였다.

유라는 다리가 너무 아팠다. 그는 힘없이 세르이 옆에 있는 통나무에 걸터앉았다.

40분이라고! 이 더위에 포장도로를 따라서! 말도 안 돼!

"하지만 그곳에 들어갈 수는 없을 걸. 거기 대장이 턱수염이 많이 난 사람인데 아주 사나워. 나도 친구들하고 들어가 보려고 하였지만, 결국 못 들어가고 쫓겨났어. 너희도 쫓겨날 거야. 하지만……." 세르이가 경고를 하였다.

"뭐? 하지만 뭐?" 참지 못하고 글레프가 물었다. 그는 유라와는 다르게 목표가 얼마 남지 않았다는 이야기를 듣고는 더 생기가 돌았다. 유라의 속도를 생각하면 이제 한 시간 반만 가면 된다니 그 다음은 단순한 일만 남았다. 낙서를 지우고 진짜 삶으로 돌아가게 될 것이다. 그리고 마치 아무 일도 없는 듯 쿨하게 헤어지면 된다. 얼마나 기쁜 일인가!

"다른 방법으로 갈 수 있어. 별장들 사이를 뚫고 가면 돼. 그렇게 가면 거리가 반 정도 줄어, 하지만……." 세르이가 또다시 말을 멈추었다.

지름길이 있다는 소리를 들은 유라는 어떤 '하지만'도 해낼 수 있을 것이라고 말하였다. 그는 너무 배가 고팠고, 또 빨리 집에 돌아가고 싶었다.

"울타리 개구멍을 통해서 남의 집 마당을 가로질러가야 해. 지금 주인들은 없을 거야. 근데 문제는 거기에 염소 한 마리가 있다는 거야." 말을 마친 세르이는 그 개구멍을 유라가 통과할 수 있을지를 가늠하고는 걱정스러운 눈빛으로 쳐다봤다.

"뭐라고! 염소라고. 세퍼트가 아니고." 글레프가 말하였다.

"더 심해, 정말이야. 그 염소는 마치 붉은색 천을 보고 달려드는 투우장의 황소처럼 낯선 사람에게 달려들어. 그래서 집 주인이 집 지키는 개를 키울 필요가 없을 정도지."

"염소는 순한 동물이야. 집을 지키는 염소 같은 게 어디 있겠어." 레나가 믿지 않았다.

"난 분명히 경고하였어. 나중에 딴 소리 하지 마. 그럼 그쪽으로 갈래? 아니면 원래대로 돌아서 갈 거야?" 세르이가 어깨를 으쓱하였다.

"가자!" 다른 친구들의 입에서 다른 말이 나올까 봐 유라가 재빨리 소리쳤다. 이 더위에 힘겹게 도로를 걷는 것에 비한다면 신비스러운 염소 따위는 유라에게 아무것도 아니었다.

"좋아. 우리를 인도해주소서, 수사닌*이여!" 글레프가 말하였다.

---

* 러시아 민족의 영웅으로 황제를 폴란드군으로부터 보호하고 자신은 죽는다.

세 명은 안내자인 세르이를 따라서 한 줄로 서서 이동하였다. 세르이는 두 울타리 사이의 좁은 길로 그들을 인도하였다. 거기서 세르이는 옆 별장으로 방향을 바꾸었다. 세르이는 매우 빠르게 움직였다. 뒤에서 따라오던 유라는 숨이 턱밑까지 차올랐다. 하지만 그는 다른 아이들이 자신의 상태를 눈치 채지 못하게 하고 싶었다. 그래서 세르이와 대화를 시도하였다. 그렇게 하면 세르이가 뒤를 돌아보면서 걸음을 늦출 것이기 때문이다.

"세르이, 넌 어떤 전쟁에 참여하고 돌아온 거야?" 유라가 마침 질문을 할 때가 된 것처럼 물었다. 그의 계획은 성공하였다. 세르이는 뒤로 돌아봤을 뿐만 아니라 몇 초 동안이지만 멈추어 섰다.

"돌아온 게 아니라 굴러 떨어진 거야. 싸운 건 아니고 그냥 스쿠터를 타다가 넘어졌어!" 그는 상기된 표정으로 붕대를 감은 팔을 휘저어가며 말하였다.

어제 5월 18은 세르이의 생일이었다. 세르이의 말에 따르면 상황은 다음과 같았다.

어제는 세르이가 정확하게 열네 살이 되는 날이었다. 세르이는 일 년 내내 스쿠터를 사 달라고 가족들을 졸랐고, 결국 가족들은 세르이의 생일에 스쿠터를 선물해 주었다. 스쿠터를 타는 방법은 형이 가르쳐주기로 되어 있었다. 그런데 형 회사에 갑자기 급한 일이 생겼고 형은 회사로 돌아가야 하였다. 세르이는 혼자서라도 스쿠터를 타겠다고 생각하였다. 상처투성이의 온몸은 혼자서 스쿠터를 몰았던 결과였다. 다행히도 골절이 된 곳은 없었다. 손과 무릎 등을 심하게 긁혔지만 참을 만하였다. 다만, 세르이는 영광스러운 상처가 가득한 이 훌륭한(?) 모습으로 방학이 될 때까지 학교를 다녀야만 하는 상황이 되었다.

"난 오월 내내 재수가 없었어. 6일에는 튀어나온 못을 밟아서 3일 동안 걷는 것도 힘들었어. 10일에는 옆집 개에게 물렸고, 또 지금은 스쿠터 사고로 이렇게 되었잖아. 오월을 오월처럼 요란하게 보냈어." 철학적으로 그가 말을 끝냈다.

"스쿠터는 어떻게 되었어? 괜찮은 거야?" 글레프가 물었다.

"괜찮은 건 나지. 스쿠터는 운명하셨다고 이야기할 수 있을 거야. 이렇게 될 줄 알았다면 건드리지 않고 형을 기다렸을 거야!" 그가 한숨을 내쉬며 말하였다.

"그래, 그게 우리 모두의 비극이야. 만약 결과가 어떻게 될지 미리 알 수 있다면 그렇게 많은 어리석은 짓들을 하지 않았을 거야!" 글레프를 쳐다보며 레나가 의미심장하게 머리를 끄덕였다.

대화를 나누며 그렇게 천천히 아이들은 가려고 했던 곳에 도착하였다. 세르이는 울타리에 헐겁게 붙어있는 나무판자를 가리켰다.

"곧장 가야 해, 별장을 완전히 가로질러서 반대편 울타리까지 가야 해. 거기에 가면 커다란 사과나무가 있을 거야. 개구멍은 사과나무 바로 옆에 있어. 다만 빨리 가야 해. 뛰어가는 게 나을 거야." 그가 가는 방법을 설명해 주었다.

"넌 우리와 함께 안 갈 거야? 만약 우리가 출구를 찾지 못하면 어떡하지?" 레나가 물었다.

"안 가! 난 그 재수 없는 녀석의 머리통을 보기 싫어. 게다가 난 지금 갈 수 있는 상황도 아니야. 무릎을 다쳤잖아." 세르이가 고개를 저으며 말을 이어갔다.

"그러니까 잘 봐, 너희들은 별장을 지나면 곧장 앞에 보이는 풀숲 쪽으로 가야 해. 풀숲을 어느정도 지나가면 찻길이 보일 거야. 그리고 찻길을 건너면 넓은 들판이 나와. 그 들판 너머에 숲이 있고, 숲 안 쪽에 고고학자들의 캠프가 있어."

"이해했어. 그러니까 우리는 발굴지 쪽으로 나가게 된다는 이야기지, 캠프가 아니라?" 글레프가 소리치며 말했다.

"응 그래, 들판에 바로 구덩이가 있어. 재수가 좋으면 그곳에 아무도 없을 수도 있어. 캠프는 멀어, 나무들 저쪽 편이니. 만약에 점심을 먹고 있다면 너희들이 왔는지도 모를 거야." 세르이가 동의를 하며 말을 덧붙였다.

아이들은 세르이에게 고맙다고 말하였다. 그리고 한쪽으로 나무판을 옮겼다.

"빨리 가." 글레프가 명령을 내렸다.

레나는 쉽게 통과하여 별장의 마당으로 들어갔다. 유라는 어떻게 들어가는 게 좋을지 꽤 오랫동안 생각을 하였다. 발을 먼저 넣을지 손을 먼저 넣을지를 생각하던 유라는 구멍으로 머리를 먼저 넣었다.

"머리가 들어가면 통과할 수 있다고 그러잖아. 하지만 백퍼센트 그런 것은 아니야." 세르이가 부정적으로 말하였다.

그리고 실제로 유라의 어깨가 좁은 구멍에 걸려버렸다.

"곰돌이 푸우가 토끼 래빗에게 놀러가는 장면 같아." 글레프가 상황을 설명하더니 만화 속 캐릭터의 목소리를 흉내 내며 "이건 누군가가 너무 많이 먹고 운동하는 것을 좋아하지 않기 때문이야"라고 말하였다.

모두가 깔깔거렸다. 글레프의 목소리가 토끼 래빗과 너무나 비슷했기 때문이다. 유라도 얼굴에 미소를 띠었다. 하지만 문제를 빨리 해결해야만 하였다.

"울타리를 뛰어넘는 건 어때? 아니야, 그럴 수는 없을 거야. 얘는 울타리 위로 올라가지 못할 거야." 세르이가 스스로 제안을 하고 자신의 제안을 스스로 철회하였다.

"나무판자 하나를 더 떼어내자." 레나가 결심한 듯 말하였다.

"레나! 어떻게 네가 그런 말을 할 수 있지. 이건 남의 물건이야. 그건 나쁜짓이야!" 글레프가 오버액션을 하며 반대하였다.

유라는 아무 말 없이 옆에 있던 나무판자를 집어서 들어 올리려고 하였다. 왜냐하면, 별장 안으로 들어갈 수 있는 다른 방법이 없다는 것을 잘 알기 때문이다. 다른 아이들도 함께 달려들어서 울타리와 연결하기 위해 박아 놓은 못을 빼내기 위해서 나무판의 아래쪽을 잡아당겼다. 그리고 구멍이 어느 정도 커지자 유라를 그 안으로 밀어 넣었다. 울타리 안에서 아이들은 세르이와 작별인사를 하였다. 세르이는 그들의 성공을 기원하였다. 아이들은 조심스럽게 사방을 살펴보며 한 줄로 서서 마당을 지나가고 있었다. 허락 없이 남의 마당에 들어온 그들은 마음이 불편하여서 서로 말없이 아주 작은 소리에도 귀 기울이며 걸어갔다. 갑자기 들려오는 산딸기밭에서 나는 사각거리는 소리가 그들에게는 아주 커다란 비명소리처럼 들렸다.

"염소다!" 놀란 레나가 쉿소리를 냈다.

아이들은 다 함께 재빨리 반대편에 있는 울타리를 향해서 앞으로 뛰어갔다. 글레프는 곁눈질로 유라가 레나와 똑같이 달리고 있는 것을 볼 수 있었다. 하지만 놀랄 시간이 없었다. 그는 다른 친구들 보다 먼저 뛰어가서 단번에 울타리를 뛰어올라서 위험하지 않은 쪽 아래로 뛰어내렸다. 정확하게 몇 초 뒤에 레나가 나타났고 손으로 재빨리 나무판자를 더듬거리며 개구멍을 찾고 있었다.

"위로 뛰어 넘어!" 글레프가 소리쳤다. 레나는 간단하게 울타리 위로 올라왔다. 마치 평소에도 그렇게 한 것처럼 그리고 순식간에 글레프 옆의 땅 위에 서 있었다. 잔뜩 긴장한 아이들은 울타리에 붙어서 적지에 남은 유라가 어디 있는지 보려고 온 힘을 다해 목을 길게 늘렸다.

"어디에 있어? 어디로 간 거야? 뛰어오는 걸 내가 봤는데!" 글레프가 어리둥절하였다.

"뛰었다고? 맞아, 내 앞에서 달려 갔어. 그러더니 없어졌어. 염소가 있었던 거야 아니면 없었던 거야?" 흥분으로 숨을 몰아쉬며 레나가 말하였다.

"있었어." 위쪽 어딘가에서 떨려서 가늘어진 목소리가 울려 퍼졌다.

둘은 마치 명령을 따르듯 고개를 들어서 위를 쳐다봤다. 오른쪽, 그들로부터 3미터 정도 떨어진 곳에 창백한 얼굴의 유라가 사과나무의 두꺼운 가지 하나를 껴안고 매달려 있었다. 나무 아래에서는 석탄처럼 새까만 염소 한 마리가 왔다 갔다 하고 있었다. 염소는 자신의 구부러진 뿔로 나무를 긁어대기도 하였다.

"이런! 난 햄스터가 나무 위에 올라갈 거라고는 생각조차 하지 못했는 걸." 놀라운 장면을 보며 글레프가 말하였다.

"너 어떻게 거기에 올라간 거야?" 레나가 물었다.

"몰라……. 난 그냥 뛰었어. 뛰다가 보니까 여기에……." 울먹이며 유라가 중얼거렸다.

"내려올 수 있어? 울타리에 구멍이 있어. 세르이가 사과나무 옆이라고 하였잖아."

"염소가 없으면 어떻게든 해보겠는데."

글레프는 염소를 쫓으려고 소리도 질러보고 휘파람도 불어보고 나뭇가지를 휘두르기까지 하였다. 하지만 염소는 계속해서 사과나무 밑에서 풀을 뜯어먹으며 꼼짝 않고 있었다. 마치 주위에 있는 사람들이 보이지 않는 듯하였다. 최소한 염소는 아이들을 우습게 생각하는 것 같았다.

"안 가네. 사과나무에서 바로 울타리 위로 뛸 수 없어? 그리고 울타리 위에서 땅으로 뛰어내리면 되잖아." 레나가 말하였다.

"너 누구한테 이야기한 거야? 저 뚱땡이한테 울타리까지 내려온 다음에 땅으로 뛰어내리라고 한거야?" 말도 안된다는 듯 글레프가 되물었다.

"어쨌든 저기에 올라갔잖아! 그것도 믿기 어려운 것은 마찬가지 아니야?"

"내 생각에 유라는 아마도 날아 올라갔을 거야. 유라, 어서 날개를 펴봐! 그리고 날아서 우리에게 와."

"한번 해볼게." 자신감 없는 목소리로 유라가 답하였다. 그리고는 쪼그리고 앉아서 위쪽에 있는 가지를 손으로 잡은 다음 천천히 울타리 쪽으로 몸을 움직였다. 다행스럽게도 사과나무의 가지는 거의 울타리까지 뻗어 있었다. 몇 개의 가지들은 울타리에 걸쳐져 있기도 하였다. 그래서 레나가 제시한 첫 번째 과제는 성공적으로 이루어질 수 있었다. 그는 다리를 뻗어 울타리 상단에 발을 옮겨 놓았다. 두 사람은 긴장해서 그의 움직임 하나하나를 쳐다보고 있었다. 염소도 자기가 하던 일을 멈추고 위를 쳐다보았다. 그때 유라가 발을 헛디 뎠고 팔을 흔들며 커다란 비명과 함께 울타리 바깥쪽으로 떨어졌다. 레나가 놀라서 소리를 질렀다. 그리고 글레프와 함께 유라에게 달려 갔다.

"괜찮아? 살아있는 거야?"

"어디 아픈 곳은?" 둘은 큰 대자로 누워있는 유라에게 다가가 앞 다투어 질문을 해댔다.

"아무렇지도 않아." 그가 말하였다. 그러다가 갑자기 깔깔거리며 웃기 시작하였다. 글레프와 레나는 어리둥절하였다.

"너 왜 그래?" 혼란스러워하며 여자아이가 물었다.

"난…… 나무에 올라가 본 적이…… 한 번도 없었어……. 게다 가…… 남의 집 마당에…… 있는, 더구나…… 집을 지키는 염소를 피 해서는!" 흘러나오는 웃음을 참아가며 유라가 간신히 말을 하였다. 유라의 모습을 근심스럽게 지켜보던 레나와 글레프도 그제서야 웃 음을 터트렸다. 그들은 모두 마당을 몰래 지나오던 모습을 떠올리며 배꼽을 잡고 웃었다.

"내가 막 달려가는데 누군가 나를 따라잡고 앞으로 뛰어가는 거야. 보니까 유라야. 난 기절할 뻔하였어!" 레나가 흥분하여 말하였다.

"누가 그런 거야. 이 뚱땡이가 늙고 병든 달팽이처럼 산다고 말이야? 얘가 염소를 피해 날듯이 달려가는데 우리는 쫓아갈 수도 없었어! 만약 손에 장대가 있었다면 달려서 울타리도 뛰어넘었을 거야. 누가 우리 중에서 장대높이뛰기 챔피언이라고? 약 올라 죽을 거야!" 글레프가 레나에게 말을 던졌다.

"내가 달려가는데 내 등 뒤에서 거친 동물의 숨소리가 들리는 거야. 옆에서 이빨이 딱딱 부딪히는 소리까지 들렸다니까." 유라가 낄낄거리며 말하였다.

"그래, 그건 레나가 네 뒤에서 뛴 거야. 그건 레나가 쉿소리를 내며 숨을 쉬고 무서워서 이빨을 딱딱 거린 거야! 염소는 나중에 소리를 듣고 온 거야."

"야, 글레프. 너 정말 한 대 맞을래!"

울타리 너머에서 염소는 기분이 좋지 않은 듯 고개를 흔들면서 낯선 사람들을 곁눈질로 흘깃거리고 있었다.

"넌, 뭘 보냐? 이 나쁜 놈아. 우리를 그렇게 놀라게 만들어 놓고는." 레나가 염소에게 소리쳤다.

"꺼져, 이 걸어 다니는 케밥아!" 글레프가 말을 이었다.

염소는 몸을 돌려서 잘려진 꼬리를 흔들며 천천히 걸어갔다. 아이들은 한동안 계속 웃으면서 농담을 하였다. 그리고 유라가 일어나도록 도와주었다. 몸에서 흙먼지를 털어낸 다음에 찻길 쪽으로 갔다. 찻길을 뛰어서 건넌 다음에 그들은 잡초가 무성한 풀밭에서 멈추어 섰다. 지금부터 목적지까지 이어지는 길에서 이 풀밭이 유일하게 몸을 숨길 수 있는 장소였다. 이곳에서부터 묘목을 심은 곳까지 200미터 정도의 공간에는 들판 이외에는 아무것도 보이지 않았다.

"저기 구덩이가 하나 있네. 거의 숲 근처인 것 같아." 레나가 풀밭을 쳐다보며 말하였다.

"발굴지." 유라가 교정해 주었다.

"거기 누가 있어?" 글레프는 최대한 머리를 들어 올려서 보려고 애썼지만, 너무 먼 거리여서 발굴지 안에서 무슨 일이 일어나고 있는지 알 수 없었다.

"근처에는 아무도 없는 것 같아." 레나가 말하였다.

"그건 나도 보여. 구덩이 아래는 어때?" 글레프가 말하였다.

"발굴지." 다시 유라가 교정해 주었다.

"뚱땡아, 이제 그만해라. 우리한테는 저걸 어떻게 부르는지 하나도 안 중요해. 중요한 것은 아무도 우리를 눈치채지 못하게 해야 하고, 또 우리가 저기서 쫓겨나서도 안 된다는 거야." 글레프가 화를 냈다.

"저기 연기가 올라오네. 아마도 식사를 준비하는 것 같아. 이제 점심시간이 되었잖아." 레나가 말하였다.

"이미 지났지." 배고픈 유라가 재빨리 동의하였다.

"좋아, 가자. 캠프 사람들 가운데 아무도 이 구덩이를 지키고 있지 않기를 기도하자. 아니, 발굴지." 글레프가 멋쩍은 미소를 지었고, 이내 유라를 바라보면서 말을 고쳤다.

친구들은 숨어있던 장소에서 나와서 들판을 가로질러서 뛰어갔다. 정확하게 이야기해서 레나와 글레프는 앞서서 뛰어갔고 유라는 뒤쳐져서 쫓아갔다.

"뚱땡아, 못 뛰는 척 하지 마! 우리는 네가 얼마나 빨리 뛰는지 다봤거든." 글레프가 뒤돌아봤다.

"그리고 얼마나 점프를 잘 하는지도." 레나가 말을 이었다.

"염소 없이는 안 돼." 유라가 헉헉대며 말하였다. 하지만 속도를 조금 더 냈다.

몇 분이 지난 후 셋은 무사히 발굴지에 도착하였다. 항상 그렇듯이 글레프가 앞장을 서서 아래로 제일 먼저 뛰어내렸다. 유적 발굴지에 들어갔을 때 오늘은 무언가 이곳이 좀 다르게 느껴졌다. 그러니까 구멍이 지난번처럼 그렇게 깊지 않았으며 파낸 흙도 그렇게 많이 쌓여 있지 않았다. 하지만 왜 그런지 생각할 여유가 없었다. 발굴지 위로 머리가 보이지 않도록 해서 뛰어가기도 하고 기어가기도 하면서 돌조각이 있는 그 운명의 장소에 도착하였을 때, 무엇 때문인지 성벽이 낮다는 생각이 다시 한번 들었다. 글레프는 성벽의 앞쪽까지 기어갔다. 그리고 땅 위에 발을 꼬고 앉아서는 열쇠고리를 꺼냈다. 지금 이제 몇 번의 동작으로 돌 위에 남긴 흔적을 지우기만 하면 이 고통도 끝이 날 거다. 모든 것이 제자리로 돌아갈 것이고 생활도 날짜도 다시 앞으로 갈 것이다. 마침내!

글레프는 지난번에 후손의 대표로 날짜를 써 놓았던 그 장소로 손을 내밀었다가 갑자기 손을 멈추었다. 그가 쓴 글자가 없었다. 심장이 격하게 뛰었다. 그리고 알 수 없는 힘에 의해서 심장이 멈출 것만 같았다. 글자가 없었다. 글레프는 자신이 본 것을 믿을 수 없다는 듯 손으로 돌 위를 더듬었다. 아무것도 없었다. 숫자 하나도 남아 있지 않았다. 글레프는 포기하지 않고 그에게 그렇게 보이는 것일 뿐이라고 생각하며 자신의 머리를 흔들어 보기도 하였다. 어떻게 이럴 수가? 어린 아이가 그린 것 같은 고대의 그림은 그대로 있었다. 그런데 그가 쓴 그 글자는 아무 흔적 없이 사라졌다. 마치 애초부터 없었던 것처럼. 어떻게 이해해야 할까? 그 순간 불현듯 글레프는 이해할수 있었다, 아주 단순한 원리에 의해서 그렇다는 것을. 절망감에 그는 엉엉 울었다. 말도 안 돼! 모든 희망이 사라졌다! 어떻게 이렇다는 것을 아무도 생각 못하였을까? 이런 바보들 같으니!

글레프는 머리를 손으로 감싸고 절망감에 꼼짝 않고 있었다. 얼마의 시간이 지났을까? 레나와 유라가 그에게 다가왔다.

"어때? 지웠어?" 유라가 숨을 몰아쉬며 물었다.

글레프가 고개를 들었다. 아이들은 뒤로 물러섰다. 아이들에게 그의 얼굴은 마치 석회로 만든 마스크를 쓴 듯 보였다.

"무슨 일이야?" 떨리는 목소리로 레나가 물었다.

"나쁜 소식이야. 우리는 돌아갈 수 없어." 글레프가 마치 죽은 사람이 내는 것 같은 목소리로 말하였다.

그는 손으로 성벽을 가리켰다. 그곳엔 고대 상형문자들 외엔 아무것도 없었다. 유라가 큰 소리로 신음 소리를 내며 이마를 쳤다.

"그럼 어디에 있어? 어디에 네 낙서가 있어? 왜 그게 없는 거야?" 손으로 성벽을 만지며 당혹스러워하며 레나가 물었다.

아이들은 아무 말 없이 멍하니 고대 성벽을 바라보며 서 있었다.

"내가 묻고 있잖아! 우리에게 필요한 낙서는 도대체 어디에 있냐고?" 마음을 가라앉힐 수 없는 레나가 물었다.

"아무 곳에도 없어. 우린 아직 낙서를 하지 못했거든." 유라가 힘없이 대답하였다.

2013년 5월 16일 목요일

글레프

초침이 째깍거리며 원을 그리고 있었다. 글레프는 펼쳐진 침대 소파에 누워서 넋이 나간 사람처럼 초침을 바라보고 있었다. 어딘가 꼭 봐야 한다면, 벽시계의 초침을 보면 안 되는 이유는 없을 것이다! 하나, 둘, 다섯, 열…… 나뉜 만큼 초가 있다. 이십, 삼십, 오십…… 초들은 모여서 분이 된다. 분침도 자기 위치에 놓여 있다. 그것은 천천히, 하지만 정확하게 낡은 시계판 위에서 자신의 길을 가고 있었다. 분침이 한 바퀴 돌았다. 또 한 바퀴 돌았다. 그리고 반 바퀴. 글레프가 잠에서 깨었을 때 시계는 일곱 시를 가리켰다. 그런데 지금은 아홉 시 삼십 분을 가리키고 있었다. 글레프는 자신이 그렇게 오랫동안 시계를 쳐다보고 있었다는 것에 별로 놀라워하지 않았다. 그에게는 무엇을 해도 마찬가지였기 때문이다. 어떤 일이 일어난다 해도 그것은 아무런 의미가 없다. 매번 다음날 아침은 글레프를 진짜 삶으로부터 점점 멀리 데려가면서 완전히 그 전날의 일을 없던 것으로 만들어버리기 때문이다. 모든 노력이 수포로 돌아갔다. 거꾸로 가는 시간으로부터 결코 벗어나지 못할 것이라고 생각하였다. 현관문이 닫히는 소리가 들렸다. 아빠가 숙직 근무를 서고 돌아온 것이었다. 침대에 누워있는 글레프를 보고 아빠는 왜 학교를 안 갔냐고 물었다. 글레프는 잠깐 생각을 한 후에 어제 아팠던 배를 다시 떠올렸다. 아빠는 어제 글레프가 같은 이유로 학교에 가지 않았다는 것을 기억하지 못할 것이기 때문이다.

"뭘 잘 못 먹은 게냐?" 두 번째로 물어보고 아빠는 욕실로 갔다.

"응 그런 것 같아. 고대의 환약." 무심한 목소리로 글레프가 말하였다.

글레프는 아빠가 자러 갈 것이라고 생각하였다. 그리고 저녁에 '일이 있어서' 나갈 것이고 다시 혼자 남게 될 것이다. 하지만 그런 생각을 하였는데도 아무렇지도 않았다. 글레프에겐 아무런 상관이 없기 때문이다. 얼마 전 그의 기분을 완전히 상하게 만든 일까지도 아무렇지도 않았다.

"아빠, 아빠, 내가 없다면 아빤 편했을 텐데, 안 그래?" 아빠가 침대에 누웠을 때 그가 소리쳤다.

"뭐라고?" 아빠는 두 손으로 이불을 펼치고 있었다.

"내 생각에, 내가 만약 없었다면 아빠는 아빠 마음대로 살 수 있었을 거 아니야. 같이 살고 싶은 사람하고 말이야."

"글레프! 너 또 그 옛날 일을 꺼내는 거냐? 내가 이야기 했잖아. 더 이상 그 이야기는 하지 말라고."

"아니야, 난 그냥 다른 것에 대해서 이야기하는 거야."

"어떤 것?"

"그냥 곧 무슨 일이 일어날 것 같아서……. 내가 없어진다면."

아빠는 이불을 던져 놓고 아들의 침대로 다가왔다.

"너 무슨 생각을 한 거야?"

"아니야, 아무 생각도 안 했어. 그냥……. 무슨 일이 일어나고 있는데 그게 어떻게 끝날지 모르겠거든. 그리고 거기서 벗어나는 방법도 모르고." 글레프가 말하였다.

"아들, 뭘 감추는 거냐? 이야기해 봐. 너 어떤 나쁜 일에 연루된 거냐, 무슨 짓을 벌인 거냐?" 긴장한 아빠가 말하였다.

"좋아, 이야기해 줄게. 하지만 믿기 어려울 거야." 글레프가 경고하였다.

"믿어야 할지, 말아야 할지는 내가 알아서 할게." 아빠는 심각한 표정으로 그의 침대에 앉았다. "자 이야기 해 봐. 자세하게 그리고 정직하게 말해야 한다."

글레프는 생각을 정리하면서 깊게 숨을 들이쉬고는 이야기를 시작하였다.

마지막 시간 수업은 없었다. 음악 선생님이 졸업식에 사용할 새로운 설비를 구하기 위해 시내로 나갔기 때문이다. 6학년 아이들은 수업이 일찍 끝났고, 그래서 레나는 특별히 서둘러서 집에 가야 할 필요가 없었다. 그녀에게는 천천히 점심을 먹고 일하러 가도 될 만큼 충분한 시간이 있었다. 그녀는 유라와 함께 학교에서 나왔다. 유라는 평상시와 마찬가지로 그냥 간신히 걷고 있었다. 그러다 갑자기 걸음을 멈추었다. 그의 모습은 마치 죽을 만큼 지쳐 보였다.

"오늘은 왜 할머니가 안 오신 거야? 아마도 오늘 일찍 끝나는 것을 모르시는 모양이구나." 학교 교문을 나섰을 때 레나가 물었다.

"그러지 않아도 오늘은 안 오셨을 거야. 오늘은 할아버지께서 돌아가신지 9일이 되는 추도일이거든. 할머니는 집에서 사람들을 맞아야 해." 유라가 힘없이 말하였다.

"다시 그 추도일이구나. 무서워." 레나가 공감하였다.

"집에 가기 싫어. 할아버지가 돌아가신 날이 가까이 오고 있고, 집안 분위기는 점점 더 무거워지고 있어. 아무도 이야기하려 하지 않고 정적만 흘러. 할머니는 계속 울고 계셔. 감당하기 힘이 드신 거야. 나도 너무 힘들어." 유라가 우울하게 중얼거렸다.

"왜 돌아가신 거야, 네 할아버지는?"

"심장마비로. 할아버지는 전혀 편찮으신 곳이 없었어. 어느 날 갑자기 돌아가셨어. 이건 불공평해!"

"우리 엄마는 또 병원에 가야 해. 벌써 이틀째야. 엄마는 점점 나빠지고 있어. 난 마법에 걸린 것처럼 이쪽저쪽으로 뛰어다녀야해……. 동생들을 돌보러, 아르바이트 하러, 그리고 병원으로……."

"너희는 친척이 없어? 친구도, 아는 사람도 없고? 정말로 널 도와주는 사람이 아무도 없는 거야?"

"우린 친척이 없어. 친구들은 아빠가 감옥에 간 다음에 모두 사라져 버렸어. 아무도 우리와 이야기를 하려고 하지 않아. 엄마는 친구들을 사귈 틈이 없었어. 엄마는 하루에 스무 시간씩 일을 해야 하였거든. 병이 날 수도 없을 정도였어. 그런데 올해 결국 올 것이 왔어. 2주 동안 병원에 입원을 해야만 하였어."

"아빠는 무엇 때문에 감옥에 간 거야?"

"음……. 바보 같은 일을 하였어. 불법적인 일을 조금 하였어. 가족을 위해서 좀 더 돈을 벌고 싶었던 거지. 그런데 이 꼴이 된 거야. 우리들만 남겨 놓고 이렇게 된 거야." 레나가 손사래를 치며 말하였다.

"언제 형기를 마치고 오는데?"

"이제 얼마 안 남았어. 내년 봄이면 오셔. 빨리 내년 봄이 왔으면 좋겠어."

아이들은 잠시 말을 멈추었다.

"레나, 글레프를 만나야 돼. 벌써 이틀째 학교에 오지 않고 있어. 전화를 해도 받지 않아. 무슨 일이 일어나든 아무 상관없다고 저러고 있어. 이상한 아이야." 얼마간의 시간이 흐른 후에 유라가 조심스럽게 말하였다.

"난 걔한테 안 가. 보고 싶지도 않아. 모든 게 걔 때문이잖아. 오늘 우리가 받고 있는 이 고통 말이야." 레나가 단칼에 잘랐다.

"하지만 글레프도 일부러 그런 건 아니잖아. 걔도 우리랑 똑같은 상황이야."

"그렇다고 해서 잘못이 가벼워지지는 않아."

"넌 문제를 해결해야 한다는 것을 이해하잖아. 다 함께라면 반드시 무언가를 생각해 낼 수 있을 거야. 출구는 반드시 있을 거야! 단지 아직 우리가 못 찾고 있을 뿐이야."

레나는 대답하지 않았다. 그녀가 얼마나 글레프에게 화가 나 있는지는 어떠한 말로도 표현할 수 없었다. 이런 말도 안 되는 상황을 만들어버리다니! 이렇게 많은 문제 속으로 우리 모두를 던져버리다니! 먼저 생각을 하고 행동을 하면 안 된다는 말인가!

"생활기록부에서 주소를 봤어. 프롤레타르스카야 거리의 버스 종점 근처야. 네가 시간이 되는 저녁에 가 보자." 유라는 그녀를 설득할 수 있다는 희망을 가지고 조심스럽게 말을 이어갔다.

유라는 레나가 이미 갈등하고 있다는 사실을 알 수 있었다. 사실 유라는 이런 상황에서 서로 삐치고 싸우는 것 자체를 도대체 이해할 수 없었다. 이제 와서 누가 잘못을 한 것이 무슨 의미가 있는 것일까! 누가 잘못하였고, 누가 잘하였는지를 밝혀내는 것은 정상적인 삶으로 돌아가는데 아무런 도움도 되지 않는다. 어떤 문제가 발생하였다면 해결할 수 있는 방법을 찾아야지 누구를 탓하거나 손을 놓고 있는 것은 문제 해결에 아무런 도움이 되지 않는다. 이 간단한 사실을 도대체 왜 이해를 하지 못하는 걸까?

"자, 어디서 만날까? 그냥 글레프 집 앞에서 보자." 유라가 고집스럽게 말하였다.

"알았어. 난 어차피 엄마가 누워있는 병원에 가려면 그 종점을 지나가야 해. 너희들하고 만난 다음에 병원에 가면 되겠다." 유라의 집요함에 레나도 할 수 없다는 듯이 말하였다.

아빠는 5시 30분에 나갔다. 그리고 정확히 5분 뒤에 초인종 소리가 울렸다. 글레프는 소파에서 내려오기 싫었지만 억지로 몸을 일으켜 거실로 나왔다. 아빠가 무언가를 잊고 나갔다가 돌아온 것이라고 생각하였다.

'열쇠로 문을 열 수도 있는데 왜 굳이 초인종을 누르는 걸까? 아들이 배가 아프다는 것을 알면서.' 마음속으로 투덜거리면서 문을 연 글레프는 전혀 예상치 못한 상황에 놀라지 않을 수 없었다. 아빠가 아니었기 때문이다. 문 앞에는 레나와 유라가 서 있었다. 레나의 손에는 커다란 봉지가 들려 있었다.

"무슨 일이야?" 글레프가 약간 짜증 섞인 어투로 말하였다.

"너 왜 학교에 안 오는 거야? 우린 오늘 학년 말 시험을 봤어. 두 번째로." 유라가 말하였다.

"그래서 축하해 달라는 거야?" 글레프는 마치 '나랑 무슨 상관이냐'는 듯한 표정을 보였다.

그는 팔짱을 낀 채 문설주에 등을 기댔다.

"우리 들어가면 안 돼?" 레나가 차가운 어투로 물었다.

"뭐 하게?"

"생각하게. 막다른 골목의 출구를 찾아야지!"

"그냥 가. 다른 곳에서 생각해. 너희들 아직도 출구가 없다는 것을 이해하지 못한 거야?"

"난 좋아서 이러는 줄 알아! 이렇게 된 게 모두 너 때문이잖아. 그런데 이제 와서 혼자만 도망치려고? 아니 안 돼. 함께, 모두 함께 생각을 해야 해." 레나가 화를 내며 말하였다.

"한 번 실패 하였다고 포기한 거야?" 유라가 물었다.

"실패라고? 이건 재앙이야! 생각해 봐. 우리가 진짜 생활로 돌아가기 위해서는 낙서를 지워야 해. 그런데 그 낙서를 지우기 위해서는 현실로 돌아가야 해. 현실로 돌아가기 위해서는 낙서를 지워야 하고 낙서를 지우기 위해서는 현실로 돌아가야 하는 거지. 마치 다람쥐 쳇바퀴 같아."

"아마도 다른 방법이 있을 거야."

"무슨 방법이 있다는 거야?" 글레프가 아무런 기대도 없는 투로 무심하게 물었다.

"우리 이렇게 문 앞에 서서 계속 이야기할 거야?" 레나가 짜증을 냈다. 그리고 어깨로 글레프를 밀치며 과감하게 집 안으로 들어갔다. 글레프는 초대하지 않은 손님을 맞이하며 불만스럽게 한쪽으로 물러났다.

"부엌으로 들어가. 방은 너무 지저분하단 말이야." 그는 못마땅하다는 듯 말하였다. 아이들은 이곳저곳을 살펴보면서 부엌으로 갔다.

"이건 완전히 돼지우리네. 이렇게 지저분하게 해 놓고 어떻게 사냐?" 레나가 사방을 살펴본 후 얼굴을 찡그렸다.

그녀는 산처럼 쌓인 설거지 거리와 탁자에 놓인 말라비틀어진 음식들을 가리켰다.

"뭘 상관이야. 내일 아침이면 진짜 삶에서 그랬던 것처럼 될 텐데. 그러니 걱정할 필요 없어." 글레프가 말하였다.

"사람이 아무 상관없다고 이야기하면 그것은 그 사람이 심한 스트레스를 받고 있다는 증거야. 치료를 받아야 해." 깨끗하다고 할 수 없는 의자에 조심스럽게 앉으며 유라가 말을 던졌다.

"뚱땡아, 치료는 네가 받아야지. 난 완전 건강해. 그냥 난 너희들과는 달리 모든 게 소용없고, 우리에게는 더이상 찬스가 없다는 것

126

을 알고 있을 뿐이야. 쥬지나, 너 뭐 하는 거야? 누가 너보고 청소하래?" 행주를 집어 들고 탁자를 치우려는 레나를 보고 글레프가 말하였다.

"난 이런 마구간 같은 곳에 앉고 싶지 않아. 손님을 이렇게나 반갑게 맞아주는 주인님, 찻주전자를 올려 주시면 너무너무 고맙겠습니다." 그녀는 싱크대의 더러운 그릇들을 닦으며 대답하였다.

"이곳에 너희를 초대한 사람은 아무도 없어." 글레프가 투덜거렸다. 하지만 그는 가스레인지에 불을 붙이고는 새까맣게 그을린 주전자를 그 위에 올려놓았다.

"우리 집엔 할머니가 없기 때문에 팬케이크도 없어. 먹을 만한 게 하나도 없을 거야. 저기 저 말라빠진 빵이 전부야."

"뭘 먹고 사는 거야?"

"난 안 먹어. 먹고 싶지 않아. 그냥 하루 종일 우유만 마셔."

"그러니까 내가 말하였잖아. 스트레스를 너무 받은 거라고." 유라가 끼어들었다.

"혹시 우유가 남아 있다면 크루통을 해 줄 수 있어. 물론 너희가 원한다면." 레나가 말하였다.

그 순간 그녀는 자신의 뱃속에서 창피하게 꼬르륵 소리가 나는 것을 느낄 수 있었다. 열한 시에 학교에서 먹은 간식이 오늘 그녀의 마지막 식사였다. 하지만 그것을 말하고 싶지는 않았다. 다른 사람들이 먹을 것을 구걸한다고 생각하는 것이 배고픈 것보다 더 싫었기 때문이다.

"쿠루통? 네가 만들 줄 알아?" 믿을 수 없다는 표정으로 유라가 말하였다.

"누워서 떡 먹기지." 레나는 자신이 기뻐하는 것을 드러내지 않으려고 애썼지만, 얼굴에는 미소가 퍼졌다. 그리고 글레프가 건넨 먹다 남은 우유를 받았다. 레나는 익숙한 솜씨로 마른 빵을 자르고 그릇에 우유를 넣은 다음 주철로 만든 프라이팬을 가스레인지에 올렸다. 아이들은 이미 깨끗이 정리가 된 탁자에 앉아서 그녀의 행동을 지켜보고 있었다.

"토요일에 인터넷이 되었어. 그래서 난 이틀 동안 우리가 본 그 성벽과 관련된 이야기라면 아주 사소한 것까지도 모두 다 찾아봤어. 그래서 찾아낸 중요한 정보가 바로 이거야. 5월 11일자 《아빈스크* 뉴스》에 실린 내용이야." 유라는 주머니에서 몇 번을 접은 A4 용지를 꺼내서 그것을 펼쳤다.

"거기 뭐라고 써 있는데?" 냉장고에서 찾은 하나뿐인 계란을 힘껏 휘젓고 있던 레나가 관심을 보였다.

글레프는 유라 쪽으로 바짝 다가 앉았다. 그리고 그의 어깨 너머로 종이에 있는 내용을 쳐다봤다.

"그 들판에 타운하우스들을 건설하려고 장비들을 들이고 사람들을 불러 모았대." 유라는 기사를 쳐다보지도 않고 이야기를 시작하였다.

"굴착기로 땅을 파기 시작하였는데 성벽이 발견된 거야. 성벽의 위쪽 부분이 땅 위로 조금 올라와 있었는데 풀밭이었기 때문에 그동안 사람들의 눈에 뜨이지 않았나 봐. 처음엔 그냥 커다란 바위라

---

* 러시아 남부 크라스노다르 주의 남서쪽에 위치한 인구 약 4만의 도시.

고 생각하였대. 그런데 흙을 걷어내고 먼지를 털어내다 보니 두 개의 심볼이 나타났다는 거야. 그래서 작업을 중지하고 전문가들을 불렀대. 전문가들이 성벽을 관찰하고는 대단한 발견이라고 발표를 하였는데 그때가 4월 20일경이었어. 4월 30일에는 이미 그곳에 자원봉사자와 지질학자들이 캠프를 만들었고. 기사에 나오기를 학자들과 자원봉사자들이 적극적으로 발굴에 나서서 예상보다 훨씬 빠르게 성벽에 나와 있는 심볼들을 거의 다 찾아냈다는 거야. 그 심볼들은 모두 네 줄로 되어 있었는데 마지막 네 번째 줄은 5월 5일 저녁에 비로소 확인할 수 있었대. 성벽이 아직 완전한 모습을 드러낸 상태가 아니어서 아직은 이 심볼들의 의미를 정확하게 풀어내지 못하고 있다고 해."

"뭐야, 다 아는 것밖에 없잖아. 이건 우리가 이미 다 알고 있는 내용이잖아." 글레프가 말하였다.

"헛수고 하였네." 달구어진 프라이팬에 계란을 섞은 우유에 넣었던 조각난 빵을 달구어진 프라이팬에 올려놓으면서 레나가 끼어들었다.

대화는 다시 멈추었다. 아이들은 마법에 걸린 듯 크루통이 칙칙거리며 구워지는 것을 보고 있었다. 글레프는 입안에 침이 고이는 것을 느꼈다. 그리고 자신이 배가 몹시 고픈 상태였다는 사실도 알았다.

"아주 잘 하는데." 유라가 참지 못하고 말하였다.

"빵을 굽는데 머리가 좋아야 하는 건 아니야. 난 일곱 살 때부터 혼자 계란 프라이를 해서 먹었고, 여덟 살 때는 감자를 삶아 먹었어." 글레프는 머릿속의 생각과는 반대로 뭔가 못마땅함을 토로하였다.

레나는 속으로 웃음이 나왔다. 계란 프라이, 감자 삶은 것……. 레나는 열한 살 때부터 매일 여섯 명이 먹을 수 있도록 아침, 점심, 저녁을 준비해야 하였다. 하지만 그것은 사실 어려운 일이 아니었다. 음식을 준비하는 것보다 더 힘든 것은 부족한 돈을 쪼개서 어떤 것을 사야 할지 우선순위를 결정하는 것이었다. 그것이 가스레인지 앞에 서 있는 것보다 100배는 어려운 일이었다.

레나는 크루통을 깨끗한 접시에 담은 다음 그 위에 두껍게 설탕을 뿌렸다. 다행히 옐리자로프 집에는 설탕이 있었다. 글레프는 찻잔에 뜨거운 물을 부은 다음 티백을 하나씩 넣어 주었다. 그렇게 해서 셋은 간단하게 차린 저녁을 먹기 시작하였다.

"유라, 넌 어떻게 내게 전화를 한 거야? 그러니까 내 전화번호를 어떻게 안 거야?" 글레프가 입에 음식을 잔뜩 담고 물었다.

"뭔 소리야. 유라는 월요일에 네 전화번호를 자기 전화에 입력하였잖아." 레나가 큰 소리로 답하였다.

"일요일 아침에 그건 훌륭하게 사라졌을거야!"

"왜 없어져?"

"네 전화기처럼 흔적 없이."

레나는 이해할 수 없다는 표정으로 글레프를 쳐다봤다. 글레프는 헛기침을 하였다.

"너, 전화기가 없어진 것을 몰랐어?"

"알았어. 난 그냥…… 동생들이……."

"우리는 아무것도 내일로 가져갈 수 없어. 멍든 것도, 깎아서 정돈된 손톱도, 전화기도. 우리는 정상적인 삶에서 아침에 일어난 바로 그 장소에서 같은 시간에 같은 옷을 입고 깨어나. 이해하였어? 유라, 그 전화기 너한테 있지?"

"응, 있어. 이야기한다는 것을 깜빡했어. 네 전화번호는 그냥 기억을 해 둔 거야. 난 한 번 기억한 것들은 잘 잊어버리지 않아. 특별히 숫자는 더 잘 기억하는 편이야. 아무튼 너도 내 전화번호를 외워두는 게 좋겠어." 설탕이 묻은 손가락을 빨면서 유라가 상황을 정리하였다.

"맞아, 전화기가 없어졌어. 난 그게 유라한테 돌아갔다는 생각 자체를 못하였어." 잠시 혼자만의 생각에 빠졌던 레나가 말하였다.

"넌 정말 음식을 맛있게 만드는구나. 하지만 요리 실력만큼 머리가 좋은 것 같진 않아. 지능에 살짝 문제가 있는 건 아닐까?" 크루통을 맛있게 한 입 베어물면서 글레프가 말하였다.

"그렇구나. 고대 성벽에 낙서를 해서 우리 세 사람의 운명을 바꾸어 놓은 네 훌륭한 머리를 어떻게 쫓아가겠니! 그리고 네가 그렇게 똑똑하다면 낙서가 없을 것이기 때문에 낙서를 지울 수도 없다는 사실을 우리가 그곳을 찾기 전에는 왜 생각하지 못하였을까?" 레나가 글레프의 핀잔을 되받았다.

글레프는 레나의 말을 못들은 척하기 위해서 크루통을 먹는데 온 신경을 집중하고 있었다.

'도대체 어쩌란 말인가? 생각을 못한 것은 사실이지만 어쩔 수 없었던 것 아닌가? 그리고 그 문제는 나뿐만이 아니라 자기들도 전혀 생각을 못하였으면서 말이야. 오늘 다음이 어제라는 것에 어떻게 금방 익숙해질 수가 있겠어. 평생을 오늘 다음은 내일이라고 생각하였고 또 실제로 오늘 다음은 언제나 내일이었는데 말이야.' 글레프는 생각을 하였다.

유라는 두 접시의 크루통을 해치운 후 차를 마셨다. 그리고 말하였다.

"내 생각인데…… 만약 우리 스스로 미래로 가지 못한다면 누군가에게 부탁을 해 볼 수는 있지 않을까?"

"뭘 부탁한다는 거야? 낙서를 지워 달라고?" 레나가 물었다.

"뭐 꼭 지워 달라는 것은 아니야. 다른 사람들은 모두 제대로 살고 있잖아. 그러니 그들에게는 아직 그날이 오지 않았잖아. 우리가 견학을 가는 그날 말이야. 그러니까 글레프가 낙서를 하지 못하도록 할 수 있지 않을까? 예를 들어서 클라라 보리소브나에게 글레프를 발굴현장에 데려가지 말아 달라고 한다거나 글레프를 조심해서 살펴봐 달라고 하면 되지 않을까?"

"아니면 무힌에게 이야기해서 전날에 글레프를 아주 죽도록 때려서 그 다음날 아예 학교에 오지 못하도록 만들어 달라고 하던가! 그렇게 되면 글레프는 견학 가는 날에 학교에 오지 못할 거고. 발굴현장에도 가지 못하겠지. 그러면 성벽에 낙서도 하지 못할 테니까 우리는 마침내 정상적인 5월 24일을 맞이하게 될 거라는 말이야."

"훌륭한 생각이네! 두말 할 필요도 없어! 하지만 그렇게는 안 될 거야. 절대 기대하지 마." 글레프가 중얼거렸다.

"왜 안 된다는 거지?"

"자, 첫째로 오늘은 5월 16일이야. 그러니까 정상적으로 살아가는 사람에게는 우리에게 필요한 날짜까지 일주일이나 남았어. 이 일주일 동안 무슨 일이 일어날지는 아무도 몰라. 우리한테 약속한 사람이 그동안 잊어버릴 수도 있고, 헷갈릴 수도 있어. 아니면 정확성을 기하려고 우리한테, 정상적으로 살고 있는 우리한테 물어볼 수도 있어. 생각해 봐, 우리는, 그러니까 정상적으로 사는 우리는 어떤 대답을 할까? 그리고 내가 누구의 말을 듣고 성벽에 낙서를 하지 않을 것이라는 보장도 없어. 두 번째, 우리에게도 일주일이 흐를거야. 물론 반대 방향이겠지만 말이야. 우리는 계속해서 멀어지는 것이고 우리는 거기서 무슨 일이 벌어지는지 알 수 없어. 세 번째는 아무도 우리를 믿어주지 않을 거라는 거지."

"그래, 논리적이네." 유라가 목덜미를 긁으며 말하였다.

"논리적이라고? 말도 안 되고 이해할 수도 없는 일이 벌어지고 있어! 너희들은 이 아브라카다브라에 무슨 법칙이 있다고 어떻게 알아? 우리는 거꾸로 살고 있어! 거기 무슨 논리가 있다는 거야?" 레나가 목소리를 높여 말하였다. 잠시 침묵이 흘렀다.

"내 생각에 이건 마야와 관련이 있어. 그들은 세계의 종말에 대해서 이야기를 하였잖아. 그 종말이 온 거야. 12년이 아니라 13년에, 그리고 모든 사람에게 온 것이 아니라 우리 셋에게만 온 거야. 정확해. 이건 세상의 종말이야." 혼자만의 생각에 잠겨 차를 한 모금 마신 다음에 글레프가 포기하듯 말하였다.

"무슨 말 같지 않은 소리를 해? 왜 세상의 종말이야?" 떨리는 목소리로 레나가 물었다.

"이 마야가 우리를 반대로 가는 달력에 연결시켰어. 마지막 날은 이미 있었어. 그러니 우리는 반대로 움직이는 거야. 자기가 살았던 만큼의 시간이 지나갈 때까지 계속해서 멀어지는 거지. 그런 다음에 우리는 이 세상에 없었던 것처럼 사라지게 되겠지." 그녀의 말을 듣지도 않고 마치 자기 자신에게 이야기하듯 글레프가 말하였다.

레나는 손에 찻잔을 들고 그대로 굳어 있었다. 유라의 눈이 동그래졌다. 그렇게 먼 과거까지 어떻게 될지 아직 이들은 생각해보지 않았다.

"뭘 그렇게 쳐다보는 거야? 내가 뭐 틀렸어?" 글레프가 우울하게 그들을 쳐다보았다.

"거기까지 가지는 않을 거야." 유라가 확신 없이 중얼거렸다.

"왜? 만약 계속 이렇게 뒤로 간다면 언젠가는 처음 시작한 때로 돌아갈 거야. 안 그래?" 글레프가 억지웃음을 지었다.

"그럴 수 없어! 난 사라져서는 안 돼. 내가 없으면 우리 가족 모두가 없어져." 레나가 놀라서 말하였다.

"진정해. 네 가족이 너보다 먼저 없어질 거야. 네가 아이들 중에 나이가 제일 많잖아." 냉소적으로 글레프가 말하였다.

레나가 흐르는 눈물을 참으려고 눈을 계속 깜빡였다.

"너 왜 레나를 놀라게 해. 레나, 쟤 말 듣지 마." 책망하며 유라가 말하였다.

"난 누굴 놀라게 하려는 게 아니야! 진실을 보라는 거지! 우리가 살 수 있는 기간은 13년이야. 거기서 건강한 정신으로 사는 것은 고작 7~8년 정도야. 그다음에 우리는 말을 알아듣지도 못하는 아기로 변할 거고, 그때가 되면 우리는 우리에게 무슨 일이 일어나고 있는지도 모를 거야."

"그만 둬!" 곤혹스러워 하며 유라가 소리쳤다. 그리고 울고 있는 레나에게 말하였다. "그렇게 안 될 거야, 레나. 울지 마. 우리는 반드시 뭔가를 생각해 낼 수 있을 거야. 어른들에게 조언을 구해야 해. 그들은 더 현명하고, 경험도 많으니까. 우리가 어떻게 해야 할지에 대해 이야기해줄 거야."

"그것도 기대하지 마. 아무도 이야기해주지 않을 거야. 난 이미 조언을 구하였어. 오늘 아빠에게 이야기를 하였어." 암담한 표정으로 글레프가 말하였다.

"그래서?" 눈물을 흘리며 레나가 물었다.

"아무 일도 없었어. 문제는 그들이 우리의 이야기를 받아들이기엔 너무 현명하고 또 경험도 너무 많다는 것이지."

"아빠가 널 안 믿어줘."

"안 믿어. 엉뚱한 생각을 그만두라고 하고, 나의 이런 말도 안 되는 생각과 행동이 아빠를 걱정스럽게 만든다고 하였어. 만약 한 번 더 이런 이야기를 한다면 날 청소년 심리치료사에게 보낼 것이라고 하였어."

"왜 그렇게 말씀을 하셨을까? 너 이런 식의 이야기를 전에도 한 적이 있었어?" 유라가 물었다.

"그냥…… 일 년 전에 일이 좀 있었어. 아빠는 그때 일에 대해서 아직도 날 용서하지 않으셨어." 글레프가 말을 더듬으며 얼버무리려고 하였다.

"도대체 무슨 일이 있었길래 아빠가 자기 아들을 일 년 동안 용서를 하지 않는 거야?" 손수건으로 눈물을 닦으며 레나가 잠긴 목소리로 물었다.

"신경 꺼." 글레프가 신경질적으로 말하였다. 그러고는 흥분해서 티스푼을 집어 던졌다. 글레프에게는 그 일이 지금까지도 몸에 난 상처처럼 아픈 것이었다.

"만약에 할아버지께서 살아계셨다면 분명히 믿으셨을 거야. 그리고 무언가를 생각해냈을 거야. 할아버지는 나를 이 고통 속에 버려두지 않았을 거야." 슬픔에 젖어 유라가 말하였다.

"그러니까, 잘 봐. 이제 곧 네가 그걸 확인해볼 수 있을 거야." 글레프가 말하였다.

"확인해본다는 게 무슨 말인데?"

"말 그대로 할아버지는 곧 살아 계시게 될 거야."

유라가 얼어붙었다. 그의 머릿속에는 다시 살아있는 할아버지를 본다는 생각을 하지 못하였다. 이들이 계속해서 시간을 거슬러 가게 된다면 필연적으로 할아버지가 죽지 않은 날까지 가게 될 것이라는 사실을 알고는 있었지만 그 일이 실제로 일어난다는 것은 상상할 수 없었기 때문이다.

"맞아!" 부어오른 눈에서 눈물을 닦아내던 레나가 기쁘게 소리쳤다. "할아버지는 고고학자이고 교수님이시잖아! 우리를 도와주실 수 있을 거야. 여기 출구가 있어! 하고 말이야. 며칠이 지나면 이 무서운 상황에서 벗어나게 될 거야. 안 그래, 유라?"

유라는 대답을 하지 않았다. 그는 너무 큰 충격을 받은 상태였다. 정말로 그가 다시 할아버지를 볼 수 있으며, 몸을 만질 수 있고, 대화를 할 수 있을까? 9일만 지나면 영원히 잃어버렸다고 생각하였던 할아버지와 함께 할 수 있다고? 말도 안 된다! 이건 정말 놀라운 꿈이다!

"그럼, 발굴 전문가는 우리를 도우면 도왔지 방해하지는 않을 거야. 할아버지는 훌륭한 조언을 해 줄 거야. 아마 우리에게 기회가 있을지도 몰라." 글레프가 레나의 말에 동의를 하였다.

교수님의 등장에 대한 생각은 어느 정도 글레프에게 용기를 주었다. 이들의 엉켜버린 모험이 좋게 끝날 수 있다는 실낱같은 희망이 반짝였다.

"물론 그러면 좋지. 하지만 너무 시간이 많이 걸려! 우린 팔짱을 끼고 앉아서 유라의 할아버지를 기다려야 한단 말이야? 이건 그냥 9일이 아니잖아. 거꾸로 가는 9일이잖아!" 거의 침착해진 레나가 말하였다.

"가장 무서운 것은 우리 집에서 다시 장례식이 치러진다는 거야." 유라가 고개를 흔들며 말하였다.

"난 또다시 그 무서운 생일을 치러야 하고." 우울하게 레나가 말하였다.

"넌 왜 무서운 생일이야?" 유라가 물었다.

"왜냐하면 모두가 그날에 대해서 완전히 잊고 있었거든. 나도 잊었고. 난 늘 그렇듯이 일을 하였어. 그래 연휴가 있은 뒤였는데 아직 유치원이 문을 열지 않아서 막내가 집에 있었지. 난 할 일이 많아서 내 생일인 것도 잊고 있었지. 14일이 되어서야 기억을 하였어."

"네 생일이 언제인데? 13일?"

"응."

"뭐라고? 너 2013년 5월 13일에 13살이 된 거야? 그리고 제13번 학교에서 공부를 하고 운이 엄청 좋은데." 글레프가 놀라며 말하였다.

"그래, 말도 안 되게 운이 좋아. 특히 13살을 두 번이나 계속해서 기념하니 말이야. 알았어. 난 가야 해. 엄마가 계신 병원에 가야 돼. 6시 20분에 아빈스크로 가는 버스가 출발해." 레나가 자리에서 일어서면서 한숨을 쉬었다.

"나도 가야 해. 손님들이 모두 돌아갔을 거야. 이제 할머니가 전화를 걸기 시작할 거야." 유라도 탁자에서 일어났다.

"잠깐만, 나도 너희랑 함께 나갈 거야." 글레프가 서둘러 말하였다. 그는 여기서 이대로 흩어지는 것이 아쉬웠다. 손님들도 이 모임도 마음에 들었지만, 그들과 헤어지기 싫어한다는 마음을 드러내지 않기 위해서 그는 자신의 평소 습관대로 투덜거리며 말하였다.

"우유를 사러 가야겠어. 너희들이 다 마셔 버렸잖아. 기다려 줘. 나 옷 갈아입고 나올 게."

"스트레스가 사라졌나 보네. 잘 되었다, 안그래? 지금도 넌 여기 온 걸 후회하는 거야?" 글레프가 부엌에서 나가자 유라가 레나에게 작은 소리로 물었다.

"알았어, 네가 옳았어. 그리고 쟤는 아무 스트레스도 없었을 거야. 개인주의자들은 스트레스를 받지 않거든. 왜냐하면 개인주의자들은 오직 자신만을 사랑하기 때문이지." 레나가 작은 소리로 말하였다.

"쟤는 주위에 아무도 없기 때문에 자신 외에 다른 사람을 사랑할 수 없었을 뿐이야." 유라가 말하였다.

2013년 5월 15일 수요일

　기술시간이다. 남학생들은 등받이가 있는 작은 의자를 만들었다. 부속품들은 지난 시간에 모두 준비해 두었기 때문에 이번 시간에는 그것들을 하나로 조립하는 작업만 하면 되었다. 글레프도 자신의 작업대에서 부속품들을 조립하고 있었다. 처음 시작할 때에는 싫어하는 티(어떻게 똑같은 것을 두 번 한다는 것이 재미있을 수 있을까!)를 냈지만, 지난번에 자신이 만든 의자가 비뚤어지고 견고하지 못하였던 이유를 알아내면서부터 점점 조립에 빠져들었다. 그는 자신이 하였던 잘못을 수정하고 완성된 의자를 바닥에 놓았다. 그는 자신이 만든 의자가 마음에 들었는지 조심스럽게 앉아 보기도 하였다. 그리고 사포를 집어 들고는 마무리가 매끄럽지 못한 부분을 문지르기 시작하였다.

　유라는 반대로 지난번과 똑같은 실수를 반복하고 있었다. 그는 계속해서 나무 부품들을 떨어뜨리고, 공구를 헷갈렸다. 게다가 의자의 앞쪽 다리를 구멍에 맞춰 밀어 넣다가 손가락에 가시가 박혔다. 소리를 지르면서 고통스러워하다가 '또다시' 바로 그 쇠스랑을 밟고 말았다. 만약 가시가 박혔던 것을 조금만 일찍 기억하였더라면 그런 일은 일어나지 않았을 것이다. 유라는 이 사고 이외에 5월 15일 기술 수업 시간에 어떤 불행한 일이 더 있었나를 기억하려고 애썼다. 그때 복도에서 누군가가 기술 선생님을 불렀고 선생님이 교실 밖으로 나갔다. 실습실은 순식간에 시끄러워졌다. 아이들은 각자 하던 작업을 멈추고는 한 작업대로 몰려 들었다. 그곳에서는 훼방꾼 무힌이 기술 선생님을 흉내 내는 무료 쇼를 보여주고 있었다. 그때 유라는 다음에 무슨 일이 일어났었는지를 기억해냈다. 무힌은 선생님 흉내 내는 것에 금방 싫증을 내고 유라에게 시비를 걸기 시작할 것이다. 그리고 유라에게 껄렁껄렁한 농담을 하고 아이들은 마치 정신 나간 듯 깔깔거리고 웃을 것이다. 게다가 이 나쁜 녀석은 그의 의자를 발로 밟아서 망가뜨릴 것이다.

유라는 다시 그런 상황을 맞고 싶지 않았다. 그래서 교실 밖 복도에서 선생님이 돌아오시기를 기다려야겠다고 생각하였다. 하지만 유라의 계획은 성공하지 못하였다. 무힌은 유라가 몰래 작업대 사이를 빠져나가는 것을 눈치채고는 두 걸음으로 껑충 뛰어와서 그의 길을 막아섰다. 글레프는 자신이 하던 일을 멈추고 그쪽을 바라보았다. 글레프 또한 난장판이었던 그날의 장면을 기억하고 있었다. 무힌과 그 친구들은 유라를 놀린 후에 그의 밝은색 백팩을 빼앗아서는 마치 배구공처럼 가지고 놀았다. 불쌍하고 힘없는 유라는 그들 사이를 왔다 갔다 하면서 자기 가방을 돌려 달라고 애원을 하였다. 아이들은 큰 소리로 웃으며 신이 나서 유라를 놀려 댔다. 그리고 지금까지 진행된 모든 상황으로 보건대 똑같은 일이 반복될 것 같았다.

'도대체 왜 유라는 자기를 저렇게 대하도록 하는 걸까? 언뜻 보기에도 힘은 유라가 더 세어 보이는데. 두 눈 사이를 겨냥해서 한 방 날리면 될 텐데. 근데 내가 왜 이 체스 선수를 걱정하는 거야!' 깡마른 무힌이 유라에게 트집을 잡는 것을 보고 글레프가 생각하였다.

글레프는 저들이 하는 짓을 방해하고 싶지 않았다. 그는 힘없고 약한 사람들을 돕는 베트맨이 아니다! 모든 사람은 자기 자신을 지키기 위해서 행동할 줄 알아야 한다. 저 뚱땡이가 겁쟁이에 코흘리개인 것이 누구의 잘못이란 말인가?

유라를 향한 조롱은 절정에 다다랐다. 그의 백팩은 지금 야비한 웃음소리를 내고 있는 세마크의 손에 들려 있었다.

"내놔!" 유라가 소리쳤다.

유라의 불쌍한 목소리가 글레프의 마음을 움직였다. 글레프는 자신이 다 만들어 놓은 의자의 다리를 손으로 꽉 잡았다. 그리고 자신의 작업대에서 빠져 나왔다.

"이봐, 너희들 가방 돌려줘라." 조용하게 하지만 위협적으로 글레프가 말하였다.

무힌, 세마크 그리고 자고르킨이 놀라서 쳐다보았다. 6년 만에 처음으로 유라를 위해서 누군가가 나선 것이다.

"너 뭐야, 옐리자로프. 어디 아픈 거야? 얘는 카라세프야. 너하고 무슨 상관인데? 아무도 널 건드리지 않는 걸 기뻐해야 하는 거 아니야?" 무힌이 말하였다.

"난 두 번 말하지 않을 거다. 만약 셋 셀 때까지 카라세프에게 가방을 돌려주지 않는다면 세마크 니 대갈통을 날려버릴 거다. 하나, 둘……." 글레프가 숫자를 세면서 의자를 머리 위로 들었다.

"이 새끼, 미친 것 아니야?" 세마크는 겁을 먹은 상태에서 무힌이 도와주기를 기대하고 있었다.

"그래, 맞아. 나 미쳤어. 진단서도 있어서 내겐 아무 일도 없을 거야. 하지만, 넌 병원에 누워있게 될 거야. 둘 반…… 셋!" 글레프가 세마크의 말에 동의하며 위협적으로 말하였다.

세마크는 서둘러서 카라세프에게 백팩을 던졌다. 유라는 이렇게 빨리 사건이 마무리된 것이 믿기지 않았다. 그리고 세마크가 던진 가방을 잡아서 가슴에 안았다.

"복도로 나가." 글레프가 유라에게 말하였다. 그리고 이해할 수 없다는 얼굴을 하고 있는 같은 반 아이들을 둘러보면서 "누구든 다시 얠 건드리면 내가 가만 두지 않겠어!"라고 한 마디를 덧붙였다.

가방을 안고 있던 유라는 문 뒤로 사라졌다. 글레프는 여전히 힘 있게 잡고 있던 의자를 아래쪽으로 내려놓은 다음 유라가 사라진 문을 향하였다.

"이봐, 옐리자로프. 이게 다가 아니야. 난 이번 일을 이렇게 끝내지 않을 거야. 조심해서 다녀!" 무힌이 글레프의 뒤에 대고 위협적으로 말하였다.

"넌 내일이면 우리하고 엮인 것을 후회하게 될 거야." 세마크도 거들었다.

"내일?" 글레프는 문 앞에서 멈추어 섰다.

"내일, 내일!" 자고르킨이 확인시켜주었다.

"그래, 내일 일은 내일 걱정하지 뭐." 글레프가 기쁜 표정으로 말하였다. 그러고는 갑자기 깔깔거리면서 웃었다.

무힌과 나머지 아이들은 이해할 수 없다는 듯 서로를 쳐다보았다.

"뭐가 웃긴 거지? 왜 저러는 거야?" 세마크가 궁금함을 참지 못하고 물었다.

"돌겠네. 그가 한 말이 맞았어. 머리가 돈 거야. 갑자기 왜 저렇게 된 거지?" 무힌이 말하였다.

같은 반 아이들은 무힌을 따라서 천천히 자기 자리로 흩어졌다. 글레프는 복도로 나간 다음에도 계속 웃었다. 놀란 유라가 창문 앞에서 그를 기다렸다.

"유라, 너 삶의 태도를 좀 바꾸어야 해. 안 그러면 넌 11학년까지 무힌과 같은 놈들의 희생양이 될 거야. 체스를 그만두고 복싱을 배우러 다녀. 아니면 뚱뚱한 사람들을 위한 격투기, 그걸 뭐라고 하더라?"

"스모 말이야?"

"그래, 스모. 넌 무힌보다도 3배는 더 무겁잖아. 네가 걔를 한 대 갈기면 아마도 그 녀석은 뼈도 못 추릴 걸!"

"난 사람을 때릴 줄 몰라." 뼈도 못추린다는 글레프의 말에 놀란 유라가 속마음을 고백하였다.

"때릴 줄 모른다고? 그건 아무런 문제도 아니야. 내가 다음엔 어떻게 해야 하는지 가르쳐 줄게. 넌 그냥 녀석 위에 앉기만 하면 돼!" 글레프가 자기 목덜미를 쓰다듬으며 말하였다.

레나

오늘은 집안일이 생각보다 빨리 끝났다. 밤 11시 30분에 레나는 부엌 청소를 거의 끝마치고 있었다. 마지막으로 식탁을 닦은 후 '매일 밤 청소를 마치고 지저분한 동생들까지 씻겨줄 필요가 없어'라고 이야기한 글레프 말이 일리 있다는 생각을 하였다. 만일 다음날 아침이 진짜로 가는 날의 아침과 똑같이 된다면 아뉴트카의 스타킹의 구멍을 꿰매든 그렇지 않든, 사샤의 셔츠를 다리든 다리지 않든 무슨 상관이 있단 말인가? 내일 아침 먹을 것을 준비하는 것도 전혀 소용없는 일이 될 것이다. 그녀가 오늘 일을 해서 얻은 결과는 내일이면 모두 사라질 것이기 때문이다. 하지만 더러운 그릇들과 더러운 가스레인지를 어떻게 그냥 둔단 말인가? 보바의 운동화가 찢어져 있고, 안드레이의 교복 바지에 껌이 붙어있는 것을 보고 어떻게 그냥 둘 수가 있단 말인가? 그건 그냥 불가능한 일이었다!

레나는 잠을 자고 있는 동생들을 살펴본 후 여동생과 함께 쓰는 방으로 들어갔다. 아뉴트카는 오늘 집에 오지 않았다. 금요일까지는 유치원에서 잠을 잔다. 하지만 내일 아침이면 여동생은 집에 있을 것이다. 왜냐하면 5월의 연휴 기간인 14일까지는 유치원이 휴관을 하였기 때문이다. 그러니까 내일뿐만 아니라 월요일에도 학교에 갈 수 없다. 침대를 정리하다가 문득 그녀는 자기가 이렇게 침대를 정리하는 것이 거꾸로 시간을 가기 시작하고 나서 처음이라는 사실을 깨달았다. 보통 그녀의 기억은 원치 않는 시간에 갑자기 끊어졌다. 예를 들어서 어제는 아파트 현관에서 싸우고 있는 고양이들을 쫓아 내려고 나갔다. 그리고 그 이후는 아무 기억도 없었다. 그 이후는 전혀 기억 없는 상태에서 그렇게 아침에 일어났다. 이상하였다. 정상적인 생활에서는 그런 일이 전혀 없었다. 그리고 왜 이런 일이 그녀에게만 일어나는 것일까?

레나는 이불을 덮고 누워서 기분 좋게 몸을 쭉 폈다. 얼마나 기분이 좋은지! 밤에 이렇게 침대에 편안하게 누워있다는 것은 정말 기분 좋은 일이다. 이상한 것은 지난 목요일 저녁에 그녀는 침대에 눕지 않았다. 그런데 침대에서 일어났다!

레나는 잠을 이룰 수 없었다. 그녀는 이렇게 일찍 침대에 누워 본적이 없었기 때문에 쉽게 잠들 수 없었다. 눈을 뜨고 누운 채 지난며칠 동안 있었던 사건들을 하나씩 생각해 보았다. 돌아갈 수 있다는 조그마한 희망이 있었을 때 너무 기뻤다. 일요일 발굴현장에 다녀왔을 때 모든 희망이 사라졌다고 느꼈다. 하지만 이제 모든 것이 잘 될 것이다. 카라세프 교수님을 기다리기만 하면 된다. 고대문명의 전문가인 그가 그들을 도와 줄 수 없다면…… 생각하기도 싫다! 정말 도울 방법을 찾지 못한다면? 만약 그 역시 이런 경우와 한 번도 맞닥뜨리지 못하였다면? 아니면 글레프 아빠처럼 그가 그들의 말을 믿지 않는다면?

흥분한 레나가 침대에서 일어나 앉았다. 그럼 어떻게 하지? 유라의 할아버지를 기다리기 위해서 많은 시간을 허비하고 있는데 그게 다 헛수고가 된다면? 이게 다 소용없다는 것을 아무것도 하지 않고 그냥 기다린 다음에 알아야만 한다는 말인가? 어쩌면 유라가 제안한 다른 방법도 한 번은 생각해봐야 하지 않을까? 성벽에 낙서가 되지 않도록 하는 방법 말이다.

나쁘지 않은 생각아닌가! 글레프는 해볼 가치도 없다고 하였지만 글레프가 옳다는 보장이 어디있는가? 어쩌면 성공할 수도 있지 않을까? 보험을 들어야 한다. 모든 가능성을 시도해봐야 한다. 그런데 누구한테 이야기를 해주지? 같은 반 아이들에게? 담임선생님에게? 버스 운전기사에게? 아니 아무에게도 이야기를 하지 않고 봉투에 5월 23일까지 열어보지 말라고 하고 안에다 글을 써 놓으면 어떨까? 정상적인 삶을 사는 사람들은 언젠가는 이 봉투를 보게 되지 않겠는가! 누구에게 써야 하지? 어디에 두지? 설득을 시키려면 뭐라고 쓰지?

레나에게 한 가지 묘안이 떠올랐다. 그녀는 침대에서 뛰어나와서 스탠드를 켜고 가방을 들었다. 공책을 꺼내서 아무것도 쓰여 있지 않은 몇 개의 낱장을 뜯어냈다. 그녀는 자기 자신에게 편지를 쓰기 시작하였다! 멋진 생각이다!

레나는 다섯 장을 망쳐버렸다. 여섯 번째 쓴 편지가 그나마 어느정도 마음에 들었다. 그녀는 종이 위에 이렇게 썼다.

"어떤 경우가 있어도 옐리자로프를 고대 성벽 가까이 가지 못하게 할 것! 불행한 일이 벌어질 것이다!!!"

그리고 깨끗한 편지봉투에 종이를 접어서 넣었다. 그리고 풀을 붙인 후 봉투 위에 썼다.

"레나에게, 레나만 볼 것."

모든 다른 사람들에게는 시간이 앞으로 간다. 그러니 정상적인 달력 속의 레나는 반드시 봉투를 찾게 될 것이다. 그리고 다음은 그녀의 능력을 믿을 수밖에 없다. 만약 그녀가 멍청이 옐리자로프를 멈출 수만 있다면 모든 것이 제 자리를 찾을 것이다. 봉투를 어디에 놔두어야 너무 일찍 이 봉투를 발견하지 못하게 할 수 있을까?

레나는 견학을 가던 날 아침을 떠올렸다. 그녀가 어떤 행동을 하였고 어떤 서랍을 열었는지 기억하기 시작하였다. 그날은 사건이 일어난 다음에 그들이 한 번 밖에 살지 않은 유일한 날이다. 나머지 날들은 이미 그녀의 머릿속에서는 뒤죽박죽이 되어 있었다. 그녀는 학교를 가지 않았다. 아뉴트카가 수두에 걸렸기 때문에 아뉴트카와 함께 집에 있었다. 그녀는 빨래를 하고, 바느질을 하고, 음식을 준비하였다, 그래 음식을 준비하였다. 최근 한 달 동안 유일하게 주철로 만든 솥에다 닭 날개를 넣은 볶음밥을 만든 날이었다. 그러니까 5월 23일 이전에는 이 주철 솥을 아무도 건드리지 않을 것이다. 훌륭한 비밀장소야!

레나는 주철 솥을 꺼내서 그 안에 봉투를 넣었다. 그리고 솥뚜껑을 덮은 후에 솥을 원래 있던 장소에 다시 놓았다. 이러면 필요한 날 아침에 레나가 솥을 꺼낼 것이고 편지를 보게 되고, 읽어보고 자신의 글씨체인 것을 보고 놀랄 것이다……. 그다음은 그녀의 능력을 믿어야 한다. 그렇게 인내심을 갖고 기다려야 한다.

자, 미래의 레나야, 제발 일을 망치지 말아줘!

2013년 5월 14일 화요일

점심시간에 식당에서 돌아오면서 글레프는 유라가 아주 작은 아이하고 함께 남의 사물함 앞에서 소곤거리고 있는 것을 보았다. 글레프는 신경 쓰지 않는 척하며 그 옆을 지나갔다. 하지만 유라가 교실로 돌아왔을 때 궁금증을 참지 못하고 물어보았다.

"너 그 꼬마하고 무슨 일을 꾸민 거야? 너 혹시 무힌의 쫄병이 되어서 담배 살 돈을 뜯어내는 거 아니야?"

"걔는 레나 동생 안드레이야." 항상 그렇듯이 비웃음을 흘려보내며 유라가 설명하였다.

"걔를 왜 만났는데?"

"레나가 어제, 월요일에 뭘 하였는지 물어봤어. 그러니까 쟤들한테는 어제고 우리한테는 내일에 대해서. 레나가 얼마 동안이나 집을 비울 것인지 그리고 몇 시에 집에 돌아오는지를 알아내려고."

"왜?"

"내일이 레나 생일이잖아."

"그래서? 지나간 생일을 어떻게 하려고?"

"아직 레나의 생일은 안 지나갔어. 레나의 생일을 아무도 기억해 주지 않았다고 했잖아. 레나에게 깜짝 파티를 해주고 싶어. 동생들한테 레나가 일하러 가고 나면 생일상을 함께 차리자고 이야기를 할거야. 과일과 과자는 내 용돈으로 살 거야. 케이크는 할머니한테 만들어 달라고 할 거고. 그리고 생일 선물을 하나 준비하려고 하는데 뭘 선물해야 할지 아직 결정 못 하였어." 유라가 활기 넘치게 이야기하였다.

"생각하지 않아도 돼. 선물은 필요 없어." 글레프가 말하였다.

"왜?"

"다음날 없어질 거잖아. 그리고 오늘 케이크를 만들 생각은 하지 마. 내일이 되면 그것도 없어질 거야."

"맞아. 내일 아침에 할머니께 말씀드려야겠어. 학교에 있는 동안 만들어 달라고 해야지. 그리고 동생들도 잊지 않게 하기 위해서는 내일 이야기를 해야겠네."

"그래. 누나의 생일이 지났는데 오늘 깜짝 파티를 해주겠다고 하면 걔들이 이상하게 생각할거야." 글레프가 미소를 지었다.

"응, 맞아. 내일 모든 일을 해야겠어. 학교 끝난 후에 남아서 어떻게 할 것인지 잘 생각해보자." 유라가 동의를 구하며 말하였다.

"내가 왜? 하고 싶으면 너나 해."

"넌 안 도와주겠다는 거야?"

"내가 뭣 때문에?"

"음…… 친구들은 서로 돕는 거잖아."

"우린 친구가 아니야." 글레프가 말하였다.

"정말 그렇게 생각해? 그럼 넌 왜 날 무힌한테서 지켜줬어?" 유라가 물었다.

글레프는 별 뜻이 없었다는 듯 어깨를 으쓱했다. 그러고는 복도 쪽으로 걸어갔다. 유라는 복도로 나가는 그를 바라보며 엷은 미소를 띠었다.

2013년 5월 13일 월요일

2시가 되자 레나는 항상 그렇듯이 카페 아르바이트를 하러 집에서 나갔다. 레나는 그녀가 없는 동안 집안에서 어떤 일들이 벌어질지 전혀 상상도 하지 못할 것이다.

누나의 생일 파티를 준비하는 일에 레나의 동생들은 모두 기쁜 마음으로 동의를 하였다. 유라는 자기의 저금통을 뜯었고, 글레프와 함께 커다란 비닐 가방 두 개와 할머니가 방금 구운 케이크를 가지고 레나의 집으로 왔다.

막내 아뉴트카를 포함한 레나의 모든 가족은 부엌에서 분주하게 왔다 갔다 하였다. 서로의 움직임이 겹치면서 난리 법석을 피웠다. 결국 10분 만에 글레프의 인내심이 바닥이 나고 말았다. 그는 아이들을 방으로 쫓아냈고 부엌에는 사샤만 남겨 두었다. 잠시 후에는 어떻게 할 줄 몰라 하는 유라마저도 쫓아내야만 하였다.

"너 손이 왜 그래? 누가 그렇게 칼을 잡아? 너 뭐야, 한 번도 빵을 썰어 본 적이 없는 거야?" 유라가 빵을 자르면서 칼로 눌러서 짜부라트린 빵들을 보면서 글레프가 말하였다.

"저 아이를 보라고!" 글레프는 샐러드를 만들 햄을 능숙하게 자르고 있는 1학년짜리 사샤를 가리켰다.

"난 이런 일을 해 볼 기회가 없었어." 미안하다는 듯 중얼거리며 유라는 설거지를 하려고 하였다. 그러다 손에서 접시가 미끄러지면서 깨졌다.

"너 설거지도 해 본 적이 없지. 싱크대에서 떨어져. 차라리 유치원생들을 불러야겠어. 걔들이 너보다는 훨씬 나을 것 같아. 가스레인지에 불 붙일 줄은 아냐? 아니면 닭을 좀 씻어 줄래?" 유라가 접시를 깨트리자 짜증이 난 글레프가 유라의 행동 하나하나를 확인하면서 말하였다.

실제로 유라가 할 수 있는 부엌일은 아무것도 없었다. 유라는 결국 어린 안드레이가 지휘를 맡은 청소조에 배치되었다. 그런데 창피하게도 13살의 유라는 걸레를 어떻게 사용할지도 빗자루로 무엇을 해야 할지도 모르는 상태에서 우왕좌왕하고 있었다. 유라의 행동을 지켜보다가 맥이 풀려버린 글레프는 유라가 왜 이 깜짝 파티에 자신을 그렇게 부르려고 하였는지 이해할 수 있었다. 글래프는 이 모든 것이 자신에게 모든 일을 떠넘기려는 유라의 음모가 분명하다고 생각하였다.

마침내 글레프는 유라가 할 수 있는 일을 찾았다. 그것은 아뉴트카와 함께 다른 방으로 들어가는 것이었다. 그곳에서 둘은 나이에 맞는(글레프의 말에 의하면) 일을 찾아서 하도록 하였다. 예를 들어서 그림책을 읽는다든가 그림을 그린다든가 하는 것 말이다. 사실 집에 들어오면서부터 아뉴트카를 격리시키고 싶었다. 아뉴트카는 작은 악당이었다. 그녀는 이곳저곳에서 거의 동시에 나타났고 나타남과 동시에 오빠들의 모든 일을 방해하였다. 아뉴트카의 울음소리에 머리가 지끈거렸다. 유라가 아뉴트카를 데리고 방으로 들어가면서 거실과 부엌에는 마침내 평화가 찾아왔고, 모두가 안도의 한숨을 내쉬었다.

"우리 아뉴트카는 맨날 저렇게 한시도 가만히 있지 않아. 아뉴트카가 아파서 유아원에 안 가면 유아원에서 기뻐하였을 정도라니까." 안드레이가 말하였다.

"그래, 그 마음이 이해가 된다." 글레프가 대답하였다.

한 시간이 지난 후, 마침내 닭고기를 오븐에 넣었고 거실을 풍선과 "생일 축하해!"라고 만든 장식용 램프로 꾸밀 수 있었다. 그런데 폭죽을 까맣게 잊고 있었다. 각본대로라면 생일을 맞은 레나가 아파트 출입문을 여는 순간 폭죽을 터트려서 깜짝 놀라게 해 줄 생각이었다. 그러면 레나가 아주 기뻐할 것 같았다. 이벤트를 기획한 사람으로서 유라는 세 블록이나 떨어진 곳에 있는 슈퍼마켓을 다녀와야 하였다. 보바, 사샤 그리고 아뉴트카가 함께 가겠다고 하였다. 유라는 그렇게 무리를 지어 가면 안 된다고 하면서 아뉴트카만 데리고 가겠다고 하였다. 유라는 아뉴트카에게 책을 읽어줄 때 아뉴트카가 귀 기울여 들으면서 그의 입만 뚫어지게 쳐다보았는데 그게 마음에 쏙 들었기 때문이다.

"얘는 데리고 나가면 안 돼. 얘는 누구의 이야기도 안 들어. 얘를

통제할 수 있는 사람은 레나 누나와 엄마뿐이야." 안드레이가 유라에게 경고하였다.

"나는 할 수 있어. 너, 내가 널 데리고 가면 말 잘 들을 거지?" 유라는 큰 소리로 말하는 안드레이를 진정시키면서 그의 주위를 돌며 깡총깡총 뛰고 있는 아뉴트카에게 말하였다.

"응!" 아뉴트카가 예쁘게 약속을 하였고 둘은 가게로 출발하였다.

이제 거의 모든 것이 준비되었다. 닭고기가 익기만을 기다리면 되었다. 사샤와 보바는 바깥으로 나갈 준비를 하였다.

"너희들 누나에게 줄 선물은 준비했어?" 둘에게 글레프가 물었다.

"당연하지. 누나가 오면 우리 모두 소파에서 일어나 다 함께 '서프라이즈'라고 외칠 거야. 영화에서 봤거든."

"그건 당연한 것이고. 내가 말하는 것은 너희들이 직접 준비한 선물, 기억에 남을 선물을 준비하였냐는 말이야. 그림을 그린다든가 뭘 만들어 준다든가 하는 것 말이야."

"에이! 그런 쓸데없는 게 왜 필요해!" 사샤가 웃기지 말라는 듯한 투로 말을 하였다.

"누나는 자기에게 가장 좋은 선물은 우리가 신발을 더럽히지 않거나 옷을 찢어트리지 않는 것이라고 하였어. 그래야 자기 일이 줄어드니까. 우리는 오늘 옷도 깨끗하게 입었고 신발도 더럽히거나 찢어지지 않게 조심하였어. 그러니까 누나 말처럼 이게 선물이지!" 보바가 덧붙였다.

형제는 바깥으로 나갔다. 글레프는 동생들의 그런 냉소적인 표현에 놀라서 안드레이를 쳐다봤다.

"레나 누나가 우리에게 항상 그렇게 말하였어. 우리는 누나에게 줄 선물을 준비하지 않았어." 선반에서 그릇을 꺼내며 안드레이가 확인시켜 주었다.

"그래, 알았어. 하지만 오늘은 생일 파티가 끝난 후에 모두가 함께 정리하고 설거지도 같이 하자. 누나가 좀 쉴 수 있게 말이야." 글레프가 말하였다.

"우리가 그렇게 해도 누나는 쉬지 못할 거야. 누나는 현관 청소를 하러 가야 하거든." 안드레이가 말하였다.

"뭐라고? 오늘도? 미루면 안 돼?" 글레프는 어이가 없다는 듯이 말하였다.

"미루라고? 매일 청소를 해야 하는데, 어떻게 미뤄. 똑같은 곳을 청소하는 게 아니라 돌아가면서 다른 곳을 매일매일 청소하는 거야. 하루에 두 동의 현관을 청소해야 해. 아, 오늘은 하나네. 만약 오늘 청소를 하지 않으면 내일은 세 동을 청소해야 하는 거야. 그리고 청소를 하지 않으면 주민들이 민원을 낼 것이고 그러면 레나는 월급을 받지 못하게 될 거야. 엄마가 아프기 전에는 엄마와 둘이서 서로 번갈아 가면서 청소하였어. 하지만 지금은 누나 혼자서 청소를 해야 해. 휴일에도 청소를 해야 하는데 오늘이라고 어떻게 청소를 하지 않을 수 있겠어."

자신이 알고 있는 이야기를 모두 한 후에 안드레이는 다시 포크와 접시를 잡았다. 글레프는 이런 저런 생각으로 머리가 복잡해졌다.

1층 계단 앞의 청소를 마친 후 양동이의 물은 그냥 보기에도 완전한 흙탕물이었다. 글레프는 인상을 찌푸리며 양동이에 더러운 걸레를 담갔다. 그리고 고무장갑을 낀 손으로 걸레를 짜기 시작하였다. 안드레이는 한 층 아래의 계단에서 빗자루질을 하고 있었다. 가끔 먼지구름이 일었고 그때마다 크게 기침을 하기 위해서 빗자루질을 멈추었지만 열심히 청소를 하고 있었다. 걸레의 물을 짜낸 후에 글레프는 대걸레 자루에 걸레를 결합해서 페인트가 거칠게 칠해진 나무 바닥의 물기를 닦아냈다. 만약 누군가가 어제의 그에게 어떤 여자아이를 위해서 아파트 현관을 청소하라고 이야기하였다면 그는 그 사람의 면전에서 어림없는 소리라며 비웃었을 것이다. 그런데 오늘은 이렇게 청소를 하고 있다! 글레프 자신도 자기가 왜 이렇게 행동하고 있는지에 대해서 정확하게 이해하지 못하고 있다. 그냥 오늘 레나의 생일이 지금까지의 생일과는 다른, 그래서 그녀가 오늘이 진짜 자신의 생일이라는 것을 분명하게 느끼도록 만들어주고 싶었다. 그리고 무엇보다 생일 파티를 마친 레나가 곧바로 걸레를 손에 잡고 일을 하게 만들고 싶지 않았다.

글레프는 현관 청소가 유쾌한 일일 것이라고 생각하지는 않았다. 하지만 이렇게까지 힘이 들고 어려운 일일 것이라고는 생각지도 못하였다. 주민들은 마치 일부러 현관을 더럽히려는 것처럼 계속해서 방금 닦은 계단에 발자국을 내면서 왔다 갔다 하였다. 어떤 사람들은 아이들이 제대로 물기를 제거하지 못하였다고 불평을 하였고, 또 어떤 사람들은 주민들이 다니는데 불편하지 않도록 청소는 저녁 아홉 시 이후에 해야 한다고 친절하게 알려주기도 하였다. 그리고 또 다른 사람들은 '정규 청소부'인 여자애는 어디로 갔는지 그리고 왜

이런 코흘리개 어린아이들에게 이 일을 맡겼는지에 대해 궁금해
하였다. 글레프는 '청소부'라는 말이 마음에 들지 않았다. 만약 레나
가 '정규 청소부'라면 그는 오늘 '임시 청소부'이기 때문이다.

둘이 청소를 거의 다 끝내갈 무렵이었다. 이제 글레프가 1층에 걸
레질을 마지막으로 한 번만 하면 오늘의 청소는 그걸로 끝이었다.
그때 보바가 현관으로 뛰어들어오면서 소리쳤다.

"그 뚱뚱한 형이 우리 아뉴트카를 잃어버렸어!"

글레프와 안드레이는 마치 명령이라도 받은 사람들처럼 뻣뻣하
게 서서 어쩔 줄 몰라서 서로를 쳐다보았다. 그리고 청소도구를 집
어 던지고 바깥으로 뛰어나갔다.

얼굴이 하얗게 질린 유라가 아파트 앞 어린이 놀이터에 서 있었
다. 그리고 무슨 뜻인지 알 수 없는 손짓을 하며 무슨 일이 일어났는
지를 설명하고 있었다. 그는 감정이 격해져 있었기 때문에 조리 있
게 말을 할 수 없었다. 유라 주변에는 레나의 남동생들이 마치 코끼
리에 달려드는 삽살개처럼 뛰어오르며 귀가 먹을 정도로 소리를 지
르고 있었다.

"자, 조용히! 모두 입 다물어! 기적을 일으킨 돌보미만 말한다. 아
이가 어디에 있지?"

"몰라." 힘들게 숨을 몰아쉬며 유라가 말하였다.

"어떻게 아이를 잃어버릴 수 있어? 내가 그랬잖아 손을 꼭 잡고
놓으면 안 된다고."

"꼭 잡고 있었어. 걔가 아이스크림이 먹고 싶다고 하였어. 그래서

그걸 사려고 잠깐 고개를 돌렸을 뿐이야. 그런데 없어졌어. 슈퍼마켓 안을 다 뒤졌지만 아무데도 없었어. 어디로 사라졌을까? 분명히 나한테 내 말을 잘 듣겠다는 약속까지 하였는데 말이야."

"걔는 누구에게나 그렇게 약속해. 하지만 그 약속을 지킨 적은 한 번도 없어." 안드레이가 말하였다.

"나한테 미리 말을 해줬어야지!" 유라가 소리쳤다.

"그렇게 말하였잖아! 하지만 네가 흘려들었을 뿐이야. 자기가 무슨 위대한 교육자라도 된 것처럼 말이야." 글레프가 유라의 말을 막았다.

"훌륭한 생일 선물이네!" 사샤가 빈정대며 말하였다.

"파출소에 가야겠어." 안드레이가 말하였다.

"그러지 말고 우리가 직접 찾자." 글레프가 단호하게 말하였다.

그는 이 아파트 단지와 옆 단지까지 구석구석 놓치지 말고 잘 찾아보라고 남동생들에게 말하였다. 그리고 자신은 유라와 함께 아뉴트카를 잃어버린 슈퍼마켓으로 갔다. 둘은 30분 동안 슈퍼마켓 내부 구석구석을 찾아보고, 쇼핑을 온 사람들과 판매원들에게 병아리가 가슴에 그려진 노란 재킷을 입은 여자아이를 보지 못하였는지를 묻고 다녔다. 그리고 아뉴트카를 찾는다는 장내 방송도 하였다. 하지만 모두 소용없었다. 어디에서도 아뉴트카를 찾을 수 없었다. 지치고 화가 난 상태로 두 사람은 아파트 단지로 돌아왔다. 레나의 남동생들 역시 아파트 단지를 샅샅이 뒤졌지만 아뉴트카를 찾지 못한 것 같았다.

"휴, 레나 누나가 자신의 생일을 오랫동안 기억하겠네. 형이 말한 것처럼." 보바가 유라에게 말하였다.

안드레이는 똑똑한 척하는 보바의 뒤통수를 한 대 때리려고 하였지만 실패하였다. 동생이 잽싸게 피하였기 때문이다.

"폭죽은 샀어?" 사샤가 불현듯 생각난 듯 물었다.

"무슨 폭죽? 지금 네 여동생이 사라졌어! 아뉴트카를 찾지 못하면 모든 게 끝이야, 모르겠어?" 인내심을 잃은 안드레이가 사샤를 향해 소리쳤다.

"그럼 케이크는?" 곧 울음보가 터질 것 같은 목소리로 보바가 물었다.

"아직 아무것도 끝난 것은 없어. 아직 시간이 남아있어. 레나는 30분 뒤에나 올 거야. 참, 닭고기 올려놓은 가스레인지의 불은 껐어?" 글레프가 말하였다.

안드레이가 순간적으로 얼었다가 현관쪽으로 불이 나게 달려갔다.

"우리가 껐어! 그 전에 형들이 청소할 때 껐어. 하지만 조금 탔어. 아주 작게 보다는 조금 더." 동생들이 안드레이의 등에 대고 소리쳤다.

"잘했어. 그럼, 닭은 나중에 살펴보자. 그리고 생각을 해보자. 아뉴트카가 지금 어디에 있을까? 너희들의 동생이잖아. 너희들은 걔에 대해서 잘 알잖아. 예를 들어서 걔가 좋아하는 게 뭐야?" 글레프가 말하였다.

"아뉴트카는 특별히 좋아하는 장소도 좋아하는 것도 없어. 소란 피우는 것만 좋아해." 안드레이가 한숨을 쉬었다.

"텐트에? 공중 목욕탕 뒤에 있던 텐트 기억나? 레나 누나랑 함께 산책을 할 때 아뉴트카는 거기서 살겠다고 고집을 부렸잖아." 갑자기 사샤가 말하였다.

"맞아! 금방 보고 올게!" 보바가 소리쳤다.

"어딜 간다고? 찻길을 건너서, 너희들끼리? 내가 같이 갈게." 안드레이가 소리쳤다.

"멀리 있어?" 유라가 물었다.

"뛰어가면 금방 가." 보바가 출발을 하자 셋이 한꺼번에 달려가기 시작하였다.

삼형제가 모습을 감추자마자 아파트 건물 한쪽에서 가슴에 병아리가 그려져 있는 노란 재킷을 입은 작은 물체가 나타났다. 밝은색의 밀짚모자를 쓴 육십은 넘어 보이는 여자가 그녀의 손을 꼭 쥐고 있었다. 아이의 다른 손은 하늘색 드레스를 입은, 크지 않지만 근사해 보이는 인형을 단단히 잡고 있었다. 글레프와 유라는 기쁨의 환성을 지르며 그들에게 다가갔다.

"찾았다! 마침내, 찾았어!" 유라가 기뻐하였다.

"고맙습니다! 어디서 찾았어요? 너 어디로 갔던 거야? 우리가 얼마나 찾았는지 알아!" 아이를 잡아당기며 글레프가 말하였다.

"너희들 누구냐?" 여자가 놀라서 둘을 바라보았다.

"우리는 레나하고 같이 공부해요. 한 반이죠. 얘는 글레프이고 저는 유라예요." 유라가 설명하였다.

"언니의 깜짝 생일 파티를 준비하고 있었어. 풍선도 있고 맛있는 것도 있고. 폭죽만 없어." 아뉴트카가 설명하였다.

"그래, 난 올림피아다 필리포브나. 그냥 리파 할머니라고 불러도 돼. 난 유아원에서 야간 보모로 일하고 있지." 여자가 말하였다.

"우리 할머니야! 가게에서 만났어. 할머니가 인형을 사 줬어." 아뉴트카가 할머니의 손을 감싸 안으며 말하였다.

"얘들의 할머니세요?" 레나가 자기네는 친척이 하나도 없다고 한 이야기를 기억하며 유라가 물었다.

"할머니는 할머니지, 친할머니는 아니고. 우리는 전에 함께 살았어, 그러니까 한 아파트에서 이웃처럼. 내가 얘들을 다 키웠다고 할 수도 있어. 모두 내 손으로 직접 키웠으니까. 나중에 길 건너에 있는 방 하나짜리 아파트를 구할 수 있어서 이사를 했어. 얘들은 이 아파트에 계속 살게 되었고. 지금은 유치원에서 아뉴트카하고 보바만 볼 수 있지." 여자가 미소를 지으며 말하였다.

유라는 무언가 더 물어보고 싶었다. 그런데 그때 삼형제가 나타났다. 안드레이가 아뉴트카의 손을 낚아챘다. 그리고 화난 표정으로 할머니를 노려보며 자기 쪽으로 아이를 끌어당겼다. 아이는 손을 빼려고 애쓰면서 반항하였다. 그리고 오빠에게 혀를 내밀었다. 보바는 달려와서 리파 할머니에게 안겼다. 그리고 그녀의 뺨에 달콤한 뽀뽀를 하였다. 리파 할머니는 그의 손에 밝은색 포장지로 쌓여 있는 사탕을 한 움큼 쥐어주었다. 그것을 본 안드레이가 여동생을 그대로 둔 채 보바에게 다가갔다.

"지금 당장 돌려줘." 엄하게 그가 말하였다.

보바는 사탕들을 손에 꼭 쥐고 고집스럽게 고개를 흔들었다.

"안드레이, 왜 그러냐? 내가 준 거잖아. 자, 너도 받거라. 내겐 아직 많이 있다." 안드레이가 힘으로 사탕을 빼앗으려고 하는 것을 보고 리파 할머니가 섭섭한 표정으로 말하였다.

"할머니가 주는 건 필요 없어요." 안드레이가 손에 든 사탕을 밀쳐내면서 그녀에게 퉁명스럽게 말을 하였다.

화가 나서 얼굴이 빨개진 보바가 형이 눈치채기 전에 재빨리 남아있는 두 개의 사탕을 입에 넣었다. 글레프와 유라는 무슨 일인지 이해하지 못하고 이쪽저쪽 번갈아 보았다. 안드레이가 아뉴트카에게서 인형을 빼앗으려고 하자 아이는 커다란 비명을 질렀고, 안드레이는 물러서며 리파 할머니에게 말하였다.

"나중에 드릴게요, 아이가 잠들면."

"난 안 잘 거야! 난 안자고 밤을 샐 거야!" 아이가 있는 힘껏 소리를 지르며 말하였다.

"빨리 집으로 들어가! 그리고 올림피아다 필리포브나, 더이상 우리에게 오지 마세요." 안드레이가 큰 소리로 말하였다.

그는 아이들의 목덜미를 잡아서 현관으로 밀어 넣었다. 보바와 아뉴트카는 고개를 돌려서 리파 할머니에게 손을 흔들었다. 사샤는 한마디도 하지 않고 그 뒤를 따라갔다. 그의 모습은 형의 행동을 잘하였다고 하는 것인지 아니면 그 반대라고 생각하는지 알 수가 없었다.

"할머니는 얘들이 친손자나 마찬가지라고 하셨잖아요. 그런데 쟤들이 왜 저러는 건가요?" 리파 할머니의 쓸쓸한 얼굴을 불쌍해 하는 눈으로 바라보며 유라가 물었다.

"그래, 친손자와 같았어……. 그런데 지금은 완전히 남이 되었어. 레나의 엄마 율랴가 나를 용서하려고 하지 않는구나. 그리고 얘들에게는 나와 대화도 하지 못하게 하였어. 내가 얼마나 용서를 구하였는데! 난 얘들 아버지인 콜랴가 감옥에 안 가게 도와주려고 하였을 뿐이야."

"어떻게 하셨는데요?" 이런 질문을 할 자격이 없다는 것을 알면서도 글레프는 조심스럽게 물어보았다.

올림피아다 필리포브나는 '너희들이 상관할 일이 아니다, 너희들에게 내가 할 이야기도 아니야'라고 이야기할 수 있었다. 하지만 그녀는 너무나 흥분한 상태였기 때문에 제 삼자와 그것도 아이들하고 이야기를 하고 있다는 것을 잊고 있는 듯 하였다.

"말도 말아라." 그녀는 슬픔에 잠겨 손사래를 친 후 이야기를 계속하였다. "2년 전에 있었던 그 재판을 기억하면……. 변호사, 망할 놈 같으니, 그 놈이 날 속였어. 내가 콜랴를 도와줄 수 있다고 하였지. 그래서 난 거짓 증언을 하였어. 실제로 없었던 일을 있었다고 이야기를 하였지. 거짓말을 한 거야, 이 늙은 바보야! 변호사를 믿었는데. 그는 콜랴를 감옥에 넣어버렸어. 물론 나 없이도 그렇게 될 수 있었어. 하지만 난 율랴에게 잘못을 저지른 거지. 율랴는 내게 딸과 같았어. 우리는 한 집에서 가족처럼 화목하게 살았어. 그런데 이제 어떻게 하지?" 올림피아다 필리포브나는 다시 손을 내저었다.

순식간에 십 년은 더 늙어버린 듯한 등 굽은 불쌍한 노인은 천천히 단지를 빠져나갔다.

"그렇군." 유라는 무슨 말을 해야 할지 몰라서 중얼거렸다.

글레프는 아무 말 없이 그녀의 뒷모습을 바라보았다. 리파 할머니와의 대화는 그들의 머릿속에 개운하지 않은 느낌을 남겼다. 현관 계단을 올라간 사샤가 그들을 부른 후에야 생각에 잠겼던 그들이 깨어났다.

"형들 안 들어갈 거야? 레나 누나가 곧 올 거야. 양동이도 가져와야 해. 그게 우리 집에 있는 유일한 양동이거든." 사샤가 소리쳤다.

글레프는 유라를 집으로 올려보내고 자신은 버려진 작업 도구를 가지러 옆 동으로 갔다. 그렇게 하는 것이 낫다고 생각하였다. 마침 정확한 시간에 그는 레나 집으로 돌아올 수 있었다. 창문에서 살펴보던 보바가 레나가 단지 안으로 들어왔다고 소리쳤다. 글레프는 아이들을 거실로 몰아넣고 거실 문을 꼭 닫았다. 처음에는 소파 뒤에 아이들을 숨기려고 하였지만 불가능하였다. 소파가 작았으므로 그 뒤에 여섯 명이 숨는다는 것은 불가능한 일이었다. 게다가 그렇게 하려면 소파를 움직여서 벽에서 떼어내야만 했다. 그러자면 시간이 없었다. 그래서 흥분한 채로 모두 생일상 옆에 모인채 꼼짝 않고 있기로 했다. 적막 속에서 아파트 현관문이 닫히는 소리가 들렸다. 아뉴트카가 킥킥거리는 소리를 내기 시작하였다. 안드레이가 손가락으로 조용히 하라고 하였다. 보바는 두 손으로 아뉴트카의 입을 꾹 눌렀다. 하지만 그의 손가락 사이로 꽉 눌린 소리가 세어 나왔다.

"킥킥킥……."

아무것도 눈치 못 챈 레나가 문을 열었다. 그리고 귀를 멀게 하는 커다란 소리에 문 앞에서 얼어붙었다.

"생일 축하해! 생일 축하해!"

생일을 맞은 레나의 놀라는 모습에 만족해하며 모두가 커다란 소리로 박수를 쳤다. 레나는 몇 초 동안 움직이지 못하고 서있었다. 그리고 갑자기 후다닥 안으로 뛰어 들어갔다. 그녀 뒤에 열려져 있던 문이 불쌍하게 삐이걱 소리를 내면서 천천히 닫혔다.

"왜 그러는 거지?" 어리둥절해하며 글레프가 물었다.

"누나를 너무 놀라게 하였어." 보바가 말하였다.

"엄마가 그랬는데 사람이 너무 놀라면 말을 더듬고 눈 사이가 좁아진다고 하였어. 우리 누나 이제 사팔뜨기가 되는 거 아니야?"

아뉴트카가 자리를 박차고 안쪽으로 뛰어갔다. 모두가 마치 한꺼번에 갑자기 몸이 녹은 듯 서로가 서로를 밀치며 그 뒤를 쫓아갔다. 레나는 엄마 방에 있었다. 그녀는 침대에 앉아서 두 손으로 얼굴을 감싸고 울고 있었다. 아뉴트카가 뛰어서 침대로 깡총 뛰어올랐다 그리고 언니를 안아주었다.

"언니, 우는 거야. 폭죽이 없어서 그런 거야? 아니면 닭고기가 너무 타서 그런 거야?" 아뉴트카가 큰 소리로 말하였다.

레나가 눈물 사이로 미소를 띠었다.

"이게 전부 나를 위한 거야? 너희들 내 생일을 기억한 거야? 얘들아, 고마워!"

"우린 오늘이 아주 특별한 날이 되기를 바랐어. 오늘 진정한 생일을 네가 맞이할 수 있도록 말이야." 안도의 한숨을 쉬면서 유라가 말하였다. 그는 알 수 없는 이유로 자신의 생각이 잘못된 것일 수도 있다고 생각을 하였었다.

"너희들 일부러 이렇게 와서, 음식을 만들고, 거실을 꾸미고 그런 거야. 이 모든 것이 나를 위한 거야?" 레나가 울음이 가득 찬 목소리로 말하였다.

"그리고, 글레프 형과 안드레이 형이 현관 청소를 하였어. 누나 오늘밤에는 일을 하지 않아도 돼!" 사샤가 알려주었다.

이 소식은 레나에게 또다시 눈물을 흘리게 만들었다.

2013년 5월 12일 일요일

    연휴 마지막 날 공원은 활기차고 생기가 넘쳤다. 음악소리가 크게 울리고, 놀이시설들이 활발하게 움직이고 있었고, 이곳저곳에서 헬륨을 넣은 다양한 색깔의 풍선과 각양각색의 솜사탕을 팔고 있었다. 글레프, 유라, 레나는 작은 아이들을 위한 풍선 놀이터 옆 공터에 있는 벤치에 앉아서 그곳에서 놀고 있는 레나의 동생들을 쳐다보고 있었다. 사샤, 보바 그리고 아뉴트카는 폭신폭신한 미끄럼틀 위로 올라가서 터널을 통해서 내려오고 작은 플라스틱 공들이 가득 찬 풀장에 뛰어들었다. 안드레이만이 없었다. 안드레이는 아파트 단지 안에 남아 있었다. 안드레이에게는 동네 대항 축구시합이 기다리고 있었기 때문이다.

    일요일에 공원에 가자고 제안한 것은 유라였다. 평정심을 찾기 힘들어하는 가족과 함께 슬픔과 괴로움을 견디며 집에 있기가 너무 싫었기 때문이다. 가족들에게는 할아버지가 돌아가신지 이제 겨우

나흘이 되었으며 장례식을 치른 지는 이틀밖에 지나지 않았다!

공원을 가자는 제안에 레나는 처음에 반대를 하였다. 그녀는 아이들이 군것질을 하고 싶어 하고 회전목마를 타고 싶어 할 것이라고 이야기하였다. 그녀는 유라가 자신의 가족을 위해서 이틀 연속해서 자기의 돈을 쓰는 것을 내버려 둘 수 없다고 하였다. 글레프가 웃으면서 유라가 어제 썼던 돈을 그대로 또 오늘 쓰려고 한다고 아주 영리한 놈이라고 말하였다. 아침에 그 돈들은 전부 그에게 돌아와 있었기 때문이다. 그는 이제 매일 그 돈을 쓰고 싶은 대로 사용할 수 있었다, 레나에게 음식을 매일 사주어도 되었고, 그녀의 아픈 엄마의 약을 사주어도 되었다. 그렇게 해도 돈은 전혀 줄어들지 않을 것이라고 하였다. 그러자 레나가 아이들을 위해서 돈을 쓰면 안 된다고 하면서 자기가 혼자서 다 알아서 하겠다고 하였다. 그러면서 공원에 가는 것에 동의를 하였다.

글레프와 유라는 약간은 기분이 이상하였다. 어제 그렇게 친해졌던 레나의 동생들이 전혀 모르는 사람처럼 둘을 바라보았기 때문이다. 레나의 동생들에게는 아직 아무 일도 일어나지 않았기 때문이다. 그들은 함께 생일상을 준비하지도 않았고, 아뉴트카도 찾지 않았으며 아파트 현관 청소도 하지 않았다. 그럼에도 불구하고 날은 좋았고 기분도 좋았다. 그런데 공원에 같은 반 아이들인 그로모바, 테카예바 그리고 도로쉐비치가 나타나면서 즐거웠던 기분을 망쳐버렸다. 그들은 글레프와 유라 옆에 앉아있는 레나를 발견하고는 그냥 지나치지 않았다.

"와, 저기 봐! 저기 우리 반 쥬지나가 한꺼번에 두 명이나 엮었나

봐!" 그로모바가 소리쳤다.

"와, 정말이네! 하나는 곰돌이 푸우고 또다른 하나는 털보 집 귀신이야." 테카예바가 받아서 말하였다.

"마치 동화 속에서처럼 말이야." 내숭을 떨며 도로쉐비치가 말을 더하였다.

"빨리 꺼져, 이 분장한 원숭이들아! 안 그러면 바나나 하나 얻기도 힘들 거야." 그들과 싸울 기세로 글레프가 큰 소리로 말하였다.

"이런! 남자친구가 화가 많이 났네. 쥬지나 익스트림 스포츠를 좋아하는구나?" 같은 반 친구들이 놀렸다.

"글레프, 앉아. 괜히 싸움 만들지 마. 쟤들은 멍청이들이잖아. 어릴 때부터 너무 오냐오냐하고 자라서 말이야. 도로쉐비치의 지능지수는 우리 아뉴트카만큼도 안 될 걸." 벤치에서 일어서려는 글레프를 보고 레나가 말하였다.

"한 번 해 보자는 거야! 이봐, 쥬지나, 내일이면 학교에서 모두가 이 요상한 삼각관계를 알게 될 거야. 내일 보자고." 도로쉐비치가 화를 냈다.

벤치에 앉아있는 셋은 서로의 얼굴을 쳐다보았다.

"그래. 내일이라고, 그러면 무시무시한데." 글레프가 말하였다.

"그래 무시무시한 위협이네. 다만 어디 써 놓는 게 좋을 거야. 안 그러면 멍청한 너희들은 다 잊어버릴테니 말이야." 레나가 덧붙였다.

"소용없어. 써 놓아도 까맣게 잊어버릴 거야." 유라가 심각한 표정으로 단정적으로 말하였다.

"그렇겠지." 글레프가 확인하였다.

세 명의 여자아이들은 경멸하듯 깔깔거리고 웃은 뒤 레나가 오늘 자신들을 욕보인 것에 대한 복수를 내일 받게 될 것이며, 앞으로 학교에 다니는 것이 지옥과 같게 될 것이라고 약속을 하며 자신감에 찬 모습으로 멀어져 갔다.

　"우리 반은 우리 지역에서 가장 저능아들이 모인 반인 것 같아. 어떻게 우리가 그 반에 가게 되었을까? 우린 5번 학교에 갔어야 하였어, 13번 학교가 아니라." 글레프가 말하였다.

　"거기가 더 나을 거란 걸 네가 어떻게 알아?" 레나가 어깨를 으쓱하였다.

　"이상한 놈들은 어디에나 있어."

　"내가 뭘 기억해냈는지 알아!" 갑자기 유라가 소리쳤다.

　"레나에게 있었던 일이 어제 나한테도 있었어!"

　"무슨 소리야?" 글레프는 이해를 못하였다.

　"어제는 레나의 생일이었어. 깜짝 파티를 하였고. 그런데 그게 너와 무슨 상관이야?"

　"글레프! 넌 항상 남의 말을 끊어!" 레나가 말하였다.

　"둘 다 내 말 좀 들어봐. 난 어제 자려고 누웠어. 그런데 잠이 안 왔어. 몸을 계속 뒤척이다가 결국 일어났어. 그리고 부엌으로 갔지……." 유라가 잘 들어보라는 듯 손짓을 하며 말을 시작했다.

　"무언가 몰래 먹으려고?" 글레프가 끼어들었다.

　"아니야, 난 과일주스를 마시려고 하였어. 그래서 난 과일주스를 컵에 따르고 입으로 컵을 가져갔어……." 유라는 여기까지 말한 뒤 잠시 동안 아무 말도 하지 않았다.

"그리고 끝이야!" 잠시 침묵이 흐른 후 유라가 말하였다.

"뭐가 끝이야?"

"끝이라고. 더이상 아무것도 생각이 안 나. 난 과일주스를 마시지도, 방으로 돌아가지도, 침대에 눕지도 않았어. 그냥 과일주스가 들어있는 컵을 입술로 가져갔다가 그냥 아침에 잠이 깬 거야."

"너도 그랬어?! 내가 말했잖아, 너희는 믿지 않았지만." 레나가 기뻐하였다.

"그러니까 얘가 너한테서 옳은 거야. 그런데 난 아직 그런 일이 없었어." 글레프가 말하였다.

"왜 그런 걸까?" 생각에 잠겨서 유라가 말하였다.

"너희들 그냥 다음에 무슨 일이 일어났는지 기억하지 못하는 것은 아니야? 그러니까 돌아가서 누웠고 잠이 들었는데 아침에 잊어버린 거지." 글레프가 물었다.

"아니야!" 레나와 유라가 한 목소리로 소리쳤다.

"그러면 왜 나는 그런 일이 없는 거지?"

"나도 없었어. 그러다 어제 처음 나타난 거야."

"난 매일 그래!"

그때 붉은 머리가 엉클어져 있는 보바가 다가왔고, 셋은 순간적으로 말을 멈추었다.

"레나 누나, 몇 시야? 공연에 안 늦어?"

정오에 공원의 중앙 도로에서 비눗방울 쇼가 예정되어 있었다. 레나는 시계를 쳐다봤다.

"안 늦어. 아직 20분 남았네."

보바가 기뻐서 고개를 끄덕인 후 뛰어갔다.

"알겠다!" 레나의 시계에서 눈을 떼지 않은 채 글레프가 큰 소리를 냈다.

"왜 그런 것인지 알아낸 것 같아. 유라, 너 몇 시에 과일주스를 마시러 갔는지 정확한 시간을 기억해봐."

유라가 정신을 집중하기 위하여 한 곳을 뚫어지게 쳐다봤다.

"아마도 12시쯤 됐을 거야."

"아니 '아마도'가 아니라 정확하게 이야기 해주어야 해!"

"12시가 조금 안 되었을 거야. 정확한 시간은 몰라."

"그래. 그럼 넌 평소에는 몇 시에 잠을 자냐?" 글레프가 레나에게 물어봤다.

"난 그때 그때 달라. 1시나 12시 30분쯤. 때로는 1시 30분."

"바로 거기 문제의 답이 있었던 거야."

"어디에 답이 있다는 거야?"

"정확하게 12시에 날짜가 바뀌는 거야. 그러니까 0시 00분에 전날로 바뀌는 거지. 정확히 그 시간에 그날의 모든 일과 행동이 끝이 나고 우리는 그 전날로 던져지는 거야. 그렇기 때문에 너희들은 어떻게 침대로 갔는지 기억이 안 나는 거야. 이해했어? 레나는 12시가 넘어야 잠자리에 들어. 그러니까 레나한테는 그 일이 계속 일어나는 거야. 유라는 보통 12시 전에 침대에 누워 그래서 그런 일이 없었던 거야. 그런데 어제 유라는 12시 3분 전에 과일 주스를 마시러 간 거야. 그래서 유라가 컵을 잡았던 그 순간에 날짜가 바뀌게 된 거야. 분명해."

"만약 그렇다고 한다면 너한테는 그런 일이 왜 안 일어난 거야?" 유라가 물었다.

"난 일찍 자." 글레프가 말하였다.

"난 저녁에 할 일이 없어. 그래서 난 일찍 침대에 눕고 일찍 일어나는 것에 익숙해 있어. 난 전에 아빠랑 함께 조깅을 하여서 일찍 일어나는 습관이 몸에 배었거든."

"가만, 그렇다면 날짜가 바뀌는 그 순간, 그러니까 우리가 아직 잠을 자고 있는 그 순간에 도대체 무슨 일이 일어나는 걸까?" 레나가 궁금해 하였다.

"아마도 우리는 잠을 잘 거야. 어쩌면 그 순간이 아예 없을 수도 있어. 12시가 되면 바로 그 전날로 가는 거지. 정확하지는 않지만 말이야. 내 생각을 확인해 보지 않을래?"

"어떻게 확인해 본다는 거야?"

"우리 모두 한 자리에 모여서 밤 12시가 되기를 기다리는 거야. 우리 모두가 같은 조건이 되게 하는 거지. 같이 앉아서 날짜가 바뀌는 것을 기다리자. 그런 뒤 우리의 기억을 비교해 보자. 내 이론이 맞다면 우리의 기억은 동시에 끝날 것이고 우리는 각자의 방에서 잠이 깰 거야. 우리는 집에 갈 필요도 없는 거지." 글레프가 열중하여 제안하였다.

"어떻게 밤 12시에 우리가 함께 모일 수 있지? 뭐라고 집에 이야기해? 날 집에서 내보내주지 않을 거야." 유라가 걱정스럽게 말하였다.

"나도 안 돼. 밤에 집에 동생들만 둘 수 없어." 레나가 단호하게 말하였다.

"우리가 너희 집에 가면 되지." 글레프가 바로 제안하였다.

"난 아빠가 숙직을 하러 가시면 나올 수 있어. 아빠가 숙직을······ 그래 정확하게 경축일인 5월 9일*에는 아빠가 없을 거야!"

"난?" 유라가 물었다.

"우리 집 어른들은 아무도 숙직을 하러 가지 않아. 밤엔 모두 집에 있어."

"방법이 있을 거야, 체스 챔피언이 왜 그래! 머리를 써보자고! 분명히 좋은 생각이 떠 오를거야. 네가 과학실험에 참여할 수 있는 방법을 생각해보자고! 내가 널 꺼내 줄까? 네 할머니는 날 믿거든." 글레프가 유라를 부추겼다.

"생각해보니 그럴 필요 없을 것 같아. 5월 10일에 우리 집엔 장례식이 있었어. 그래서 9일에 손네츠나야 거리에 있는 대부의 집으로 나를 보냈거든." 유라가 말하였다.

"훌륭하네! 그러면 우리의 실험은 5월 9일에 레나네 집에서 하는 거야." 글레프가 결정 사항을 이야기하였다.

"이봐, 누가 내게 물어보기나 했어? 너희들이 밤 12시에 내게 아주 필요하겠어!" 기가 막히다는 듯 레나가 말하였다.

"뭐야 실험을 반대하는 거야?, 앗!······." 글레프가 말을 하다 말고 갑자기 자리에서 벌떡 일어났다. 그러고는 벤치 뒤로 갔다. 무릎을 꿇고 앉아서 아이들 등 뒤에 숨었다. 둘은 놀라서 돌아보았다.

"앞을 보고 똑바로 앉은 채 날 숨겨줘. 저기 저 커플로부터." 글레프가 속삭였다.

* 2차 세계대전 승전 기념일

옆에 있는 가로수 길로 키가 큰 남자와 머리가 긴 아름다운 여자가 천천히 걷고 있었다. 여자는 밝게 웃었고 남자는 부드럽게 그녀의 어깨를 손으로 감싸고 있었다. 아이들은 관심 어린 시선으로 커플을 배웅하였다.

"누구야?" 커플이 공원 안쪽으로 멀리 사라졌을 때 레나가 물었다. 글레프가 벤치 앞으로 다시 왔다.

"아빠야." 글레프가 어쩔 수 없다는 듯 말하였다.

"같이 있는 사람은?"

"베라 아줌마. 우리 동네 병원 의사 선생님이야."

"그게 궁금한 게 아니잖아. 누구냐고?"

"나한테는 아무도 아니야. 아빠와 만나는 사이지, 나와 함께 시간을 보내는 대신 말이야. 극장도, 공원도 둘이서만 다녀! 아빠는 나한테는 '숙제 했어?'라고 묻기만 하고 대답도 들으려고 하지 않아!" 글레프가 마음 아파하며 말하였다.

"왜 숨은 거야?" 유라가 물었다.

"필요하니까." 글레프가 불만스러운 목소리로 중얼거리듯 말하였다. 그의 기분은 완전히 다운되었다. 이렇게 아빠와 마주칠 줄은 몰랐다! 아빠가 항상 어디로 가는지 아는 것과 이렇게 아빠가 베라 아줌마와 함께 있는 것을 자신의 눈으로 직접 보는 것은 전혀 다른 느낌이었다.

"세 명이 함께 시간을 보내면 안 되나? 함께 공원에도 가고, 극장에도 가고 그러면 되잖아?" 아무것도 모르는 유라가 말하였다.

"안 돼!" 글레프가 단호하게 말을 하였다.

"그녀가 엄마의 자리를 차지하였기 때문에 그녀가 아빠와 있는 것을 보는 게 싫은 거구나?" 레나가 물었다.

"레나, 네게 도와달라고 하지 않았어. 끼어들지 마. 난 엄마에 대한 기억이 거의 없어. 그냥 베라 아줌마는 우리 가족의 삶을 깨뜨렸어. 나와 아빠 둘의 가족 말이야! 우리는 둘이서 행복하게 잘 살았어. 우리는 아침마다 조깅도 하고 영화도 같이 보고, 함께 저녁도 준비하고, 모든 것을 함께 했어. 그런데 저 여자가 나타난 일 년 반 전부터 모든 것이 바뀌었어!" 글레프가 화를 내며 말하였다.

"일 년 반이라고? 너희는 여기 3월에 이사 왔잖아?" 유라가 놀라서 물었다.

"아빠와 아줌마는 일 년 반 전에 볼스크*에서 만났어. 아줌마는 아빠를 따라서 여기로 와서 병원 옆의 아파트를 임대해서 살고 있어. 그리고 계속해서 아빠와 만나고 있어." 글레프가 우울한 목소리로 말하였다.

"둘은 왜 결혼하고 함께 살지 않는 거야?"

"왜냐하면, 왜냐하면…… 내가 반대했어. 난 아줌마가 우리와 함께 사는 게 싫어."

"넌 너밖에 생각하지 않는구나! 넌 '나, 나, 나'밖에 모르는구나. 왜 넌 두 사람이 함께 사는 것을 반대하는데? 아줌마가 다른 도시에서 이곳으로 아빠를 따라 왔다면 아빠가 아줌마에게 필요한 거야! 네 아빠잖아, 왜 아빠한테 그렇게 하는 거야?" 레나가 거의 화를 내면서 말하였다.

---

* 크라스노다르에서 북동쪽으로 약 1,000km 떨어진 곳에 있는 도시

"뭘 그렇게 물고 늘어져, 그만해! 남의 일에 감 놔라 배 놔라 하지 마! 네 가족이나 잘 챙겨 남의 가족 일 신경 쓰지 말고." 글레프는 일어섰다. 그리고 화가 안 풀리는 듯 벤치 주위를 빙글빙글 돌았다.

"네가 나 대신 현관을 청소하였다는 것이 도저히 믿겨지지 않아. 넌 다른 사람을 위해서 무언가를 할 위인이 못 돼. 청소한 사람이 네가 아닌 것 아니야?" 레나가 말하였다.

"아마도. 내가 아닐 수도 있어." 글레프가 쳐다보지도 않고 말을 던진 후 걸어서 멀어지기 시작하였다.

"다시 또 엉망이 되었어. 처음엔 모든 게 좋았는데!" 유라가 한숨을 쉬었다.

2013년 5월 9일 목요일

글레프는 퍼즐을 정리한 후 시간과 관련된 실험을 하러 레나 집으로 가기 위해서 10시 30분이 되기를 기다렸다. 텔레비전은 항상 그렇듯이 꺼져 있었다. 부엌에서는 켜 놓은 라디오 소리가 시끄럽게 울리고 있었다. 글레프는 라디오를 가능한 한 크게 항상 틀어 놓았다. 그는 아무도 없이 혼자서 집에 있는 것이 너무 싫었기 때문이다. 아빠는 벌써 숙직근무를 하러 가고 없었다. 숙직을 하러 가기 전, 낮에 아빠는 아들에게 3,000조각 퍼즐 상자를 선물하였다. 2주 전에 그가 맞추었던 바로 그 퍼즐이었다. 하지만 이제 그는 그러한 모순적인 상황에 대해 그렇게 예민하게 반응하지 않았다. 이런 것에도 익숙해졌다. 퍼즐은 아무것도 아니다. 유라는 어제 두 번째로 할아버지 추도식을 치렀다. 마음 아파하는 레나가 카라세프 교수님의 추도식에 가서 유라를 위로해주자고 하였을 때 거부를 한 것이 다행이었다. 그녀는 함께 있으면 유라에게 많이 도움이 될 거라고 하였다. 하지만 글레프는 단칼에 싫다고 하였다. 다른 가족들을 보는 것을 넘어서 다른 사람들의 슬픔까지도 함께 봐야 한다는 것이 너무 싫었다.

10시 30분에 글레프는 옷을 입기 시작하였다. 레나 집까지는 천천히 걸어도 15분 정도 걸리는 거리이다. 통금 시간까지 레나 집에 도착할 수 있을 것이다. 경축일이기 때문에 통금시간을 없앴나? 경찰들을 포함한 마을 전체가 모두 공원에서 산책을 하고 있는 것 같았다.

글레프가 문지방을 넘어서 막 집에서 나가려고 하는데 유라가 전화를 하였다. 그는 말을 더듬으며 작은 문제가 발생하였다고 말하였다. 글레프 없이 그 문제를 해결할 수 없다고 하였다. 만일 지금 손네치나야 거리에 그가 나타나지 않는다면 레나 집에 유라는 갈 수 없다고 하였다. 글레프는 절망감에 빠져 침을 뱉었다. 레나 집에 혼자 가고 싶지 않았다. 한편으로는 실험을 망치고 싶지도 않았다. 그는 마음에 들지 않았지만 곧 가겠다고 약속하였다.

글레프는 유라가 설명해준 집에 다가서다 일 층의 열린 창문에서 깡총거리고 있는 유라를 보았다.

"자, 왔어. 무슨 일이야?" 글레프가 말하였다.

"난 문을 열고 나갈 수 없어. 대모가 나를 보면 절대로 못 나가게 할 거야" 목소리를 낮추어서 유라가 대답하였다.

"창문으로 넘어와. 하지만 대모가 방으로 들어오면 네가 없다는 것을 알게 될 텐데."

"들어오지 않을 거야. 정확하게 기억해. 지난번에 해가 뜰 때까지

난 잠을 자지 못했어. 그리고 그때까지 대모는 내 방에 들어오지 않았어."

유라가 어렵게 창문틀 위로 올라와서 앉았다. 다리를 바깥으로 내놓고 늘어뜨린 후 글레프에게 비닐 가방을 내밀었다.

"이번에도 파이를 가져온 거야?" 글레프가 비닐 가방 안을 보았다. 그곳에는 두 권의 동화책이 있었다. 하나는 『통나무집』이고, 다른 하나는 『돼지 삼형제』였다.

"너 뭐야, 공부가 부족한 거야? 부족한 공부를 하게?" 글레프가 쿨럭거리며 말하였다.

"아이들에게 선물할 거야. 레나네 집에는 책들이 모두 너무 낡아서 뜯어져 있더라고."

"그래, 유라. 물론 네 수학적인 머리를 내가 좋아하지. 하지만 그 수학적 머리는 너 자신을 가끔 속이기도 해."

"무슨 말이야?"

"얘들은 아예 그 책을 보지도 못할 거야. 한 시간이 지나면 그 책들은 다시 네게 와 있을 거니까."

"아, 맞다……."

"그냥 여기 둬. 모든 게 다 끝난 뒤 그때 선물해. 자, 어서 뛰어내려. 곧 11시야. 순찰대가 다니기 전에 빨리 가자."

유라는 가방을 집 안으로 던져 넣었다. 그리고 창틀에 배를 대고 엎드렸다. 그는 숨을 몰아 쉰 후 아주 조금씩 아래로 몸을 움직였다.

"뚱땡아, 날 왜 부른 거야? 난 널 도대체 이해할 수 없어. 내가 너를 받으려고 아래에 있다가 네가 내 위로 떨어진다면 아마 나는 뼈도 못

추릴 거야, 그러니 그건 아닌 것 같고. 아니면 네 곡예를 보고 손뼉을 칠 관객이 필요하였던 거야? 이봐, 시시한 알피니스트 왜 말이 없는 거야?" 유라를 바라보던 글레프는 갑자기 궁금해하며 물었다.

그때 유라가 퍽 소리를 내면서 아래로 떨어졌다. 그리고 일어나서 옷을 털기 시작하였다.

"너 요즘 완전히 사람이 달라졌어. 모르는 사람 집 담을 넘지 않나, 창문을 넘지 않나, 할머니를 속이지 않나, 돈을 훔치지 않나 말이야." 유라가 옷을 터는 것을 도와주며 글레프가 말하였다.

"돈을 훔친 적 없어. 그 돈은 내거야." 유라가 대답하였다.

"정말 진지하게 묻는데 왜 나를 부른 거야? 혼자서 갈 수 없어서 그런 거야?"

"맞아. 할머니가 말해준 내 문제를 기억하나?"

"그래, 기억해. 그래서?"

"그러니까 난 어두운 곳을 혼자 걸어 다닐 수 없어."

"왜 다닐 수 없는데?" 글레프가 그의 말을 끊었다.

"이렇게 말이야. 눈은 잘 보이지 않게 되고, 다리는 약해지고, 그리고 숨도 쉬기 힘들어져. 일종의 병이야." 겁이 난 표정으로 유라가 말하였다.

"폐소공포증이야?"

"아니, 폐소공포증은 엘리베이터를 못 타거나 태닝머신에 혼자 누워서 태닝을 하지 못하는 것을 말해. 어둠을 무서워하는 것은 암소공포증이라고 해."

"그럼 넌 밤에 어떻게 자? 불을 켜고 자?"

"아니, 불 끄고 자. 내가 이야기하잖아. 어둠 속에서 그리고 실외에서 걸어갈 수 없다고. 그것도 혼자일 때만. 어둠 속에서 집에 있는 것은 몇 시간이고 있을 수 있어."

"그렇군. 뚱땡아, 넌 그야말로 마술 상자 같아. 매일 새로운 것이 나오네. 어떤 날은 발굴, 어떤 날은 체스. 지금은 이 공포증. 내일은 또 뭘 보여줄 건대? 너 혹시 땅속에 사는 요정 아니냐?"

"글레프, 부탁이야. 레나에게는 말하지 말아줘, 알겠지? 걔가 꼭 알아야 할 필요 없잖아." 유라가 주저하며 부탁하였다.

"그래, 걔는 꼭 알아야 할 필요가 없지! 아주 고귀한 조언들로 괴롭힐 테니까. 자 어때 이제 출발할까, 암소공포증 환자님?" 글레프가 큰 소리로 말했다.

레나 집에 도착하였을 때에는 11시 30분이었다. 레나가 유라와 글레프가 집에서 탈출하는 것에 실패했다고 생각을 하고 그들이 오지 않을 것이라고 막 생각을 하였을 때였다. 동생들은 방금 모두 잠이 들었다. 레나는 조용히 밤손님들을 부엌으로 데리고 갔다. 그들은 동그랗게 생긴 낡은 알람시계를 12시에 맞추어 놓았다. 레나는 낮에 구워 놓은 레몬파이와 차를 손님들에게 내놓으며 함께 자리에 앉았다.

"다 먹어야 해. 안 그러면 내일 모두 사라질 거야. 그럼 아깝잖아." 그녀가 말하였다.

"걱정하지 마! 아깝다고 생각하는 것 모두 여기로 가져와. 우리가 기꺼이 너를 도와줄게." 레몬파이 조각 중 가장 큰 것 하나를 가져가면서 글레프가 큰 소리로 말하였다.

"너무 맛있다. 네가 만든 파이는 우리 할머니가 만든 것과 똑같은 맛이야." 파이를 한 입 깨물어 먹으면서 유라가 칭찬을 해주었다.

"누군가는 집안일도 잘하고 파이도 잘 구워. 그런데 누군가는 놀라울 정도로 쓰레기를 만들고, 접시를 깨고, 또 능숙하게 이 파이들을 먹어대지. 사람은 모두 저마다의 능력이 있나 봐." 글레프가 말하였다.

"아니야, 난 어제, 예를 들어서, 설거지를 하였어." 그가 자신에 대해서 이야기하는 것을 눈치 채고 유라가 대답하였다.

"너 미친 것 아니야? 넌 무엇이든지 혼자 하는 장인이 되었구나! 할머니께서 기절하시지는 않았어?" 글레프가 말하였다.

"아무도 눈치 채지 못하였어. 모두 그림자처럼 조용히 집 안을 돌아다녀."

"넌 네 행동에 대해서 뭘 원하였던 거야? 열렬한 박수갈채와 '오스카 상' 수상을 원하였던 거야?"

"마찬가지야. 내가 설거지를 할 때에도 아무도 신경 쓰지 않아. 그런데 한 시간이 지나면 또다시 싱크대에 한 가득 설거지 거리가 차. 아, 정말 똑바로 가는 정상적인 삶을 살고 싶어! " 레나가 유라를 진정시키며 말하였다.

"뭐야, 거기서는 설거지 할 필요가 없단 말이야?" 글레프가 물었다.

"거기서는 아빠한테 갔던 엄마가 돌아오거든." 레나가 설명하였다.

"그래, 이제 정말 조금만 기다리면 되는 거지, 유라? 이제 내일이면 무언가 좋은 생각이 떠오르겠지?"

"모레야." 유라 대신 글레프가 대답하였다.

"그것도 교수님께서 우리를 믿어 주시는 조건으로."

"할아버지는 믿어 주실 거야!" 유라가 격하게 소리친 후 이해 못하겠다는 표정으로 글레프에게 물었다. "그런데 왜 모레지?"

"내일은 돌아가신 날이야. 교수님께서 생각하실 시간이 없을 거야." 글레프가 자신의 기억을 떠올리며 말하였다.

유라는 잠시 생각에 잠겼다. 그리고 잠시 뒤 결의에 찬 목소리로 자신의 결심을 이야기하였다.

"난 할아버지께서 돌아가시지 않도록 할 거야."

레나와 글레프가 그를 놀란 눈으로 쳐다보았다.

"네가 어떻게 막을 수 있는데? 그건 어쩔 수 없는 불행한 경우였어." 글레프가 궁금해 하였다.

"아니야, 할아버지는 심장이 갑자기 멎어서 돌아가셨어. 어떻게든 할아버지를 도울 수 있을 거야." 유라는 아무도 자신의 말을 끊지 못하게 다시 서둘러 이야기를 계속하였다. "할아버지께서 돌아가신 것은 내 잘못이었어. 난 그때 집에 있었어야만 하였어. 그런데 난 밖으로 나갔지. 게다가 난 열쇠도 안 가져갔어. 집으로 돌아와서 벨을 눌렀는데 아무도 문을 열어주지 않았어. 난 할아버지께서 어딘가로 외출을 하신 것이라고 생각하였어. 그래서 벤치에 앉아서 기다렸지. 거의 한 시간이 지나서 별장에서 돌아온 부모님과 할머니를 만났지. 우리가 집 안으로 들어갔을 때 우리는 할아버지가 부엌 바닥에 쓰러져 계신 것을 보았어. 난 그때 집에 없었던 나를 용서하기가 힘들어."

"네가 있었다면 뭘 할 수 있었는데?" 조심스럽게 레나가 물었다.

"내가 집에 있었다면 구급차를 불렀을 거야. 그러면 할아버지를 구할 수 있었을 거야! 그렇게 되면 할아버지는 살아 계실 수 있을 거야." 레나를 쳐다보지도 않은 채 유라가 말하였다.

"무엇 때문에 그렇게 하는데? 우린 그러지 않아도 할아버지와 이야기를 할 수 있어. 우리는 시간을 거슬러 가고 있잖아." 글레프가 말하였다.

"넌 왜 이렇게 이해를 못 하는 거야? 내가 할아버지를 구하면 할아버지는 살아 계실 거야. 그리고 우리가 돌아가면 거기엔 할아버지가 계실 거라고."

"아니 그렇지 않아. 우리는 여기서 우리의 진짜 삶의 어느 것도 변화시킬 수 없어."

"네가 어떻게 알아? 우리가 변화시킬 수 있을 수도 있잖아?" 유라가 머리를 들어서 글레프를 쳐다봤다.

유라가 너무 애절한 눈으로 쳐다보았기 때문에 글레프는 어깨를 으쓱하는 것 외에 다른 것을 할 수 없었다. 실제로 누가 어떻게 알 수 있단 말인가? 이 거꾸로 가는 달력 안에서는 아무것도 이해할 수 없지 않은가!

"다만 아빈스크의 응급차를 불러야 돼. 우리 지역 응급차는 설비가 거의 없어. 엄마가 이야기해 주었어." 레나가 말하였다.

"아빈스크에서는 너무 오래 걸릴 거야." 유라가 반대하였다.

"우리 지역 응급차는 불러 봤자 소용이 없다니까."

"그렇다면 미리 누군가를 부를 수 있다면…… 하지만 난 정확한 시간을 몰라. 너무 빨리 오게 된다면? 뭐라고 이야기를 해? '잠시만 기다려주세요. 할아버지가 곧 쓰러지실 거예요'라고 해야 하나?"

"얘들아 내게 좋은 생각이 있어." 레나가 활기차게 말하였다.

"잘 알고 있는 의사 선생님을 부르는 거야! 심장발작이 일어날 때 바로 옆에 있게 하는 거지. 그럼 의사 선생님이 긴급 처방을 할 것이고 응급차가 올 때까지 기다릴 필요가 없게 되잖아."

"그러면 좋겠지. 그런데 난 아는 의사 선생님이 없어." 유라가 슬퍼하며 고개를 흔들었다. 레나가 글레프에게 고개를 돌렸다.

"글레프에게 있어."

"나한테? 어디에?" 그가 놀라며 말하였다.

"베라 아줌마!"

"베라 아줌마가 누군데?"

"공원에서 네 아빠와 함께 있었던 그분, 네가 의사라고 했잖아?" 중의적 의미를 갖고 레나가 말하였다.

전혀 예상하지 않은 말에 글레프는 사레가 들었다.

"왜 그 아줌마 이야기를 하는데?"

"아줌마에게 현관 앞에 계셔 달라고 부탁을 해야 해. 교수님께서 쓰러지시면 그때 아줌마가 올라가서 교수님을 구해 주시게."

"너, 미쳤냐? 무슨 그런 말도 안 되는 생각을 하고 그러냐?"

"왜 말이 안 돼?" 말도 안 된다는 말에 유라가 물었다.

"아줌마가 필요한 주사를 놔 줄 수도 있잖아."

"아니야, 그럴 수 없어." 글레프가 단호하게 말하였다.

"왜?"

"난 아줌마에게 가지 않을 거야."

"왜 안 간다는 거야?"

"그냥 안 가."

"글레프, 제발 부탁이야." 유라의 눈동자가 애원하는 눈빛으로 빛났다.

"아줌마에게 부탁을 드려 줘."

"난 할 수 없어." 글레프는 우울하게 말하였다. 그리고 몸의 방향을 바꾸었다.

"이건 나의 유일한 희망이야. 난 최소한 시도는 해 봐야한다고 생각해."

"너 귀머거리냐? 할 수 없다고 이야기했잖아. 다른 방법을 생각해 보라고."

"만약 내가 혼자 감당하지 못한다면? 할아버지는 또다시 돌아가실 거야. 그것도 또다시 나 때문에." 유라의 목소리가 떨렸다.

"글레프, 제발 인간적으로 부탁을 들어줘라! 왜 자꾸 유라를 괴롭히는 거야? 뭐가 그렇게 어렵다는 거야? 감정도 없는 바보 같으니." 레나가 참지 못하고 말하였다.

"너희들 누구한테 무얼 부탁하는 건지 이해하지 못할 거야!" 글레프는 의자를 밀쳐내면서 벌떡 일어났다.

"난 아줌마에게 가까이 갈 수도 없어. 그건 말 그대로 불가능해! 내가 한 짓을 내가 잘 알거든."

"진정해! 왜 그렇게 화를 내는 거야? 앉아서 이야기하자, 앉자고." 레나가 그를 진정시켰다.

글레프는 쓰러진 의자를 일으켰다. 그리고 등 받침대 위에 걸터

앉았다.

"네 아빠와 관계가 나빠지게 된 것과 관련이 있는 거야?" 유라가 추측하였다.

글레프는 무뚝뚝하게 그를 쳐다보았다.

"아줌마는 나와 말도 섞고 싶어 하지 않아. 그러니까 난 네게 도움을 줄 수 없어."

"왜 그렇게 생각하는데 …… 용서를 구하면 되잖아?" 어쩔 줄 몰라 하는 글레프를 곁눈질로 쳐다보면서 레나가 말하였다. 그러자 글레프는 씁쓸한 미소를 지었다.

"용서라고…… 두 사람은 일 년 전에 볼스크에서 결혼을 하려고 했어. 난 그날 아침에 아줌마를 찾아 갔어. 그리고 말하였지. 만약 오늘 아줌마가 결혼식장에 나타난다면 또는 내가 한 말을 아빠에게 말한다면 난 아줌마가 사는 9층짜리 아파트 옥상에 올라가서 뛰어내릴 거라고 말이야."

"아줌마가 뭐라고 했어?" 놀라서 레나가 물었다. 유라는 무얼 물어야 할 지 몰랐다. 그는 마치 처음 보는 것처럼 글레프를 쳐다봤다.

"아줌마는 결혼식장에 오지 않았어. 아빠와 연락을 끊었고, 전화번호를 바꾸었어. 아빠는 아줌마가 결혼식 날에 아빠를 배신하였다고 생각하였어. 둘은 헤어졌지."

"어떻게 아줌마는 네가 그렇게 할 것이라고 믿었지?"

"나도 몰라. 어쩌면 믿은 것이 아니라 그냥 모험을 하고 싶지 않았던 것이겠지. 그때 나도 내가 그럴 것이라고 믿었어. 난 그 결혼식이 너무나 싫었어. 자, 레나, 네 생각에 용서할 수 있다고 생각하니?"

탁자 위로 침묵이 흘렀다. 레나와 유라는 들은 이야기를 어떻게 이해해야 할지 몰랐다. 물론 그들에게 이러한 경우에는 비겁한 행동이라는 단어가 떠올랐다. 영화나 책 속에서 저급하고 비열한 나쁜 놈들이 행하는 행동이었다. 하지만 실제 삶 속에서 아는 사람 중에서 누군가가 비슷한 행동을 할 것이라고는 생각도 못하였다. 게다가 같은 반 친구가 그것도 자기들이 잘 알고 있다고 생각하였던 아이가…….

"아빠는." 아무도 그에게 더이상 묻지 않았지만 글레프가 다시 이야기를 시작하였다. "아빠는 두 달 동안 마치 로봇처럼 아무 표정 없이 직장과 집만 왔다 갔다 했어. 주위에서 무슨 일이 일어나는지 전혀 신경도 쓰지 않았어. 나에게도 전혀 신경 쓰지 않았어. 그런데 두 사람은 우연히 만났고 아마도 모든 것을 알게 되었던 것 같아. 상황은 더 나빠졌어. 두 사람은 결국 지금 함께 있고, 난 혼자가 되었어."

불행한 글레프는 슬픔에 젖어 있었다. 레나는 그런 글레프가 가엾다는 생각을 하며 쳐다보았다. 익숙하지 않은 것이지만 그녀는 그의 머리를 쓰다듬어주고 싶은 마음이 생겼다.

"하지만 잘못된 것을 고쳐보려고 애쓸 수 있잖아. 누구나 실수를 할 수 있어. 만약 그 사람이 진심으로 후회한다면 반드시 용서를 받을 수 있을 거야." 조심스럽게 그녀가 말하였다.

"너 같으면 용서를 하겠어?" 글레프는 눈을 들어 레나를 바라봤다.

"물론이지."

"아주 아주 큰 고통을 당하였고 더이상 보고 싶지 않더라도?"

"응."

"그렇다면 넌 왜 리파 할머니를 용서하지 않는 거야? 할머니는 진심으로 후회하고 있잖아."

레나는 놀라서 입을 벌린 채 글레프를 쳐다보았다.

"다른 사람을 가르치는 게 더 쉽지?" 그가 비웃으며 말하였다.

그 순간 갑자기 모두가 까맣게 잊고 있었던 알람시계가 울리기 시작하였다. 레나, 유라 그리고 글레프는 시계 숫자판 위를 뚫어지게 바라봤다. 그리고 꼼짝도 않고 거의 일 분 동안 알람이 멈출 때까지 앉아있었다. 그리고 서로가 서로를 바라봤다. 모두가 그대로 있었다. 아무도 사라지지 않았다. 시계는 이미 0시 1분을 가리켰다.

"자, 과학자 여러분." 글레프가 침묵을 깼다. "우리의 실험은 실패로 돌아갔습니다. 우리는 모두 여기에 있습니다. 그러니까 이것은……."

2013년 5월 8일 수요일

유라

목욕탕에서 전기면도기의 응응거리는 소리가 들렸다. 그 소리는 꿈속에서 들리는 듯하더니 귀를 계속해서 간지럽혔다. 유라는 무슨 일이 일어나고 있는지, 어디에 있는지 궁금해 하며 눈을 떴다. 조금 전까지 그는 레나의 집에 있었다. 식탁에 앉아서 알람시계를 쳐다보고 있었다. 그런데 지금은 집에 있다. 자기 방의 침대에. 믿을 수 없다! 그러니까, 글레프의 말이 옳았다. 정확하게 밤 12시가 되면 날짜가 바뀌고 그 전날이 오는 것이다. 레나 네 시계가 좀 빨리 갔기 때문에 셋은 실험이 실패한 것이라고 생각할 시간이 있었던 것이다. 유라는 몇 시인지 보기 위해서 베개 밑에서 전화기를 꺼냈다. 일곱 시였다. 오늘 학교에 가지 않아도 되는 날이다. 그렇다면 왜 이렇게 일찍 일어난 것일까? 무엇이 그를 깨운 것일까? 마치 누군가가 꼬집기라도 한 듯 유라는 펄쩍 뛰어올랐다. 전기면도기! 유라는 분명히

190

전기면도기의 웅웅거리는 소리를 꿈속에서 들었다. 하지만 지금 그는 자고 있지 않다. 그런데 웅웅거리는 소리는 계속되고 있었다. 이게 정말일까? 말도 안 된다!

전기면도기를 사용하는 사람은 할아버지뿐이다.

유라는 침대에서 벌떡 일어나 거실로 나갔다. 그의 심장은 미친 듯이 방망이질을 하였다. 흥분을 가라앉히며 그는 목욕탕의 문을 열었다. 타원형 거울 앞에 손이 보였다. 그리고 러닝셔츠도 걸치지 않은 할아버지가 실내복 바지를 입고 서 있었다. 진짜 할아버지, 살아있는 할아버지였다. 그리고 이것은 꿈이 아니었다.

할아버지가 고개를 돌려서 쳐다보았다. 유라는 숨이 멎는 듯한 느낌을 받으며 할아버지의 맨몸을 끌어안고 할아버지의 가슴에 코를 박았다. 갑작스러운 모습에 할아버지는 면도기를 끄고 놀라서 물었다.

"무슨 일이 있는 거냐? 무슨 일인데 이렇게 흥분하는 거냐?"

"아무 일도 아니야." 유라가 중얼거렸다.

그는 할아버지에게서 떨어지고 싶지 않았다. 이렇게 따뜻하고 친근한 할아버지. 이렇게 그를 다시 보게 되고 살아있는 그가 옆에 있다는 것은 너무나 행복한 일이다.

"나쁜 꿈을 꾼 거냐?" 그의 짧은 머리를 주무르면서 할아버지가 물었다.

"응, 무서웠어."

"괜찮다. 이제 아침 먹자. 그러면 밤에 일어난 무서운 것은 다 잊게 될 거야. 왜 이렇게 일찍 일어난 거냐? 오늘 엄마 아빠랑 함께 별장에 가려고?"

"아니. 집에 있을 거야. 한 발짝도 움직이지 않을 거야." 할아버지
에게서 떨어지며 유라가 단호하게 말하였다.

글레프

10시에 초인종이 울렸다. 마침 아빠가 시장에 가려고 신발을 신
고 있었다.

"글레프! 네게 손님이 왔구나. 나 나갈 테니 문 잠가라." 아빠가 소
리쳤다.

놀란 글레프가 방에서 나왔다. 현관 문지방에 숨을 헐떡이며 레
나가 서 있었다.

"어제 이야기를 끝내지 못했잖아. 오늘은 좀 일찍 일을 하러 가야
해서 서둘러야 해. 그러니까 너 그렇게 할 거야 안 할 거야?"

"뭘 하라고?"

"뭘 해야 하는지 알잖아."

"어제 다 설명해 줬잖아."

"그래도 한 번 시도는 해 봐야지? 중요한 일이잖아. 난 방금 유라
집에 갔었어. 아직까지는 모든 것이 정상이야. 유라가 이야기하기를
할아버지께서 돌아가시는 시간은 오후 세 시라고 하였어. 의사가 그
렇게 썼대. 하지만 심장발작은 아마도 더 일찍 시작하였을 거야. 난
일이 끝나는 대로 유라가 사는 아파트 현관 앞으로 갈 거야. 너도 올
거지?"

"내가 거기서 무슨 일을 할 수 있겠어? 난 의사가 아니야."

"하지만 유라는 네 친구잖아."

"난 친구가 없어."

레나는 글레프를 뚫어지게 쳐다보았다. 그리고 차갑게 이야기하였다.

"그래, 잘났다. 아마 앞으로도 친구 생길 일 없을 것 같다. 이건 알아둬. 글레프, 너는 참 재수 없는 녀석이라는 것 말이야!"

글레프는 레나를 문밖에 세워 두고 문을 닫았다. 글레프는 혼란스러워하며 방안을 왔다 갔다 하였다. 레나는 그의 가장 아픈 곳을 찔렀다. 그리고 잠에서 깬 이후로 두 시간 동안 벗어나고자 애썼던 걱정이 다시 시작되었다. 레나가 나타나기 바로 전까지만 해도 글레프는 자신이 이 일에 신경 쓰지 않아도 모든 것이 잘 될 것이라고 믿고 있었다. 사이렌을 울리며 구급차가 시간에 맞추어서 가고, 교수님을 구할 것이라고 생각하였다. 그는 유라를 돕는 것에 기꺼이 찬성한다. 하지만 다른 방법이어야 한다. 베라 아줌마와 연관이 없는 그런 어렵지 않은 방법으로 말이다. 그 일이 일어나고 난 후 그는 베라 아줌마를 더이상 볼 수 없었다. 어떻게 두 사람은 그것을 이해하지 못하는 걸까? 어떤 모습으로 베라 아줌마 앞에 선단 말인가? 무슨 말을 해야 하나? '용서해주세요, 더이상 그렇게 하지 않을 게요'라고?

글레프는 아직까지 누구에게 용서를 구한 적이 한 번도 없었다. 어렸을 때부터 그는 고집스럽게 구석에 서서 몇 시간이고 버티었고 아빠는 결국 항복하고 말았다. 아빠는 그런 식으로 아들에게서 용서해달라는 말을 듣지 못한 채 벌서기를 그만두게 하였다. 어느 날 아빠가 무언가에 매우 화가 난 적이 있었다. 더이상 참을 수 없다고 생각한 아빠는 이번만큼은 글레프가 용서해달라는 말을 할 때까지 구석에 서 있게 하겠다고 결심을 하였다. 하지만 글레프는 끝까지 버티었고 다음날 아침에 웅크리고 앉은 채 잠이 든 그를 아빠가 발견하였다. 용서해 달라는 말을 끝까지 하지 않았다. 이런 행동들은 글레프가 아직 어렸기 때문에 그랬다고 이야기할 수 있는 것들이었다. 하지만 베라 아줌마에게 한 그의 행동을 단지 어린 아이의 행동으로 볼 수 있을까? 그렇게 행동을 한 후 그 사람에게 어떻게 도와달라고 부탁한단 말인가?

몇 분 동안 얼굴을 씻은 후 글레프는 유라에게 전화를 하였다. 유라는 흥분한 목소리로 할아버지가 아주 기분이 좋은 상태이고 지금은 서재에서 일을 하고 있다고 말하였다. 유라는 이미 가능한 모든 응급차의 전화번호를 적어놓고 전화할 준비를 하고 있다고 하였다. 그리고 인터넷을 통해서 '심장마비가 왔을 때 제일 먼저 해야 할 일'에 대한 다양한 정보를 검색해 놓았다.

"그래. 성공하길 빌어." 미안해하며 글레프가 중얼거렸다.

"고마워. 반드시 해낼 거야." 비장한 어조로 유라가 말하였다.

"반드시 해낼 거야."

글레프는 전화를 끊었다. 그는 꼼짝 않고 서 있었다. 그러다가 갑자기 재빨리 물건을 챙겨서 집에서 나갔다. 그는 있는 힘을 다해서 병원 쪽으로 갔다. 마치 한순간에 멈추어 설까 봐, 그래서 생각을 바꿀까 봐 걱정을 하는 것 같았다. 하지만 병원 건물을 보자 글레프는 갑자기 자신감이 떨어졌고, 쓸데없는 도전을 하고 있다는 생각이 들었다. 그는 그렇게 한 자리에 멈추어 서고 말았다. 더 이상 앞으로 갈 수 없었다. 도저히 갈 수 없었다.

글레프는 되돌아섰다. 그는 집을 향해서 아주 천천히 조금씩 발을 옮겨가면서 걸었다. 그의 머릿속에는 일련의 장면들이 꼬리에 꼬리를 물었다. 유라가 쓰러진 할아버지 주변에서 어떻게 할지 몰라 서성대고 있고, 할아버지에게 물을 주려고 하고, 응급차를 부른다. 그런데 낯설고 차분한 목소리가 차가 없다고 대답한다. 유라는 할아버지가 숨을 쉬지 않는 것을 알게 된다. 유라는 할아버지 곁에 고개를 푹 숙이고 앉아있고, 바닥에는 더이상 필요 없는 컵이 나뒹굴고 있다.

글레프는 갑자기 방향을 바꾸어서 병원으로 다시 뛰어가기 시작하였다. 그는 로비에서 의사들의 근무 현황만 확인하겠다고 스스로에게 다짐하였다. 만약 베라 아줌마가 오늘 일을 하지 않는다면 자신의 임무를 다 하였다고 생각할 수 있다. 그렇지 않은가? 레나가 자신에게 노력해 달라고 하였고, 자신은 노력을 하였다. 베라 아줌마의 집 주소는 정말 모른다.

운이 나빴다. 베라 아줌마는 병원에 있었다. 그녀는 오늘 당직근무자로 환자들을 받고 있었다. 하지만 무슨 일인지 복도에는 환자가 한 명도 없었다. 아마도 5월 연휴에는 사람들이 집에서보다는 별장에서 아픈 것을 더 선호하는 것 같았다. 글레프는 숨을 깊게 들이마시면서 진찰실 앞에서 오랫동안 앉아 있었다. 그리고 움직이지 않는 다리를 간신히 옮겨서 문 앞까지 갔다. 마치 다이빙을 하기 전에 다이빙선수가 그렇듯 숨을 깊게 들이마신 후 노크를 하고 안으로 들어갔다.

　베라 아줌마는 책상에 앉아서 의료 카드에 무언가를 쓰고 있었다. 문이 열리는 소리를 듣고 그녀는 반사적으로 고개를 들어서 들어오는 사람을 쳐다봤다. 둘의 눈이 마주쳤다. 글레프는 가슴이 막 뜨거워지고 피가 얼굴로 몰려 들고 있는 것을 느꼈다. 그는 결혼식이 이루어지지 않았던 그날 이후로 오랫동안 이렇게 가깝게 베라 아줌마를 본 적이 없었다. 하지만 그녀의 눈을 쳐다본 그는 얼마 전에 베라 아줌마를 본 것 같은 느낌이 들었다. 아니 마치 어제 그녀 앞에 서서 말도 안 되는 자신의 조건을 이야기한 듯하였다. 밝은색 예복을 입은 그녀는 불쌍하게도 결혼식 부케를 떨어뜨렸지만 꽃들이 바닥에서 흩어지는 것을 느끼지도 못하였다. 그는 마치 독을 내뿜듯 그녀에게 말을 하였다. 그의 입에서 나온 단어 하나하나가 그녀의 얼굴의 인간적인 모습을 지우고 돌처럼 굳게 만들었다. 그 당시 그는 그녀의 마음이 어떨지는 전혀 생각하지 않았다. 그는 기쁜 마음으로 자신의 적을 짓밟았다. 하지만 지금 그는 그런 자신을 역겨워하고 있다.

　"무슨 일이냐?" 조심스러운 눈빛을 글레프에게서 떼지 않고 베라가 물었다.

　"너 여기서도 나를 감시하였냐?"

　글레프는 아무 말 하지 않았다. 그는 제정신이 아니었다. 다리가 가늘게 떨렸다. 손바닥에는 땀이 솟아올라서 청바지에 손을 계속해서 닦아야 하였다, 귀에서는 이상한 소리가 들렸다.

　"내게 뭘 또 원하는 거냐?" 베라는 흥분을 참지 못해 떨리는 목소리로 말하였다.

"이번엔 내가 또 어떤 일을 해야 하는 거지? 떠나야 하냐? 이 작은 괴물 같으니. 무슨 생각을 또 한 거냐? 넌 네가 네 아빠에게 정상적인 삶을 주지 않고 있다는 것을 알고 있냐?"

글레프는 마른 입술을 혀로 핥았다. 그는 마치 회전목마를 너무 오래 탄 것처럼 가슴이 울렁거렸다. 모든 소리가 마치 솜뭉치 사이로 들려오는 듯하였다. 그는 토가 나오는 것을 참기 위해 눈을 감았고, 갑자기 힘이 쭉 빠져서 미끄러지며 문설주에 기대서 걸터앉았다. 글레프는 있는 힘을 다해서 다시 일어서려고 애썼다. 하지만 도저히 일어설 수가 없었다. 그때 갑자기 지독한 냄새가 그의 정신을 되돌릴 수 있게 만들어주었다. 그는 반사적으로 물러서며 눈을 떴다.

"이건 암모니아수야. 자, 조금 더 들이마셔." 젖은 솜을 내밀며 베라가 말하였다.

글레프는 거부하듯 고개를 흔들었다. 이 독한 냄새는 코에서부터 정수리까지 그의 몸을 관통하였다. 그런데 머리는 이상하게도 맑아졌고 토하고 싶은 것도 없어졌다.

"너 어디 아픈 거냐?" 그가 일어설 수 있도록 도와주며 베라가 말하였다.

"어디가 안 좋아? 땀으로 흠뻑 젖었네."

"아니요, 괜찮아요." 딱딱한 의자에 앉으면서 글레프가 흥분된 목소리로 대답하였다.

"그런데 왜 기절을 한 거냐?"

"기절은 무슨 기절을 해요? 그냥 머리가 잠시 핑 돌았을 뿐이예

197

요. 더워서."

글레프는 의자의 등받이에 기대어 앉았다. 그의 티셔츠는 땀으로 젖어 있었다. 더워서 그렇다고! 오늘 바깥 온도는 겨우 25도밖에 되지 않았다. 하지만 그는 그녀를 쳐다보는 것이 너무나 두려워서 몸이 나빠졌다고 이야기할 수는 없었다. 그는 사람의 심리가 이렇게 강력하게 육체에 영향을 줄 거라고 생각해본 적이 없었다. 베라 아줌마가 아빠와 헤어진 후 두 달 내내 병이 나서 침대에 누워서 꼼짝도 못하였다고 한 아빠의 말이 거짓말이 아니었던 것이다!

베라는 컵에 물을 따라 글레프에게 내밀었다. 글레프는 허겁지겁 물을 마셨다.

"네게 미리 경고한다. 네가 여기 왔다는 것을 아빠에게 이야기할 거야." 컵을 다시 받아 들며 그녀가 엄하게 말하였다.

"난 더이상 네가 나를 힘들게 하지 못하게 할 거다."

글레프는 그녀의 눈을 쳐다봤다. 그녀의 눈은 차가웠으며 적의감도 느껴졌다. 베라는 그가 볼스크에서 보았던 그 베라가 아니었다. 그를 쳐다보고 있는 것은 확고하게 반격을 준비하고 있는 전혀 낯선 사람이었다. 글레프는 갑자기 마음이 편안해졌다. 그는 임무를 완수할 수 없다고 생각을 하였다.

"왜 여기에 왔는지 이야기를 하거나 어서 돌아가거라." 베라가 차분하게 말하였다.

"저는 도움을 요청하려고 왔어요."

"도움이라고? 내게? 너 혹시 머리가 잘못된 것은 아니지?"

"도움을 요청할 수 있는 다른 사람이 없어요."

"그렇다면 그냥 나가는 게 좋겠구나."

"나갈 거예요. 아줌마가 저를 도와주지 않을 거라는 것을 알아요. 하지만, 들어주세요. 친구가 한 명 있어요. 그 친구의 할아버지가 오늘 3시에 돌아가실 거예요, 심장마비로요. 어쩌면 정확하게 3시가 아닐 수도 있어요. 하지만 2시에서 3시 사이라는 것은 분명해요. 만약 응급차가 오기 전에 의사가 할아버지 옆에 있어서 주사를 놔주고 응급처치를 해 준다면 어쩌면 할아버지의 목숨을 구할 수 있을지도 몰라요. 제 친구도 열세 살이예요. 그 상황에서 혼자서 어떻게 할 수 없을 거예요. 그가 제게 간절하게 부탁하였어요 아줌마에게 이야기를 해달라고. 물론 저는 그것이 소용없는 짓이라는 것을 알고 있어요." 글레프가 감정 없는 목소리로 말하였다.

"그거 무슨 게임이냐?" 베라는 그를 이상하다는 듯이 쳐다보았다.

"그랬으면 좋겠어요. 내일이 되면 모두 알게 될 거예요. 마을 사람들 모두가 부고를 듣게 될 거예요. 친구의 할아버지는 유명한 카라세프 교수예요. 제 친구는 평생 동안 자기 때문에 할아버지가 죽었다고 생각할 거예요."

"그렇다면, 넌 어떻게 그가 죽는다는 것을 알았지?"

"왜냐하면 이틀 전에 장례식을 치렀거든요."

"누구를? 오늘 세 시에 죽는 교수를?"

"네."

"그러니까 넌 너의 그 거짓말을 내가 믿어주기를 원하는 거냐?"

"여기 주소예요." 글레프가 일어서서 책상으로 다가갔다. 그리고 종이 한쪽 구석에 주소를 썼다.

"오늘 저녁에 여기에 들르시면 믿게 될 거예요. 다만 그렇게 되면 늦어서 바꿀 수 있는 것이 아무것도 없겠지만 말이에요. 아직은 시간이 있어요. 저와의 나쁜 관계 때문에 한 사람의 생명을 구할 수 있는 기회를 잃어서는 안 되는 거잖아요."

베라는 믿을 수 없다는 듯 고개를 흔들었다.

"내 생각에 이것은 나를 내쫓으려는 너의 두 번째 함정인 것 같다. 하지만 이번엔 무슨 생각을 한 것인지 도대체 모르겠구나."

베라가 아닌 옆의 창문을 바라보며 글레프는 조용히 말하였다.

"저도 알아요. 제 말이 어떻게 들릴지. 하지만 문제는 이 모든 것이 사실이라는 것이에요. 저는 벌써 15일째 거꾸로 살고 있어요. 저와 우리 반 아이 둘 하고요. 정상적으로 보낸 마지막 날이 5월 23일이었어요. 그 이후에는 달력이 거꾸로 가기 시작하였어요. 5월 22일이 오고, 그다음에는 5월 21일…… 오늘이 벌써 8일이네요. 그래서 우리는 무슨 일이 언제 일어났는지 알 수 있어요. 우리도 이 상황이 지속되는 것을 원치 않아요. 그래서 여기서 벗어나려고 노력하고 있어요. 하지만 잘 안 되네요. 아무도 우리를 믿어 주지 않고 아무도 우리를 도와주지 않아요. 이 모든 것이 다 제 잘못 때문에 생긴 일이에요."

그는 문 쪽으로 갔다. 베라는 마치 얼어붙은 듯 말이 없었다. 문 앞에서 글레프는 멈칫거렸다.

"아줌마, 이것만 알아주세요." 작은 희망까지도 내려놓은 듯한 목소리로 그가 말하였다.

"만약 우리가 이 상황에서 벗어나지 못해서 지난해 4월까지 가게 된다면 그래서 그날로 돌아가게 된다면 저는 그때처럼 행동하지는 않을 거예요. 두 분은 결혼식을 할 수 있을 거예요."

글레프는 문을 닫지 않고 나갔다. 그가 복도 끝에 갔을 때 베라가 그에게 소리쳤다.

"준비하고 갈게!" 그녀가 말하였다.

레나는 유라 아파트 현관 근처의 평상에 2시부터 앉아있었다. 벌써 3시 20분 전이다. 10분마다 긴장한 얼굴의 유라가 2층 창문에서 나타났다. 그는 레나에게 아직 아무 일도 일어나지 않았다는 표시를 하고 금방 사라졌다. 레나는 긴장감에 손가락이 떨렸다. 이제 막 돌이킬 수 없는 무서운 일이 일어날 것이기 때문이다. 하지만 예방을 할 수도, 상황을 바꿀 수 있는 방법도 없었다. 그녀는 글레프가 현관 쪽으로 오고 있는 것을 보았다. 그가 왔다는 것만으로도 기뻤다. 누군가가 곁에 있다는 것만으로도 말이다.

"아침에 베라 아줌마에게 갔었어." 그가 그녀의 옆에 앉으며 말하였다.

"정말? 잘했어!" 레나가 소리쳤다. 하지만 잔뜩 어두운 표정의 그의 얼굴을 보고 실망을 하였다.

"용서하지 않았어? 안 오신대?"

"용서는 하지 않았어. 하지만 오신다고 했어."

레나는 감정을 억누르지 못하고 기뻐서 비명을 지르고 박수를 쳤다.

"믿을지 모르겠지만." 흥분한 글레프가 말을 이었다.

"아줌마가 나를 믿어 줬어. 난 아줌마에게 우리에 대해서 그리고 거꾸로 가는 달력에 대해서 이야기를 하였거든. 아빠도 날 믿지 않았어. 그런데 아줌마는 날 믿어 주었어. 아, 저기 아줌마가 오네."

베라가 아이들에게로 왔다. 손에는 응급처치를 위해 의사들이 들고 다니는 구급함이 들려 있었다. 그녀는 평상 앞에 멈추어 서서 무슨 말을 해야 할지 몰랐다. 베라는 자신이 매우 이상하다는 생각을 하였다. 환자가 아프기 전에 환자에게 온다는 것이 흔히 있는 일이 아니기 때문이다.

"아, 와 주셔서 정말 감사드려요!" 흥분하여서 레나가 말하였다. 그리고 상황을 설명해 주었다.

"유라가 방금 모습을 드러냈어요. 교수님은 아직 살아 계시고 건강하시대요. 2층이에요, 저기 저 창문이요. 심장마비는 이제 언제든 일어날 수 있는 시간이에요. 우린 정확한 시간을 알지 못하죠. 왜냐하면 지난번에 교수님은 혼자 계셨거든요. 여섯 시에 그를 발견하였죠. 돌아가신 채로."

"어쩌면, 어떠한 심장마비도 일어나지 않았던 것 아니야?" 믿을 수 없다는 듯 베라가 말하였다.

모순적인 상황이 그녀의 말을 꼬이게 만들었다. 아직 일어나지 않은 일을 어떻게 과거에 있었던 일이라고 이야기할 수 있단 말인가? 어쩌면 이건 나를 놀리기 위한 것일지도 몰라? 이 나쁜 녀석의 나쁜 짓이 아닐까? 어떻게 그녀는 그의 말을 믿고 행동할 수 있었을까! 무엇 때문에 그녀는 이렇게 사람을 믿는 것일까?

"도와주세요!" 갑자기 열려 있는 창문에서 유라의 놀란 외침이 들렸다. 그리고 몇 초 있다가 그가 얼굴을 내밀었다.

"할아버지께서 쓰러지셨어! 부엌으로 들어가시다 넘어지셨어!"

"빨리!" 레나가 소리를 치고 유라가 문을 열 수 있도록 인터폰으로 달려갔다.

놀란 베라는 가방에서 휴대전화를 꺼낸 뒤 번호를 누르면서 재빠르게 현관으로 달려갔다. 글레프는 베라의 뒤를 좇아서 안으로 들어가려고 하는 레나의 손을 잡았다. 그리고 글레프는 안에서 자기 둘이 할 수 있는 일이 아무것도 없다고 이야기를 하였다. 그렇게 둘은 다른 사람들을 방해하지 않도록 집 앞에서 기다리기로 하였다. 레나는 글레프의 말에 따라서 초조한 마음으로 벤치에 앉아서 기다렸다. 그렇게 긴 15분 동안 둘은 안에서 무슨 일이 일어나고 있는지 알 지 못한 채로 현관 앞에 앉아 있었다. 이 시간은 마치 영원할 것만 같았다. 잠시 후 현관으로 하얀색 외제차가 달려왔다. 거기서 유라의 부모와 할머니가 급하게 뛰쳐나왔고 집으로 서둘러 들어갔다.

"모두 별장에 있어야 하는데……." 레나가 말하였다.

"유라가 전화를 했어. 별장이 그렇게 멀리 있지 않아. 바로 차를 타고 온 거야." 글레프가 대답하였다.

2층 창문 밖으로 울부짖는 소리와 여자가 우는 소리가 들렸다. 레나와 글레프는 걱정스러운 모습으로 서로를 쳐다봤다. 멀리서 응급차의 사이렌 소리가 들려왔다.

"응급차가 왔어!" 레나가 반가워하며 말하였다.

"정말 빠르네!"

아파트 단지 안으로 지붕 위에 빨간 불이 번쩍이는 자동차가 들어왔다. 파란 가운을 입은 두 남자가 현관으로 달려갔다. 잠시 동안 아무 일도 일어나지 않았다. 다만 무슨 이유에서 인지 2층의 창문이 닫혔다. 그리고 잠시 후, 10분 정도 흐른 후, 베라가 밖으로 나왔다. 그녀는 평상에 가방을 올려놓았다. 그리고 지친 모습으로 아이들을 바라봤다.

"살아 계세요? 성공하였어요?" 희망을 품고 레나가 물었다.

"할아버지는 쓰러지자 마자 바로 돌아가셨어. 아무런 처치도 할 수 없었어." 베라가 고개를 좌우로 흔들며 말하였다.

레나가 입을 손으로 막으며 신음소리를 냈다.

"잔인하군." 글레프는 실의에 빠져 말하였다.

충격을 받은 유라가 현관에 나타났다. 그는 처참한 모습으로 쓰러지듯 평상에 앉았다. 레나가 불쌍한 그를 쳐다봤다. 그리고 그의 어깨를 쓰다듬었다.

"할아버지는 그냥 넘어지셨어. 할아버지는 기분이 아주 좋으셨어. 그리고 부엌으로 들어갔고 갑자기 넘어지셨어. 넘어지더니 바로 돌아가셨어. 어떻게 그럴 수가 있어!" 허공을 바라보며 유라가 말하였다.

"애석하지만, 그런 경우가 꽤 있단다. 그 순간에 할아버지가 병원에 계셨더라도, 모든 설비가 되어 있고 경험 많은 의사들이 곁에 있었어도 그를 살릴 수는 없었을 거야. 그냥 할아버지께서 세상과 이별할 시간이 되었던 거야. 이해할 수 있겠니?" 베라가 말하였다.

"난 모든 것을 바꾸려고 하였어요……. 할아버지를 도우려고 하였어요. 모든 것을 준비하였는데. 그 모든 것이 아무 소용이 없었네요." 유라의 목소리가 떨렸다.

"소용이 전혀 없지는 않아. 이제 넌 이 일이 너 때문에 일어난 것이 아니라는 사실을 알게 되었어. 무언가를 바꾼다는 것은 불가능해. 난 그렇게 확신해. 만약 네가 할아버지를 도와 생명을 구하였다고 해도 정상적인 달력에서는 할아버지는 살아계시지 않을 거야. 지금 우리가 있는 이곳의 우리 삶은 진짜 삶이 아니거든." 글레프가 말하였다.

"하지만 내일 너는 다시 살아있는 할아버지를 보게 될 거야. 우리가 여기에 있는 동안 할아버지도 너와 함께 할 거야." 레나가 말을 받았다.

베라는 말없이 이 아이에서 저 아이로 시선을 바꿔가면서 바라보고 있었다. 그녀에게는 이들의 대화가 전혀 이해할 수 없는 말도 안되는 것이었다. 유라는 앉아서 숨을 크게 들이마신 후 평상에서 일어났다.

"어디 다른 데로 가자. 나 여기 있고 싶지 않아."

"우리 집에 가자. 동생들이 잘 있나 확인도 할 겸." 레나가 제안하였다.

"나도 너희들하고 갈게. 먼저 가, 금방 따라 갈게." 글레프가 말하였다.

유라와 레나는 베라에게 도와준 것에 대해 감사하다고 말하였다. 베라는 당황스러워 하면서도 원하는 대로 되기를 바랬는데 그렇게 되지 않아서 안타깝다고 말하였다. 아이들은 천천히 아파트 단지를 빠져나갔다. 베라와 글레프 두 명만 남게 되었다. 어색한 침묵이 흘렀다. 베라는 불행에 빠졌지만 혼자의 힘으로 그곳으로부터 빠져나와야만 하는 이 어린아이들에게 어떤 말을 해야 할지 몰랐다. 경험 많은 어른이면서 의사인 그녀는 아이들에게 아무런 도움을 줄 수 없었다. 반대로 글레프는 무슨 말을 해야 할지 알고 있었다. 하지만 그럴 용기를 내지 못하고 있었다.

"베라 아줌마, 저를 용서해주시겠어요? 아니 언젠가는 저를 용서해주실 수 있겠어요?" 그는 그녀를 똑바로 바라보지도 못하고 있는 힘을 다해서 이야기를 하였다.

베라는 바로 대답하지 않았다. 그가 숙인 머리 때문에 보이는 그의 정수리를 바라보며 잠시 동안 아무 말도 하지 않았다.

"노력할게." 잠시 침묵이 흐른 후에 그녀가 대답하였다.

글레프는 고개를 들고 그녀의 눈을 통해서 그녀가 용서해줄 것이란 걸 알았다. 어쩌면 그녀는 이미 용서를 하였는지도 모른다.

"고마워요. 아줌마는 정말 좋으신 분 같아요!" 그는 가벼운 마음으로 숨을 내쉬며 말하였다.

그리고 그는 사라진 친구들을 따라 뛰어갔다. 베라는 복잡한 심경으로 그의 뒤를 바라보며 서 있었다.

2013년 5월 7일 화요일

화요일 아침 일찍부터 글레프와 레나는 유라가 전해줄 소식을 기다리고 있었다. 어제 헤어지면서 아이들은 유라가 할아버지와 이야기를 하고 난 뒤 바로 그 결과를 알려 달라고 하였기 때문이다. 유라로부터 온 첫 번째 전화는 11시였다. 그는 할아버지가 크라스노다르 지역 고고학자 학술대회에서 아직 돌아오지 않았지만 오후 4시에 집에 오실 예정이라고 하였다. 오후 3시에 유라가 문자를 보내왔다.

'날 별장으로 데리고 왔어. 할아버지랑은 저녁에 이야기할게. 다 잘 되어가고 있어.'

그리고 저녁 8시가 되어서야 그가 다시 소식을 전하였고 전화기에 대고 흥분하여서 말하였다.

"급히 만나야겠어. 문제가 생겼어. 아주 중요한 문제야."

아이들은 저녁 8시 30분에 공원에 모였다.

"두 가지 뉴스가 있어." 유라가 말을 시작하였다.

"하나는 나쁜 소식이고 다른 하나는 좋은 소식이야?" 글레프가 비꼬며 말하였다.

"하나는 나쁜 소식이고 다른 하나는 더 나쁜 소식이야." 진지하게 유라가 대답하였다.

"어떤 소식을 먼저 이야기할까 하고 묻지만 마! 내가 널 칠지도 몰라! 우리는 널 기다리며 하루 종일 아무 일도 할 수 없었어. 네가 별장에서 피서를 하고 있는 동안 말이야! 모든 게 잘 되고 있으니 걱정말라고 한 게 누군대? 그런데 지금 뭐야? 뭐가 잘못되었다는 거야?" 글레프가 말하였다.

"뭐야? 할아버지가 안 믿어? 그래서 우리를 도와주시지 않겠다는 거야?" 레나가 흥분하여 말하였다.

"할아버지는 믿지 않으셨어." 당혹스러워하며 유라가 확인시켜 주었다.

"정확하게 말해서 믿지 않은 것이 아니라 단순히 우리가 게임을 하고 있다고 생각하신 거야. 할아버지는 우리를 도와주겠다고 하였어, 하지만 지금은 아니고 5월 15일 이후에. 휴가를 받게 되면. 만약 이게 게임이라면 기다릴 수 있겠지." 유라가 덧붙였다.

"한 마디로 훌륭하군! 15일 이후라고? 그렇다면 안 된다는 이야기네." 글레프가 말하였다.

"내일 한 번 더 말씀드려 보면 안될까? 할아버지에게 이것이 우리에게 얼마나 중요한지 설명해줘. 어쩌면 할아버지가 무언가 이야기해주시지 않겠어?" 레나가 말하였다.

"그래서 말인데 여기에서 내가 말한 첫 번째 나쁜 소식을 전해 줄게. 내일 난 할아버지를 하루 종일 볼 수 없어. 할아버지는 크라스노 다르의 학술대회에 참여 하실 거야. 오늘 거기서 오셨어. 할아버지는 5월 5일 점심 식사 후에 거기로 가셨어. 난 우리가 시간을 거꾸로 산다는 것을 완전히 잊고 있었어." 미안한 표정으로 유라가 설명하였다.

"이틀을 더 기다려야 한다는 이야기야? 무슨 뜻이야? 그러니까 5월 4일이 되어야 네가 할아버지와 이야기를 할 수 있다는 말이야?" 레나가 화를 내며 말하였다.

"이틀 뒤에 이야기 하는 건 어렵지 않아. 그런데 할아버지는 더이상 우리를 도와주실 수 없어. 바로 이게 우리의 두 번째 나쁜 소식이야. 우리에게 있을 수 있는 가장 나쁜 소식이기도 하고." 유라가 말하였다.

"우릴 그만 놀라게 하고 결론을 말해봐." 글레프가 화를 냈다.

"우리는 《아빈스크 뉴스》에 실린 기사에 대해서 완전히 잊고 있었어." 유라가 주머니에서 접혀져 있던 A4용지를 꺼내서 펼쳐 들고 이야기를 계속하였다. "여기, 내가 다시 프린트한 거야. 너희들 여기에 뭐라고 쓰여 있었는지 기억해?"

"기억해. 별장촌 주변에 타운하우스를 건설하려고 하였는데 고대 성벽을 발견하였다고 쓰여 있었잖아. 그래서 봉사자들이 발굴단을 구성하고 발굴을 시작하였다고." 레나가 말하였다.

"바로 그거야! 우리는 '무엇과 어디'만 기억하였어. 누가 '언제'에 신경 쓴 사람 있어? 언제 성벽을 발견하였다고 하였는지 기억해?" 유라가 말하였다.

"아마도 4월 말쯤이었던 것 같은데." 글레프가 말하다 말고 얼어붙었다. 유라가 이야기하고자 한 것을 이해하게 된 것이다. 그는 유라의 손에 있는 종이를 빼앗아 들었다.

"그러니까, 4월 이십 몇 일에 발견되었고……. 발굴단 구성이……. 그러니까 4월 30일이네! 그러니까 발굴은 30일이나 1일에 시작되었다는 이야기네. 이제 일이 완전히 그르쳐 버렸네." 글레프가 기사를 쳐다보면서 중얼거렸다.

"그러니까 일주일 후에 우리가 돌아갈 수 있는 마지막 가능성이 사라진다는 거야? 만일 성벽이 땅 속으로 들어간다면……. 우리는 이렇게 죽을 때까지 살아야 한다는 이야기야?" 레나가 놀라서 말하였다.

"그렇다는 이야기지." 글레프가 동의하였다.

"아니야, 더 나빠.할아버지와 이야기를 하는 동안 난 한 가지 생각이 떠올랐어. 정말로 모든 일이 그 성벽에 낙서를 한 것에서 출발을 하였을까? 그 상형문자에서 말이야. 그렇다면 그 상형문자 안에 비밀의 열쇠가 있지 않을까 하고 말이야" 유라가 말하였다.

"그런데 왜 더 나쁘다는 거야? 그렇다면 상형문자를 해석하면 되잖아!" 레나가 물었다.

"영리한데! 마치 이게 아주 간단한 것처럼 이야기하네. 어디서 그런 전문가를 찾을 건대? 그것도 7일 만에!" 글레프가 비웃으며 말하였다.

"7일이 아니야! 바로 거기에 불행이 있어! 잘 세어봐, 5월 5일에 상형문자들의 가장 아랫줄을 청소하였어. 그러니까 전체 문장을 다

볼 수 있는 유일한 날은 바로 내일, 5월 6일 뿐이야." 유라가 비참한 목소리로 말하였다.

"훌륭하네! 내일 교수님은 안 계실 거고, 우리가 직접 해석하는 것은 불가능하고. 모레에는 이 상형문자들이 땅속으로 사라져 버릴 것이고, 일주일 뒤에는 전체 성벽이 없어지고. 우리는 죽게 될 거야!" 레나가 발작적으로 깔깔거리며 웃으며 이야기하였다.

"내가 문제가 생겼다고 했잖아. 게다가 생각할 시간도 전혀 없어." 유라가 무겁게 한숨을 내쉬었다.

"그러니까 생각을 하지 말자. 바로 내일 크라스노다르로 가자. 가서 우리의 문제를 우리가 직접 해결하자. 아무도 우리를 막지 못할 거야. 부랑자들도, 걱정 많은 할머니들도 말이야! 물론 만약 우리가 돌아가기를 원한다면 말이야." 글레프가 확고하게 말하였다.

그는 의미심장하게 처음에 레나를 쳐다본 뒤 다음에 유라를 쳐다보았다.

"왜 크라스노다르를 가야해?" 레나가 물었다.

"너 진짜 고고학자들로부터 조언을 받고 싶지 않아?"

"받고 싶지! 그들은 이 분야에 대해서 잘 알 것 아니야."

"그러니까, 크라스노다르에 그들이 잔뜩 모여 있을 예정이잖아! 게다가 우리가 잘 아는 교수님도 말이야. 안 그래, 뚱땡아?"

"넌 학술대회장에서 바로 사람들에게 이야기하자는 거야?" 유라가 겁먹은 표정으로 말하였다.

"백지장도 맞들면 낫다고 하잖아. 거기 얼마나 많은 사람들이 있겠어, 그것도 고고학자들이! 반드시 누군가가 무언가를 이야기해 줄 거야." 희망을 가지고 글레프가 말하였다.

"우린 그들에게 뭐라고 이야기 하지?" 어리둥절해하며 레나가 물었다.

글레프가 손을 내저었다.

"그건 중요한 게 아니야. 중요한 것은 우리가 그들에게 고대 문자를 보여주어야 한다는 거야. 그들이 그걸 해석할 수 있도록 말이야."

"우리가 어떻게 그 고대 문자를 보여주지?" 유라가 관심 있게 물어봤다. 글레프는 진지한 표정으로 그를 바라본 후 말하였다.

"넌 믿지 않겠지만 말이야, 유라. 얼마 전에 그런 것을 발명하였어. 그걸 디지털 카메라라고 하지. 아주 훌륭한 것이지!"

2013년 5월 6일 월요일

아침 10시 아이들은 이미 알고 있는 별장촌의 꼬불꼬불한 길을 걷고 있었다. 유라는 변함없이 자신의 백팩을 등에 매고 있었다. 이번에는 지난번보다 부피가 더 커져서 훨씬 무거워 보였다. 오늘 여행은 간단하게 끝나지 않을 것이다. 그래서 아무 때고 배가 고플 때 먹을 수 있는 예비식량을 준비해두는 것이 나쁠 이유가 없다고 유라는 생각하였다. 손가락질을 하며 빈정대는 글레프에게 유라는 4시간만 지나고 나면 자신에게 고맙다고 이야기할 것이며 맛있게 생긴 파이들을 허겁지겁 먹게 될 것이라고 말하였다. 레나는 둘이 싸우는 이야기를 전혀 듣지 않는 것 같았다. 레나는 무슨 생각에 빠져서 멍하니 걸어가고 있었다.

"너 오늘 왜 이렇게 아무 말 없는 거야? 어디에 네 목소리 볼륨을 조절하는 스위치가 있는 거야? 좀 크게 만들어 봐!" 글레프가 그녀에게 관심을 보였다.

"저리 가. 네가 상관할 바 아니야." 힘없이 레나가 손을 내저었다.

"무슨 일 있는 거야?" 유라가 물었다.

"이 여행 때문에 엄마가 계신 병원에 갈 수 없고. 아르바이트도 하루 쉬겠다고 해야 하였고, 동생들은 안드레이에게 맡겼어. 안드레이도 어리긴 마찬가지지만. 게다가 반나절 동안이나." 레나는 한숨을 내쉬었다.

"난 엄마와 아빠에겐 할머니와 함께 별장에 가는 것처럼 하고 나왔어. 그리고 할머니에게는 집에 있겠다고 하였고." 유라가 고백하였다.

"할머니와 부모님이 전화를 해서 네 음모가 발각이 되어야 할 텐데." 글레프가 말하였다.

"발각 될 리 없어. 할머니는 한 번도 전화기를 들고 다닌 적이 없어, 할머니는 휴대폰을 좋아하지 않아. 아빠와 엄마는 오늘 회사에 갔어. 6시에 퇴근해서 집에 올 거야. 그 시간엔 난 이미 집에 돌아가 있을 거야."

"그렇게 생각해?"

"물론이지. 우리는 거기서 늦게까지 있지 않을 거잖아."

아이들은 방향을 바꾸었어야 하였는데 대화를 하느라고 그냥 지나쳐서 곧장 걸어갔다. 펌프가 있는 곳에 다다라서야 정신이 들었다. 오늘은 그렇게 덥지 않았다. 그래서 몸에 물을 뿌리거나 물로 얼굴을 씻을 생각이 없었다.

"돌아가야 할 것 같은데." 어쩔 수 없다는 듯 유라가 자신없는 목소리로 말하였다. 유라는 또다시 염소를 피해 뛰거나 나무 위로 올라가고 싶은 마음이 조금도 없었다.

"무슨 소리야, 우리 그 집을 통해서 가자. 그게 빠르잖아. 게다가 우리는 돌아서 가는 길도 모르잖아." 글레프가 말하였다.

"그럼 염소는 어떻게 해?" 레나가 겁을 내며 말하였다.

"나타나면 내가 뿔을 꽁꽁 묶어 버릴게, 걱정 마." 글레프는 큰소리를 치더니 앞으로 걸어가기 시작하였다.

레나와 유라는 할 수 없이 그의 뒤를 따랐다. 옆 골목에서 무서울 정도로 커다란 소리가 들렸다. 4명의 유치원생이 오래되고 낡은 양동이를 가지고 축구를 하고 있었다. 그들에게 축구를 가르치고 있는 사람은 아마빛 머리털을 가진 아이였다. 아이들은 간신히 그가 세르이임을 알아차렸다. 붕대도 하지 않고 녹색 약도 바르지 않은 그가 지난번과 전혀 다르게 보였다. 자기와 나이가 비슷한 친구들을 보더니 세르이는 기뻐하며 꼬마들을 뒤로 하고 아이들에게 다가왔다.

"너희 어느 별장에 살아? 너희 새로 온 아이들이냐? 다른 동네에서 온 거야? 난 여기 사람들 다 아는데." 그가 관심을 가지며 물었다.

"우린 별장에 살지 않아. 우리는 초능력자 모임에서 왔어. 볼 일이 있어서 왔어. 우리는 발굴현장에 가는 중이야. 그러니까, 세르이, 넌 계속해서 저기 아기들과 놀아야 돼." 글레프는 진지한 표정을 지었다.

"어떻게 내 이름을 아는 거야?" 그가 놀라며 물었다.

"내가 이야기하였잖아 우리는 초능력자라고." 글레프가 말하였다.

"너희가 초능력자면 난 너희들 아버지다. 초능력자 아이들은 없어!" 세르이가 소리쳤다.

"없다니, 무슨 말이야. 다만 다른 사람들에게 안 알려졌을 뿐이야. 우리 모임은 비밀 모임이지. 초능력자 아이들은 우주와 깊은 연관이 있어. 우리는 정확하게 사건을 예견할 수 있어. 지금 우리는 고대 성벽과 관련된 일이 있어서 여기에 온 거야."

"무슨 말이야, 어린이 스파이라도 된다는 거야?"

"그래, 비슷해. 다만 좀 더 중요한 의미가 있지. 우리에겐 아무런 도구가 없어. 우리는 맨손과 머리로만 문제를 풀어내지."

"그렇다면 나에 대해서 이야기해 봐." 믿지 못하겠다는 듯 세르이가 요구하였다.

글레프는 눈을 돌렸다. 손을 쭉 뻗었고 그의 얼굴 주위에서 손을 움직이기 시작하였다. 레나와 유라는 조금 떨어진 곳에 서서 간신히 웃음을 참고 있었다. 세르이는 움직이지 않고 눈으로만 손을 좇고 있었다.

"넌 형이 있구나." 글레프는 울리는 목소리로 이야기를 하였다.

"그는 성인이고 이미 직장에서 일을 하고 있어. 넌 별장촌에서 부모님과 함께 살고 있어. 부모님은 도시에서 사는 것을 좋아하지 않아. 5월 18일은 네 생일이야. 넌 14살이 되지."

"에이, 그런 것 말고. 미래에 대해서 뭐 아무 거나……." 참지 못하고 세르이가 말하였다.

"쉿!" 글레프가 그의 말을 끊었다. "방해하지 마. 초능력자가 소통을 할 때에 방해하면 안 돼. 조심해. 넌 오늘 못에 찔릴 거야. 그래서 3일 동안 걷지 못하게 될 거다. 그리고 5월 10일에는 이웃집 개에게 물릴 거야."

"글레프, 가자. 우린 시간 없어." 레나가 목소리를 내었다.

글레프는 '소통의 자세'를 유지한 채 정보의 흐름을 멈출 수 없다고 레나에게 대답하였다. 그때 유라가 중얼거리며 그 정보의 흐름이 멈추게 도와주겠다고 하였다. 그리고 세르이에게 말하였다.

"네 생일날 네가 그토록 원하던 스쿠터를 선물로 받을 거야."

세르이는 입을 벌린 채 굳어 있었다. 그는 오래전부터 부모님께 스쿠터를 사달라고 졸랐다. 하지만 그것에 대해서 별장촌 누구에게도 이야기를 하지 않았다. 게다가 그 자신도 그 선물을 받을 것이라고 확신하지 못하고 있었다. 어떻게 이 이상한 친구들은 그것에 대해 이렇게 자세하게 아는 것일까?

"봤어?" 글레프가 자신의 평범한 목소리로 그에게 말하였다. 그리고 턱으로 유라를 가리켰다.

"얘가 우리 중에 가장 능력이 좋은 아이야. 얘는 소통도 필요 없어. 자 친구, 한 가지만 더 이야기를 해줘. 듣는 사람이 놀랄만한 말을 말이야."

"만약 형 몰래 스쿠터를 타면 좋지 않은 결과를 가져올 거야. 5월 18일에는 아예 스쿠터를 건드리지 않는 게 나을 거야." 유라가 세르이에게 말하였다.

"가자!" 레나가 참을 수 없어서 소리쳤다.

"쓸 데 없는 데 시간 낭비하지 마."

"너하고 너무 말을 많이 하였다." 글레프가 '제 정신으로 돌아왔다'.

"우린 아주 중요한 일이 있어. 우리는 빨리 가야 해. 그래서 남의 집을 통해서 발굴현장으로 가야 겠어. 염소를 좀 잡아 줄래?"

"너희 그것도 알아?" 세르이는 너무 놀랐다.

"그 집과 그 염소에 대해서도?"

글레프는 거들먹거리며 그의 어깨를 토닥여줬다.

"우린 모든 걸 알고 있어. 우리 일이 그런 거야."

유라의 청바지가 못에 걸려서 찢어진 것을 제외하고는 이번엔 다른 사람의 별장이라는 장애물을 별 어려움 없이 극복할 수 있었다. 세르이는 염소를 격리시킬 일도 없었다. 염소가 어디서 자는지 아니면 어디에 묶여 있는지 보이지 않았다. 모든 일이 다 잘 풀렸다. 달리기를 할 필요도, 높이 뛰어오를 필요도 없었다. 더 작아진 발굴지에 도착한 후 아이들은 작업을 하고 있는 봉사자들 십여 명을 볼 수 있었다. 그들 중에는 네 명의 여자와 열여섯 살쯤 되어 보이는 학생도 한 명 있었다. 이들을 지휘하는 것은 이미 잘 알고 있는 털보 고고학자였다.

"어떻게 하지? 어떻게 사진을 찍지?" 레나가 물었다.

"기회를 잘 잡아야지. 유라, 사진기 어디 있어?" 걱정스러워하며 글레프가 말하였다.

"백팩에." 유라가 말하였다.

"다만 내가 그걸 꺼내기도 전에 우리가 쫓겨날 것 같아."

"그렇다면 전화기로 사진을 찍자." 글레프가 결심하였다.

"내가 말을 시켜서 사람들의 관심을 빼앗을게. 그러면 넌 사진을 찍어. 사진을 찍지 못한다면 학술대회에서 할 수 있는 게 아무것도 없어."

"아니면, 그냥 사실대로 이야기를 하는 건 어때? '성벽에 대해서 이야기를 들었다. 우린 옆에서 사진을 찍고 싶다'라고. 숙제를 위해서 말이야. 허락하지 않을까?" 레나가 제안하였다.

"모르지. 고고학자들은 나름의 루틴도 있고 이런 저런 터부와 미신도 있어. 예를 들어서 발굴 작업을 시작하기 전에 어느 누구와도 싸우면 안 돼. 밝은 색의 옷을 입어서도 안 돼. 성공을 방해할 수 있거든. 그리고 반드시 비상약품을 소지해야 돼. 그것이 사용이 되지 않게 하기 위해서 말이야. 사진에 대해서는 몰라. 하지만 이런 비슷한 것이 만약 있다면 어떻게 할래? 일단은 조심하는 게 나아." 유라가 말하였다.

아이들은 사방이 확 트인 곳에 서 있었고 그곳이 발굴지에서 가까웠기 때문에 쉽게 사람들 눈에 띠었다.

"누가 왔어요!" 여자들 중 한 명이 하던 일을 멈추고 큰 소리로 말하였다.

몇 명의 사람들이 허리를 펴고 부르지 않은 손님들을 쳐다보았다.

"너희들 뭐냐, 길을 잃은 거냐?"

레나, 유라 그리고 글레프는 가까이 다가갔다. 그리고 발굴지 한쪽 끝에서 멈추어 섰다.

"아니요, 길을 잃은 게 아니에요. 발굴현장을 한번 보고 싶어서 왔어요. 우리는 우리가 살고 있는 지역의 역사에 관심이 많아요. 우리는 땅속에 묻혀 있는 비밀을 좋아해요." 글레프가 말하였다.

"실제 발굴이 어떻게 이루어지는지 보고 싶어서 왔어요. 그리고 만약 가능하다면 함께 해보고 싶어요." 레나가 말을 이었다.

"여기는 아이들이 노는 곳이 아니야, 아주 중요한 일을 하는 곳이야. 엄마에게 돌아가, 엄마가 찾고 있을 거야." 셔츠로 머리를 묶은 십대로 보이는 청년이 말하였다.

"이고럏, 넌 확실히 엄마 치마에서 벗어난 거지? 너희들은 집으로 돌아 가거라. 여기에 너희가 할 일은 없어. 우리는 어린이들을 자원봉사자로 받아들이지 않아. 게다가 아직 우리 발굴단은 비공식적인 것이야. 아무도 너희들을 보살펴주지 않아. 일이 아주 많거든." 일꾼 한 명이 깔깔거리며 웃으며 말하였다.

"사실 우리는 요새 애들이 아무 것에도 관심이 없다고 이야기를 하지. 아무 것도 하지 않으려고 하고 아무 것에도 관심이 없다고 말이야. 게다가 바보 같은 짓만 골라서 한다고 말이야. 그런데 이렇게 아이들이 진심으로 원해서 뭔가를 하고 싶어 한다는데 내쫓을 필요가 있을까?" 아무 말 하지 않고 쳐다보고만 있던 털보 고고학자가 말하였다.

"우리는 그냥 단순한 호기심에서 이러는 게 아니어요. 그리고 여기 이 아이는 바로 카라세프 교수님의 손자예요. 얘도 할아버지처럼 고대 문명에 관심이 있죠." 그가 한 말에 기뻐하며 글레프가 서둘러 말을 받았다.

털보는 개인적으로 잘 모르지만 교수님에 대한 이야기는 많이 들었다고 말하였다. 그는 아이들이 마음에 들었으므로 남아서 구경해도 된다고 하였다.

"단, 잠시 동안 만이야. 그리고 만약 올여름에 발굴현장에서 일하고 싶다면 먼저 어린이 고고학 발굴단에 가입을 해야 한다." 그가 말하였다.

글레프가 반드시 그의 제안에 대해 생각을 해보겠다고 하였다. 그리고 오늘은 기쁜 마음으로 자원봉사자들과 함께 일하겠다고 하였다. 아이들에게 장갑과 들것이 주어졌다. 그리고 발굴현장의 쓰레기들을 치우도록 허가 받았다. 아이들은 계속해서 곁눈질로 주위를 살피면서 천천히 일을 하였다. 아무도 모르게 고대 상형문자를 '찰칵'하기 위한 기회를 엿보고 있었다. 그런데 마치 일부러 그런 것처럼 두 남자가 바로 그 성벽에서 일을 하고 있었다. 그들은 조심스럽게 돌 위를 붓으로 닦고 있었다. 글레프는 문자의 네 번째 줄이 지금 땅 바로 위에 있는 것을 보았다. 즉, 내일이면 그것은 땅속으로 들어갈 것이다. 그렇게 되면 모든 글자를 사진 찍는 것이 불가능한 일이 될 것이다. 그렇기 때문에 가능한 방법을 총동원해서 꼭 귀중한 사진을 찍어야만 한다.

한 시간이 지나자 레나는 먼지 속에서 쓰레기를 실어 나르는 것에 싫증이 났다. 그래서 그녀는 일하는 사람들을 위한 점심을 준비하고 있는 부엌에서 일을 하기로 하였다. 그녀에게는 수프에 넣을 감자를 깎는 일이 주어졌다. 글레프와 유라는 쓰레기를 가득 채운 들것을 들고 쓰레기 더미로 가져가서 그것을 비운 후 발굴지로 돌아가는 것을 반복하였다. 글레프는 결코 고고학자가 되지도 않을 것이고 학술탐험도 가지 않을 것이라고 몇 번이고 다짐을 하였다. 유라는 놀랍게도 어려운 일을 하면서 찡찡거리지도 투덜거리지도 않았다. 그는 마치 이 먼지투성이의 땅속이 편안한 것 같았다.

'고고학자의 피가 유전되는 것인지 궁금하군.' 글레프는 생각하였다.

점심 식사 바로 전에 유라는 성벽과 단 둘이 몇 초간 있는 기회가 있었다. 그는 재빨리 전화기를 꺼냈고 몇 번 버튼을 눌렀다. 순간을 포착한 그는 글레프에게 사진을 보여주었다. 아이들은 이미지를 확대하였다. 하지만 고고학자들이 전혀 못 알아볼 것 같았다. 이미지가 초점이 안 맞아서 흐릿하였기 때문이다.

"사진기로 찍어야겠어.그게 해상도가 더 좋아." 유라가 한숨을 쉬었다.

"그래야 할 것 같아. 그런데 어떻게 사진을 찍지?" 글레프가 동의하였다.

그때 점심식사를 하라고 모두 불렀다. 일하던 사람들은 발굴지로부터 나와서 씻으러 갔으며 몸에 묻어 있는 먼지와 흙을 털어냈다. 글레프는 성벽 옆에 머무르려고 애를 썼다. 유라에게 사인을 보냈다. 하지만 털보 고고학자는 둘을 주시하고 있었다. 게다가 사진기가 들어있는 백팩은 천막 근처 숲 속에 있었다. 사람들은 가지가 많은 나무 밑에 있는 커다란 탁자에 모두 함께 앉아서 식사를 하였다. 실제로 모든 것이 아주 잘 어울렸다. 공기 좋은 곳에서의 노동은 식욕을 극도로 자극하였다. 점심 식사를 하면서 아이들은 발굴현장에서 일하는 것이 너무 마음에 든다면서 새롭게 사귄 사람들에게 웃음을 보이며 이야기를 하였다.

"자, 이제 됐어. 어린 자원봉사자들. 이제 점심을 먹으면 집으로 가거라. 더이상 여기서 일을 해서는 안 돼." 털보가 말하였다.

셋은 놀라서 서로가 서로를 쳐다보았다.

"왜요? 우린 아직 전혀 피곤하지 않은데요." 글레프가 물었다.

"우린 더 할 수 있어요." 유라가 열정적으로 덧붙였다.

"노동법에 따르면 여러분은 하루에 4시간 이상 일을 하면 안 돼. 너희들은 내가 법을 위반해서 벌을 받기를 원하는 거야?" 털보 고고학자가 미소를 띠면서 말하였다.

"우리는 세 시간 밖에 일을 하지 않았어요." 레나가 이견을 냈다.

"11시부터 2시까지."

"그만 됐어. 얘들아, 이제 그만하자. 어서들 먹어, 그리고 푹 쉰 뒤 집으로 돌아가." 고고학자가 엄격한 목소리로 말하였다.

글레프는 식탁에서 일어났다. 그리고 생각에 잠겨 천막 사이를 왔다 갔다 하였다. 어떻게 이 털보와 다른 사람들이 사진을 찍는 것을 못 보게 하지? 이대로 여기서 쫓겨나면 모든 게 끝이야! 크라스노다르는 어떻게 해서든 갈 수 있을 거야. 그런데 어떻게 교수님께 증거물도 없이 상황을 설명하지? 그때 그의 눈에 한 천막 옆에 있는 체스판이 눈에 들어왔고, 한 가지 묘안이 떠올랐다. 글레프는 아직 점심을 먹고 있는 유라를 한쪽으로 불렀다. 그리고 조용히 물었다.

"너 정말로 체스를 잘 두는 거지?"

"그럼. 왜?"

"어른하고도 시합을 할 수 있어? 예를 들어서 한 5분 동안만이라도 지지 않고 시합을 할 수 있어? 아니 십 분 정도는 있어야겠다."

"할 수 있지. 왜?"

"시간을 끌면 끌수록 좋아. 만약 네가 그렇게 한다면 사람들은 모두 체스판을 바라볼 거야. 그러면 난 재빨리 발굴지로 가서 사진기로 문자들을 찍게."

"난 사실 강한 상대라고 하는 사람들하고 여러번 경기를 해봤어. 하지만 항상 내가 이겼어."

"헐, 그래 알았다. 물론 가능성은 적을 것 같지만 한번 해 봐야지. 할 수 있는 한 최대한 버텨 봐. 네게 모든 희망이 걸렸어. 사진기는 내게 줘." 글레프가 고개를 절레절레 흔들며 자신 없어 하며 말하였다.

유라는 백팩에서 작으면서도 얇은 사진기를 꺼냈다. 글레프는 그것을 받아서 바지 앞주머니에 넣었다. 그리고 셔츠를 내려서 청바지를 가렸다. 다음에 레나에게 그들의 계획을 이야기해 주라고 유라에게 말하였다. 그리고 자신은 들판으로 갔다. 그곳에는 자원봉사자들이 휴식을 취하고 있었다. 글레프는 그들에게 고고학 학술탐험에 대하여 몇 가지 묻기 시작하였다. 그는 전문적인 발굴가들은 휴식 시간에 무엇을 하는지, 취미 생활에는 어떤 게 있는지 궁금하다고 말하였다. 그는 반드시 체스에 대한 이야기가 나올 것이라고 생각하였다. 천막 안에 체스판이 있었던 이유가 있을 것이기 때문이다. 즉, 발굴단에는 체스를 두는 사람이 최소한 두 명이 있다는 것이다. 그가 옳았다. 모닥불 옆에서 기타를 치며 노래를 부르던 여자가 노래가 끝나자마자 바로 체스에 대해 이야기를 하기 시작하였다. 아니나 다를까 발굴단에서는 항상 체스 경기가 이루어진다고 하였다. 그리고 챔피언도 있다고 하였다. 이 말을 하면서 그녀는 털보를 쳐다보았다.

"우리도 챔피언이 있어요." 글레프가 으스대며 유라를 가리켰다. 그때 유라는 마치 어떤 음모를 꾸미는 듯 부엌 근처에서 레나와 귓속말을 주고받고 있었다.

"너희 학년에서 챔피언이라는 거냐?" 이고랸이 비웃으며 물었다.

"아니요, 우리 학년이 아니라. 아파트 단지 내에서요." 자랑스럽게 글레프가 대답하였다. 그리고 유라를 불렀다.

"유라 이리 와 봐. 너 체스 시합 자신 있지?"

가까이 다가오던 유라가 겸손하게 머리를 끄덕였다.

"쟤는 우리 아파트단지 청소부인 페챠 아저씨도 이겼어요!" 글레프가 소리쳤다. 주위 사람들 모두가 웃음을 터뜨렸다.

"그래 청소부라, 대단한대!"

"그래, 넌 챔피언이 맞는 것 같구나!"

"너와 경기하는 게 무섭겠다."

당황한 유라는 무언가 이야기를 하고 싶어서 입을 열었다. 하지만 글레프가 그의 발을 밟으며 눈짓을 하며 말하지 말라고 한 후 자신이 직접 친구를 대변하기 시작하였다. 요란스럽게 유라의 체스 능력을 이야기하면서 마치 우연히 그러는 것처럼 다음과 같은 문장을 말하였다.

"그래요, 얘는 여러분 모두를 이길 수 있을 거예요! 안 그래, 유라?"

여기저기서 웃는 소리와 어린 녀석이 주제넘게 군다는 등의 비웃는 이야기 소리가 들렸다. 화가 나서 얼굴이 빨개진 유라는 아무 소리 없이 글레프를 마치 죽일 것 같은 표정으로 쳐다보았다. 크라스노다르 청소년 챔피언인 그를 웃음거리로 만들다니! 게다가 난생처음 들어보는 이름의 청소부나 이기는 능력밖에 없다고 말하다니!

"겁내지 마, 친구. 아무도 너와 경기를 하고 싶어 하지 않아. 우린 어린 얘들하고는 경기를 안 해." 털보가 웃으면서 유라에게 겁먹지 말라고 하였다.

"왜 그렇게 생각하시는 거죠, 그러니까 제가 아저씨를 이길 수 없다는 건가요? 아니면 저와 게임을 하는 것이 두려워서 그런 건가요?" 화가 머리끝까지 나서 유라가 물었다.

"그래, 자네가 한 번 경기를 해 줘, 로만 스테파느이치! 아주 코를 납작하게 만들어주라고! 그 아이에게 좋은 교육이 될 수 있을 거야!" 누군가가 소리쳤다.

털보에게 체스판이 주어졌다.

"아니 됐어요. 그럴 필요 없어요. 조금 흥분하였을 뿐이지. 흔히들 그렇듯이 말이야. 그렇지? 친구들 앞에서 그리고 발굴단 앞에서 창피를 당하고 싶지는 않을 것 아니야. 물론 어린 체스 애호가를 이기는 것이 내게도 그렇게 기쁜 일은 아니야." 그는 체스를 두지 않겠다고 하였다.

유라는 아무 말 없이 체스판을 집어 들었다. 그리고 그것을 탁자 위에 펼쳐 놓았다. 그리고 익숙한 동작으로 말들을 판 위에 놓았다.

"맹랑하군! 어린 것이 패기가 있어!" 자원봉사자들이 환호성을 질러댔다.

탁자 근처로 사람들이 모였다. 털보는 시합을 하지 않겠다고 단호하게 말하였다. 그리고 가장 약한 상대인 이고란에게 시합을 하라고 하였다. 이고란은 올해 처음으로 체스를 시작하였다. 그리고 있을 수 없는 일이지만 유라가 이고란을 이긴다면 그때 자신이 직접 시합을 하겠다고 하였다. 유라와 이고란이 자리를 잡고 앉아서 누가 어떤 것으로 게임을 할 것인지 결정을 하는 동안 글레프는 조심스럽게 상황을 파악하고 있었다. 탁자 주위로 발굴단원 전체가 모이지 않았다는 것이 그에게 걱정을 주었다. 한 청년과 두 명의 여대생이 공기를 주입한 매트리스에서 쉬고 있었다. 이 매트리스는 발굴지로 직접 가는 오솔길 옆에 놓여 있었다. 글레프는 어떻게 하면 사람들을 피해서 갈 수 있을지 그리고 숲 쪽에서 보면 전혀 보이지 않게 구덩이 안에서 어떻게 움직여 가야 할 지 계산을 하고 있었다. 그런데 그때 유라의 침착한 목소리가 들렸다.

"장군."

순간적으로 모두가 당혹스러워하였다. 그리고 한꺼번에 말을 하기 시작하였다. 이고랸은 제일 큰 목소리로 자기도 생각하지 못하였던 어떤 것에 의해서 우연히 이렇게 된 것이라고 이야기하였다. 자원봉사자들 중 일부는 아이가 단순히 운이 좋았다고 이야기를 하였고, 다른 사람들은 로만 스테파느이치가 6학년 아이가 창피하지 않도록 이고랸에게 져 주라고 지시를 내렸을 것이라고 하였다. 레나는 환호성을 질렀다. 커다란 소리로 박수를 치며 소리를 질러댔다.

"유라, 챔피언! 유라, 챔피언!"

유라는 글레프를 쳐다보았다. 그의 동그란 얼굴이 승리감으로 빛났다. 네 번째 수만에 장군이라니! 유라는 오랫만에 스칼러스 메이트*를 성공하였다. 이것은 이고랸이 정말로 초보자라는 것을 의미한다. 게임을 어느 정도 해 본 사람이라면 이런 실수를 저지르지 않는다. 글레프는 친구에게 엄지손가락을 보여주었다. 그리고 사인을 주어서 계속 시합을 하라고 하였다. 탁자 건너편, 유라의 맞은편에

---

* 먼저 체스를 두는 사람이 4수 만에 상대를 외통수에 몰아넣고 장을 부르는 경우를 지칭한다. 한 마디로 경기를 아주 쉽게 끝냈다는 것을 의미.

흥미를 느낀 털보 고고학자가 앉았다. 여대생들과 청년이 매트리스에서 일어나서 특별한 경기를 보기 위해 왔다. 마침내 길에는 아무도 없게 되었다.

"훌륭해! 뚱땡아! 다만 내가 돌아올 때까지 시간을 끌어줘." 글레프가 혼잣말로 소근거렸다.

글레프는 자원봉사자 팀 전체를 살펴 보면서 뒤로 물러난 뒤 풀숲 사이로 들어갔다. 재빨리 발굴지까지 달려갔다. 구덩이 안으로 들어가서 재빨리 몸을 움직여서 고대 성벽 근처까지 거의 날아가듯 다가갔다. 그리고 무릎을 꿇고 앉았다. 하지만 아무리 자세를 낮추어도 바깥의 사람들은 그가 거기 있음을 쉽게 발견할 수 있었다. 발굴지는 지금 전혀 깊지 않기 때문이다. 서둘러야만 하였다. 글레프는 손으로 갈색 흙먼지를 털어내면서 상형문자를 확인하였다. 성벽은 기분 좋게 따뜻하였다. 마치 돌이 살아있는 듯한 느낌이 들었다. 그는 갑자기 이상한 생각이 들었다. 그러나 순간 그는 돌은 살아있을 수 없다는 것을 기억해냈고 정신을 똑바로 차렸다. 이건 평범한 돌이다. 다만 커다랄 뿐이야. 그런데 돌이 살아있지 않다면 달력도 거꾸로 가게 하는 등 어떻게 이 모든 일이 일어나게 하였을까? 글레프는 바보 같은 생각을 지우려고 머리를 흔들고 사진기를 꺼내 손으로 단단히 잡은 후 필요한 버튼을 찾아냈다. 그리고 몇 장의 사진을 찍었다. 그다음 아무도 눈치채지 못하게 베이스캠프로 돌아와서 응원단과 합쳤다.

체스 게임은 절정에 다다랐다. 두 명의 선수는 체스판을 바라보며 아무 말도 하지 않았다. 그리고 자신의 말을 움직이기 위해서 아주 가끔씩 손을 뻗었다.

"어떻게 됐어? 찍었어?" 글레프가 레나에게 다가왔을 때 레나가 작은 소리로 물었다.

글레프가 고개를 끄덕였다.

"유라한테 이야기해서 끝내라고 해."

"저 털보 아저씨가 유라를 전혀 이기지 못하고 있어. 무승부가 될 것 같아. 유라는 정말 체스를 잘 둬."

"뭔 상관이야. 누가 이기든 말이야. 우리에게 필요한 사진을 가졌으면 그만이지."

"유라에게는 상관이 있어. 그를 비웃은 것이 잘못된 행동이었다는 것을 증명할 수 있는 기회를 줘야 해. 게다가 털보 아저씨는 만약 유라가 지지 않는다면 마을까지 자기 차로 우리를 데려다 주겠다고 했어."

"그래, 그렇다면 무승부가 되어야지." 글레프가 동의하였다. 레나가 의미심장하게 그를 쳐다보았다.

"그러셔? 생각을 바꾼 거야? 뭐가 더 중요하지. 머리야 육체의 힘이야?"

"중요한 것은 둘 다 함께 있어야 한다는 것이지." 글레프가 말하였다.

유라가 장군을 부르기 전까지 20분 정도가 더 흘렀다. 모두가 주의 깊게 시합을 지켜보고 있었다. 그리고 전체 발굴단원들에게 그것은 전혀 예상하지 못하였던 것이었다. 자원봉사자들은 너무 놀라서 정신을 차리지 못하고 있었다. 열세 살짜리 소년이 한 번도 지지 않은 발굴단의 챔피언을 이기다니! 어렵게 경기를 하였지만 어쨌든 이겼다. 어떻게 이것이 가능할까?

털보 고고학자는 진심으로 기뻐하며 유라의 손을 잡았다. 그리고 훌륭한 상대를 만나서 좋았다고 말하였다. 그때 레나가 그가 한 자동차 약속을 지킬 것인지 질문을 하며 끼어들었다. 털보는 양팔을 벌린 후 약속은 지키라고 있는 것이라고 말하였다. 자원봉사자들은 그렇게 해야지 공평한 것이라고 동의하였다. 로만 스테파느이치는 옷을 갈아입기 위해서 갔고, 아이들은 사람들에게 인사를 한 후 숲 옆에 서 있는 러시아산 지프차인 빨간색 '니바'쪽으로 갔다.

"야, 뚱땡이, 너 날 놀라게 했어! 난 네가 체스를 그렇게 잘 둔다고 생각도 못하였어. 명인이네!" 어깨에 힘을 주고 있는 유라에게 존경의 눈빛을 보내며 글레프가 인정하였다.

"아직 명인은 아니야. 세르게이 카퍄킨 정도의 실력은 되어야지 명인이지. 그는 12살에 세계 챔피언이 되었어, 가장 나이 어린 명인으로 기네스북에 등록되어 있어. 세계 기록이지." 유라가 말하였다.

"만약 우리가 오늘 학술대회에 가지 않는다면 너에게는 세계 기록을 깰 수 있는 기회가 주어질 거야."

"어떻게 기록을 깬다는 거지?"

"넌 여덟 살에 세계챔피언이 될 수 있어. 네가 여덟 살이 되려면 오 년 동안 거꾸로 가면 되잖아. 실력을 쌓는데 충분한 시간이야." 글레프가 큭큭 거리며 말하였다.

로만 스테파느이치는 아이들을 시외버스터미널에 내려주었다.

유라는 곧바로 사진관으로 달려가서 사진을 인쇄하였다. 고고학자들이 고대 상형문자를 정확하게 알아볼 수 있도록 하기 위해서였다. 레나와 글레프는 버스표를 사기 위해서 창구로 갔다. 하지만 그곳에서는 나쁜 소식이 기다리고 있었다. 아빈스크-크라스노다르 국도에서 사고가 나서 시외버스들이 움직이지 못하고 있다는 것이었다.

"교외선 기차를 타러 가자." 사진관에서 돌아온 유라가 제안을 하였다.

아이들은 기차역으로 서둘러 갔다. 하지만 크라스노다르까지 가는 가장 빠른 교외선 기차는 세 시간 후에나 있었다.

"이제 어떻게 하지? 세 시간을 기다릴 거야? 우린 크라스노다르에 저녁 8시는 되어야 갈 수 있을 거야." 실망한 레나가 물었다.

"그럼 아빈스크로 가서 거기에서 출발하는 기차를 타러 가자. 여기 기차역에는 장거리 운행 기차들이 서지 않으니 말이야." 글레프가 말하였다.

"하지만 장거리 운행 기차표는 신분증이 있어야만 살 수 있어." 유라가 한숨을 쉬었다.

"우린 아직 신분증이 없잖아."

"그럼 표 없이 가자." 글레프가 말하였다.

"너 미쳤어?" 레나가 놀라서 말하였다.

"어떻게 표를 사지 않고 기차를 타? 두 시간은 가야 하는데 잡히고 말거야."

"괜찮아, 기차는 길어 각각의 열량에 5분씩만 있으면 전혀 티가 나지 않을 거야. 버스터미널로 다시 가자." 글레프가 지시를 내렸다.

"자, 뛰어. 시간이 없어."

버스터미널에서 아이들은 아빈스크로 가는 직행버스를 탔다. 버스는 크라스노다르 방향으로는 다니지 않았지만 반대 방향인 아빈스크 쪽은 버스터미널에서 버스가 제시간에 출발하였다. 기차역까지 도착한 아이들은 '노보로시스크-페름'이라고 쓴 기차가 천천히 다가오고 있는 것을 보았다.

"우리는 저기 저 기차를 타야 해. 저게 크라스노다르로 가는 기차야." 유라가 말하였다.

"장거리 운행 기차는 타기 힘들어. 왜냐하면 정류장에서 2~3분 밖에 멈추지 않아. 게다가 봐 아무도 문을 열고 나오지 않잖아. 그냥 교외선 기차를 타자!" 레나가 말하였다.

"저길 봐!" 가까운 객차를 가리키며 글레프가 소리쳤다. 그곳에서 승무원 제복을 입은 한 여자가 뛰어내렸다. 승무원은 손에 무전기를 꼭 쥐고 역사를 향해 앞만 보고 달려갔다.

"지금이야, 아니면 늦어!" 글레프가 앞장 서 열려 있는 문을 향해 뛰어갔다. 레나와 유라가 그 뒤를 따라 뛰었다. 필요한 객차가 바로 근처에 있다니 다행이었다. 그렇지 않았다면 유라는 성공을 하지 못하였을 지도 모른다. 글레프와 레나는 난간에 매달려서 객차의 발판에 함께 발을 올렸다. 그리고 둘이서 함께 유라의 손을 잡고 끌어당겼다. 그들이 간신히 승강구로 몸을 숨기는 데 성공하자마자 승무원이 세 개의 아이스크림을 들고 플랫폼에 나타났다. 그녀는 거의 빛과 같은 속도로 달려와서 기차에 타더니 문을 닫았다. 기차는 힘들게 숨을 몰아쉬더니 천천히 레일을 따라 움직이기 시작하였다.

"성공하였어, 출발!" 레나가 가볍게 웃으며 말하였다.

"아직 기뻐하기엔 일러. 이제 우리는 덫에 걸린거나 마찬가지야. 무슨 일이 일어나도 여기서 도망 갈 수 없어." 유라가 말하였다.

한 시간 반 동안 여행은 매우 조용하게 지나갔다. 아이들은 5~7분마다 이 객실에서 저 객실로 옮겨 다녔다. 승무원들이 물어보면 가족과 함께 여행을 가는 중이라고 이야기를 하였다. 그리고 가족은 맨 앞, 가운데 그리고 맨 뒤 세 개의 객차에 나누어 앉아 있다고 하였다. 혼자 있기 너무 심심해서 이렇게 서로가 서로를 찾아가서 놀고 있다고 하였다. 기차가 출발한 지 얼마 되지 않았기 때문에 열량에 있는 승객들을 모두 기억할 수 없었던 승무원들은 아이들의 말을 믿어주었다.

위기는 크라스노다르에 도착하기 10분 전에 발생하였다. 아이들은 마침내 깐깐한 승무원을 만나게 되었다. 이 승무원은 셋 중의 한 가족의 부모님만이라고 자신에게 보여 달라고 요구하였다. 글레프는 이해하기 힘든 이러저러한 핑계를 대면서 빠져나오려고 하였지만 모든 것이 수포로 돌아갔다. 그들은 승무원을 속일 수 없었다. 결과적으로 표 없이 기차를 탄 승객들은 얼굴이 둥글고 장난기 많은 경찰과 함께 크라스노다르 역내 파출소에 앉아 있게 되었다.

"자, 위법자들!" 경찰은 양손을 비비면서 앞에 앉아 있는 우울한 얼굴의 아이들을 기쁜 표정으로 바라보았다.

"도망은 끝났어. 어디를 가려고 한 거지?"

"우리는 도망 다닌 것이 아니어요." 글레프가 투덜거리며 말하였다.

"우리는 법을 위반하지도 않았어요." 레나가 눈을 부릅뜨고 경찰을 쳐다봤다.

"법을 위반하지 않았다고?" 그가 웃으며 놀라는 척 하였다.

"표를 사지 않고 기차를 탔어 안탔어? 탔지? 그런데 법을 위반한 게 아니야? 법을 위반한 거지. 그러니 위법자지. 여름 한 계절 동안에 우리가 너희같이 표를 사지 않고 기차를 타는 아이들을 얼마나 많이 잡아내는지 너희들이 알기나 하냐? 때론 떼를 지어서 가출을 하지."

"우리는 가출한 게 아니어요. 우리는 일 때문에 가는 거예요. 신분증 없이 표를 팔지 않기 때문에 표를 살 수 없었던 거고요." 유라가 불쌍한 표정으로 말하였다.

"그렇구나!" 경찰은 검지를 치켜세우며 말하였다.

"너희들에게 신분증이 없다는 것은 너희는 부모님 동의 없이 여행을 할 수 없다는 것을 의미한다. 신분증을 받을 수 있을 때까지 그러니까 혼자서 여행을 할 수 있는 나이까지 아직 자라지 않았다는 거야. 그럼 집에서 놀아야지, 기차에서 놀면 안 되지."

"저희를 풀어주세요, 제발! 저희는 노는 것이 아니어요. 정말로 저희에게는 아주 중요한 일이 있어요." 레나가 간절하게 빌었다.

"물론 풀어줄 거야, 예쁜 아가들아! 부모님들이 너희들에게 오면 바로 풀어 줄 거다. 지금은 조서를 작성하자. 자 자신의 성과 이름 주소 그리고 부모님 전화번호를 이야기해 줘라. 너희 친 부모에게만 너희들을 넘겨줄 것이다." 경찰은 무엇이 기쁜지 밝은 목소리로 말하였다.

아이들은 서로 얼굴을 쳐다봤다. 이런 경우를 아이들은 전혀 생각하지 못하였다. 만약 지금 부모님들을 부른다면, 부모님들이 와서 집으로 데려갈 것이고 하루를 잃어버리게 된다. 고고학자들에게는 바로 오늘 가야만 한다. 학술대회에 모두가 함께 있을 때, 그리고 사진이 아직 없어지지 않았을 때. 어떻게 하지?

그 순간 경찰의 무전기가 직직 거리며 불명확한 소리를 냈다. 그러자 그가 "갑니다"라고 이야기를 한 후 문을 열쇠로 잠그고 어딘가로 갔다.

"지금 당장 할아버지에게 전화해." 글레프가 유라에게 말하였다.

"엄마나 아빠보다 할아버지가 우리를 데려가도록 하는 게 낫겠어. 그러면 우리는 할아버지랑 함께 바로 학술대회가 열리고 있는 호텔로 갈 수 있잖아."

"그건 별로 안 좋은 생각이야. 첫째로, 할아버지는 우리를 학술대회장으로 데려가지 않을 거야. 그가 직접 여기로 오지 않을 것이기 때문이야. 지금 열리고 있는 것은 아주 중요한 학술대회야. 전국의 고고학자들이 모여서 발표를 하고 학술적인 질문들을 주고받아. 만약 내가 할아버지에게 전화를 한다면, 할아버지는 아빠에게 전화를 해서 아빠에게 이 문제를 해결하라고 전할 거야. 둘째로, 할아버지가 직접 오시더라도 할아버지는 나만 데려갈 수 있어. 너도 들었잖아, 친부모만 데려갈 수 있게 한다고." 유라가 대답하였다.

"그럼, 난 여기에 계속 있어야 하네? 난 엄마만 있는데 엄마는 병원에 계시잖아." 레나가 놀라서 말하였다.

"넌 엄마 타령 그만해." 글레프가 레나에게 말하였다.

"이해를 못하겠네. 이렇게 해도 저렇게 해도 우리가 학술대회에 들어갈 수 없다면 뭐하러 여기에 온 거지? 여기 올 이유가 없었던 것 아니야?" 글레프가 유라에게 물었다.

"내 말은 할아버지는 우리가 부탁을 해도 우리를 데리고 가지 않으실 거란 말이야. 그러니 몰래 가서 갑자기 나타나야 돼. 사전에 어떤 말도 해서는 안 돼. 고고학자들이 고대문자를 해석하도록 하기 위해서 어떻게 해야 할지에 대한 구체적인 생각은 아직 없어."

"그건 나중에 생각하자고. 그렇다면 이 경찰 아저씨가 우리 부모님께 전화를 하게 해서는 더더욱 안 되겠네. 우리는 크라스노다르에 있어야만 해. 집주소와 전화번호를 알려줄 생각을 하지 마. 아무 말 하지 말고 있어. 내가 다 알아서 할 거니까."

글레프는 경찰이 부모님의 전화번호를 보지 못하도록 유라와 자신의 전화기를 껐다. 십 분 정도 있다 미소를 머금은 경찰이 돌아와서 자리에 앉았다. 그리고 흥겹게 위법자들의 신상정보를 받아쓸 준비를 하였다.

"우리는 아무 말도 하지 않을 거예요." 그에게 글레프가 말하였다.

"무슨 말이냐?" 경찰은 정말로 화가 난 듯 하였다.

"부모님께서 너희들을 찾고 있을 거야. 부모님이 불쌍하지 않냐?"

"아무도 우리를 찾지 않아요."

"얘들아 내가 너희들하고 좋게좋게 이야기하고 있잖아. 난 너희들이 누구이고 어디서 왔는지를 알아야 해."

글레프가 싫다고 고개를 흔들었다. 경찰은 한숨을 쉰 후 이런 경우에 그는 그들의 물건을 살펴봐야 한다고 말하였다. 그리고 휴대폰을 달라고 하였다. 전화기가 꺼져 있고 핀 코드도 알 수 없다는 것이 밝혀지자 경찰은 카라세프의 백팩에 무엇이 있는지 살펴보았다. 책상 위에는 종합장, 오렌지 쥬스 1리터 병, 샌드위치, 파이 그리고 캐러멜 한 봉지가 놓였다.

"왜 노트를 들고 다니는데? 너 시를 쓰냐?" 글레프가 물었다.

"사진 프린트한 것 구겨지지 말라고 넣었어." 조용히 유라가 대답하였다.

경찰은 사진이 들어있는 노트를 뒤척이다가 아무런 의심도 없이 한 쪽으로 놓았다. 대신 파이와 샌드위치에 커다란 관심을 보였다.

"파이 속에 무엇이 들었는지 이야기해 주지 않을래?" 그는 물은 뒤 대답을 기다리지 않고 두 개의 파이를 한꺼번에 한 입 베어 물었다.

"괜찮다, 내가 직접 알아보지. 응, 양배추를 넣은 거구나! 이건 소내장을 넣은 거네. 내가 좋아하는 거야. 너희들 내가 먹는 것 괜찮지? 이건 더이상 너희들에게 필요하지 않을 테니 말이야. 너희들 여행은 여기서 끝났거든."

"너 뭐라고 하였지, 뚱땡아? 파이를 먹게 되어서 고마워할 것이라고 하였지? 자 먹자고, 먹을 때가 된 것 같은데." 글레프가 작은 소리로 말하였다.

"미안하게 됐구나. 어쨌든 너희들이 협조를 하지 않는다면 난 너희들을 다른 곳으로 보내야만 한다. 그곳은 여기처럼 이렇게 편안하지는 않을 텐데, 그래도 괜찮겠니?" 유라의 비상식량의 반을 없앤 후 배부른 경찰은 숨을 내 쉬며 말하였다.

"감옥에요?" 레나가 놀라서 말하였다.

"아니 아직은 아니야. 지금 내가 지구대로 전화를 하면 너희들을 데리러 차를 보낼 거야. 그러면 미성년자 담당 수사관에게로 보내질 거야. 거기서 너희들을 어떻게 처리할지 결정할 거다. 난 내가 할 수 있는 건 다 했다."

"그런 것 같아요." 남아있는 아까운 식량을 백팩에 넣으면서 유라가 혼자말로 중얼거렸다.

두 시간이 지나서야 '체포된 아이들'을 데리러 차가 왔다. 그리고 그들을 지구대에 넘겼을 때에는 거의 해가 저물고 있었다. 지구대에서 온 경찰은 아이들에게 1층에 있는 화장실을 다녀오라고 하였다. 그리고 곧장 2층으로 아이들을 데리고 올라갔다. 커다란 책상과 가죽의자가 있는 방으로 들어가게 한 후 문을 닫았다.

"범죄자들처럼 지키고 있어." 레나가 기분 나쁜 감정을 숨기지 않았다.

"아래층 출입구 근처 철장에 갇히지 않은 걸 고맙다고 해야지." 글레프는 방안을 걷다가 창문 앞에 섰다.

"여섯 시에 출발하는 교외선 기차를 탔어야 했어." 유라가 말하였다.

"그랬다면 지금쯤 이미 남풍 호텔 근처에 있었을 거야. 할아버지께서 말씀하시길 기차역에서 호텔까지는 걸어서 10분이면 갈 수 있다고 하였거든."

"아, 문이 잠겨 있지 않아! 도망갈 수 있겠어." 글레프가 창문을 열고 밖으로 얼굴을 내밀었다.

"물론 높아. 뚱땡이에겐 이 높이에서 뛰어내리는 게 쉽지 않을 거야."

"난 절대 뛰어내리지 않을 거야. 손과 다리를 부러뜨리고 싶지 않아. 어쩌면 목까지 부러질지도 몰라."

"그래 봤자 오래 가지 않을 거야. 밤 12시까지만 있으면 돼."

"썰렁하군. 난 이미 '아주 잠깐' 온몸의 뼈들을 다 부러뜨린 적 있어. 좋은 경험이 아니야." 레나가 중얼거렸다.

"너희들 어딜 가려고 그러는데?" 그들의 등 뒤에서 엄한 여자 목소리가 들렸다. 아이들은 창문에서 눈을 돌렸다. 글레프는 서둘러서 창문을 닫았다. 문지방에는 경위 계급을 단 검은 머리의 키 큰 여자 경찰이 서 있었다.

"아무 데도 안 가요. 바깥 공기를 쐬고 있었어요." 글레프가 말하였다.

"창문은 마당으로 나 있다. 마당에는 감시카메라들이 있어. 카메라가 향하는 방향의 모습이 곧바로 당직 근무자의 모니터에 나타난다. 지구대 마당 전체와 현관 앞이 훤히 보인다. 만약 도망갈 생각이라면 포기하는 게 좋아. 부처님 손바닥이거든. 게다가 여기 높이는 3층 건물의 높이와 거의 비슷해. 옛날 건물이라서 천장이 높거든."

"네, 우린 도망갈 생각 안 해요. 우리는 범죄자가 아니잖아요."

"그래, 내가 그래서 왔다. 자 여기 책상 앞으로 와서 앉아라. 그리고 질문에 대해서 정확하게 대답해야 한다. 자, 첫 번째 질문이다. 너희들 이름은 뭐냐?"

여자가 엄한 목소리로 말하면서 날카로운 눈빛으로 아이들을 바라봤다. 아이들은 책상 앞으로 다가가서 말없이 의자에 앉았다.

"내가 질문을 했다." 수사관은 짧게 자른 손톱이 있는 손가락으로 책상을 두드렸다.

"페챠, 바샤 그리고 마샤*예요." 글레프가 말하였다.

"그렇군, 그럼 성은 이바노프, 페트로프 시도로바**냐?"

"어떻게 아셨어요?"

수사관은 차가운 시선으로 글레프를 바라봤다.

"너희들은 똑똑하니까 잘 알아들을 거야. 만약 너희들 자신이 누구인지 어디에서 왔는지 이야기를 하지 않는다면 1층에 있는 철창 안에서 밤을 보내야 할 거야. 그런 뒤 내일 아침 너희들을 임시수용 시설로 보낼 거다. 그리고 며칠 동안 너희들을 찾는 사람들이 없으면 너희들은 고아원으로 보내지게 될 거야. 너희들에게 앞으로 일어날 일에 대해 너희는 어떻게 생각하냐?"

아이들은 아무 생각이 없었다. 내일 무슨 일이 일어나든 아이들에겐 전혀 관심이 없었다. 그들의 관심은 오직 오늘이 다 가기 전에 아직 고고학자들을 만날 수도 있다는 자그마한 희망에만 가 있었다. 이 방에서는 탈출을 시도해 볼 수 있다. 하지만 1층에 있는 철창에 갇히면 불가능할 것이다. 그래서 글레프는 전술을 바꾸기로 결심하였다. 그는 수사관 바로 앞에 있는 의자로 가서 앉았다. 그리고 신뢰감 있는 톤으로 말을 하기 시작하였다.

"경찰 선생님, 내일 아침이 되면 모든 것을 말씀드릴게요. 물론 전화번호도 알려드릴게요. 하지만 오늘은 안 돼요. 정말 안 돼요."

"무슨 의미로 안 된다는 거지?" 수사관은 이해를 못하였다.

---

* 우리나라의 철수, 영희에 해당하는 가장 흔한 이름.
** 우리나라의 김, 이, 박에 해당하는 가장 흔한 성.

글레프는 머리를 최대한으로 짜내서 소설 작품 하나를 완성해야
만 하였다. 그가 만들어낸 소설은 다음과 같았다.

사실 그들은 아무데도 가지 못하였다. 왜냐하면 그들은 여기, 크
라스노다르에 살고 있기 때문이다. 세 가족은 이들이 아주 어렸을
때부터 친하게 지냈다.

글레프는 엄격한 수사관을 순진한 눈으로 바라보면서 민첩하게 거
짓말을 하기 시작하였다. 그의 이야기는 다음과 같이 계속 이어졌다.

어제 저녁에 이 세 가족의 부모들은 함께 크림스크로 갔다. 절친
한 친구의 결혼식이 있기 때문이다. 그리고 내일 아침에 크림스크
에서 출발할 예정이다. 그래서 아이들만 남겨졌다. 물론 부모님들은
행동을 조심하고 동네에서 멀리 가지 말 것을 당부하였다. 하지만
아이들은 부모님 말씀을 듣지 않았고 잠깐 노보로시스크에 갔다가
와도 큰 문제가 없을 것이라고 생각하였다. 노는 날 집에 있는 것은
아주 지겨운 일이기 때문이었다. 거기까지는 버스를 타고 갔다. 그
런데 돌아올 때에는 기차를 타야만 하였다. 왜냐하면 크라스노다르
까지 오는 버스가 아주 늦게 있었기 때문이다. 그래서 기차표를 사
려고 하였는데 그들에게는 신분증이 없다고 기차표를 팔지 않았다.
그래서 이런 바보 같은 짓을 한 것이다. 자신들이 잘못을 한 것에 대
해서는 잘 알고 있다. 그런데 부모님들의 여행을 망치고 싶지 않다.
부모님들은 이번 여행을 위해서 세 달을 준비하였다. 엄마들은 예쁜
드레스를 만들어 입었다. 말 그대로 지금 전화를 할 수 없다. 아침까
지만 기다려 달라. 그들이 집으로 돌아올 때까지 말이다. 이런 말썽
꾸러기 아이들이 있는 것이 부모님들의 죄는 아니지 않은가.

"제발, 부탁입니다, 경찰 선생님. 내일까지 기다려 주실 거죠?" 글레프는 기도하듯 두 손을 가슴 앞에서 맞잡았다.

수사관의 눈에서 무언가 감동의 표정을 읽을 수 있었다.

"그래 좋다. 그런데 너희들은 노보로시스크로 왜 그렇게 가려고 했던 거냐?"

"그러니까……." 글레프는 재빨리 이유를 생각해내면서 말을 더듬거렸다. 그는 노보로시스크에 가본 적이 없기 때문에 어떻게 이야기를 해야 할지 몰랐다.

"선상 박물관." 유라가 관심을 가지고 있었던 것을 재치 있게 말해주었다. 유라는 그렇게 짧은 시간 안에 그런 사실 같은 이야기를 만들어낸 글레프를 인정해주며 도와주었다.

"네, 선상 박물관 '미하일 쿠트조프'호요." 글레프가 말을 받았다. 순간적으로 클라라 보리소브나가 아이들에게 실제 군함을 보여주고 싶어서 박물관 견학 다음으로 노보로시스크 견학을 준비하던 것을 기억하였다. 그 견학은 성사되지 않았다. 왜냐하면 반에 여자아이들이 더 많았기 때문이다. 여자아이들은 군함에 전혀 관심이 없었다.

경위는 놀라서 레나를 쳐다보았다.

"너도 군함을 보고 싶어 하였던 거냐?"

"예. 전…… 저희 집은 해군가족이거든요." 글레프의 창의적 능력에 감탄하고 있던 레나가 대답하였다.

수사관은 잠시 동안 말없이 앉아 있었다. 그리고 의자에서 일어났다.

"너희들, 내가 너희와 함께 내일 아침까지 있을 수 없다는 것을 이해하기 바란다. 오늘 나의 일과는 끝났다."

아이들은 마치 기다렸다는 듯이 고개를 끄덕였다.

"제발 철창에만 가두어 두지 말아 주세요! 이 방에 남아있어도 될까요? 내일 아침에 오셔서 저희를…… 뭐라고 하죠…… 조서를 꾸미시면 되잖아요." 레나가 애원하였다.

수사관은 어두운 복도를 바라봤다. 그리고 커다란 소리로 당직근무자를 불렀다. 잠시 뒤에 문 앞에 정수리에서부터 앞머리가 흔들리는 웃기게 생긴 젊은 남자가 나타났다.

"미샤, 애들 여기서 아침까지 있게 해. 한 시간마다 한 번씩 체크하도록 하고. 필요한 경우에는 화장실에도 데려다 주고. 그리고 애들에게 뭐 먹을 거 좀 줘. 따뜻한 차하고 함께. 알겠지?"

당직근무자는 서둘러 고개를 끄덕였다. 그의 얼굴에는 아래층으로 빨리 내려가고 싶다고 써 있었다. 아래층에서는 남자들의 목소리가 웅성거렸고 축구경기를 중계하는 텔레비전 소리가 복도에 크게 울려 퍼지고 있었다. 수사관은 아이들에게 잘 자라고 인사를 하고 열쇠로 문을 잠근 후 당직근무자와 함께 갔다.

당직근무자 미샤는 경위의 명령을 정확하게 이해하고 있었다. 전기주전자와 먹을 것을 가지고 정확하게 한 시간 뒤에 나타났다. 글레프는 그 시간 동안 창문을 통해서 탈출하는 방법을 연구하였고, 마침내 방법을 알아내는데 성공하였다. 창문턱을 잡고 창문 아래에 있는 좁은 장식품을 딛고 걸어서 현관 위의 차양까지 가면 된다. 거기서는 상황에 따라서 행동을 하면 된다. 너무 어두워서 다음을 어떻게 해야 할지 알 수 없었다. 창문에서 저쪽 끝을 보는 것은 불가능하였다. 글레프는 이 방법은 충분히 성공할 수 있을 것이라고 생각하였다. 최소한 그에게는 말이다. 이렇게 아무 일도 하지 않고 조용히 앉아서 하루가 끝날 때까지 기다릴 수 없었다. 하지만 동시에 그는 이러한 모험이 유라에게는 불가능할 것이라는 것을 잘 알았다. 하지만 유라 없이 탈출하는 것도 아무런 의미가 없었다. 카라세프 교수의 손자가 없다면 그들을 남풍 호텔에 들여보내 주지 않을 것이고 아무도 그의 이야기를 들으려고 하지 않을 것이기 때문이다. 상황이 이렇기 때문에 글레프의 천재적인 계획은 실행될 수 없었다.

손에 물건을 들고 있었기 때문에 어렵게 문을 연 당직근무자는 책상 위에 과자, 사탕, 티백 등을 올려놓았다.

"지금 컵과 설탕을 가져 올게. 주전자 코드를 꽂아, 물이 끓게." 미샤가 서둘러 말하였다.

"골인!" 아래층에서 남자들의 목소리가 기쁘게 폭발하였다.

"이런 젠장!" 미샤는 문쪽으로 허겁지겁 달려갔다. 그리고 방에서 뛰쳐나가서 소리를 지르며 달려갔다.

"세묘느이치, 누가 골을 넣었나요?"

"문을 잠그지 않았어." 레나가 눈을 동그랗게 뜨고 속삭였다.

글레프가 문으로 잽싸게 다가가서 복도를 내다봤다.

"뚱땡아, 뛰어! 빨리!"

"혼자?" 유라가 놀라서 말하였다.

"너희들은?"

"그가 곧 돌아올 거야. 우린 문을 닫고 시간을 끌게. 처음엔 네가 없다는 것을 눈치채지 못할 거야. 사진을 가지고 빨리 뛰어가." 글레프가 유라의 손에 사진이 들어있는 노트를 쥐어줬다.

"근데 왜 나야?"

"너밖에 없어. 네 할아버지가 거기 있잖아! 계단 아래에 있는 화장실을 통해서 나가면 돼. 거기 창문엔 창살이 없어. 내가 봤어." 글레프가 유라를 문 쪽으로 밀었다.

"뭐야, 잊은 거야? 거긴 어두워. 난 갈 수 없어!" 놀란 유라가 속삭였다.

"넌 갈 수 있어, 유라! 가야 해!"

글레프가 조심스럽게 소리가 안 나게 문을 닫았다.

유라

유라는 칠흑 같은 암흑 속에 혼자 있게 되었다. 그는 손을 자유스럽게 사용하기 위해서 셔츠를 들어서 청바지 벨트 아래에 노트를 꽂았다. 다음에 조심스럽게 1층에서 올라오는 빛을 따라서 복도를 걷기 시작하였다. 유라는 어둠 속에서 사람이 없는 거리를 걷는다는 생각에 절망감에 휩싸여 있었다.

"사람이 없는 곳이 아니야. 그리고 어둡지도 않아. 여긴 커다란 도시야. 저쪽 편엔 불빛이 있고 사람도 많아." 그는 스스로를 설득하며 중얼거렸다.

계단 아래에 있는 화장실까지 간 유라는 창문으로 다가가서 빗장을 살살 움직였다. 빗장은 쉽게 움직여서 빼낼 수 있었다. 하지만 창틀과 실랑이를 벌여야 하였다. 창문은 커다란 굉음을 내면서 활짝 열렸다. 도망자에게 이 소리는 건물 안의 모든 사람이 들을 정도로 커다란 소리처럼 들렸다. 그는 순간 멈추어 서서 소리에 귀 기울였다. 남자들의 목소리가 축구경기를 중계하는 텔레비전의 소리와 함께 건물 전체에 울려 퍼지고 있었다.

유라는 무릎을 꿇고 창턱에 올라가서 바깥으로 발을 내딛었다. 아무것도 보이지 않았다. 손전등을 가져오지 않은 것을 후회하였다. 전화기로도 비출 수 없다. 전화기는 빼앗겼다. 창문 아래에 무엇이 있는지 어떻게 알 수 있을까? 아래에 무언가 날카로운 것이 있거나 커다란 구멍이 있는 것은 아닐까? 유라는 어렵게 바깥으로 발을 내딛었다. 그리고 창턱에 엎드린 후 대부의 집에서 그랬던 것처럼 아래로 발을 천천히 내리기 시작하였다. 그 방법이 그에게 가장 편하고 안전한 것 같았다. 창문은 땅에서부터 그렇게 높이 있지 않았다. 그는 성공적으로 땅에 발을 딛었을 뿐만 아니라 두 발로 서는데도 성공을 하였다.

유라는 시계를 쳐다봤다. 10시 3분이었다. 그는 벽에 몸을 바짝 붙이고 가까이에 있는 건물의 모서리로 다가갔다. 거기서 주위를 살펴보다가 놀라서 다시 제자리로 돌아왔다. 그는 하마터면 지구대 현관 앞을 비추는 탐조등에 모습을 드러낼 뻔하였던 것이다. 그는 건물 옆면의 빛을 내고 있는 창문쪽으로 돌아와야만 하였다. 유라는 어둠 속에서 어느 정도까지 볼 수 있는지 살펴보았다. 그리고 자동차 소리가 들려오는 곳까지 가기로 결정하였다. 도로로 나가면 아무 차나 타고 이곳을 바로 떠나면 될 것이다. 옆 건물로 뛰어간 유라는 구석에서 꼼짝 않고 있었다. 건물은 칙칙하고 생기가 없었다. 창문에 빛도 하나 없었다. 어쩌면 이것은 그냥 집이 아니라 관공서 건물일 수도 있다. 밤이면 아무도 없는 그런 건물 말이다. 어쨌든 유라는 당혹스러워하였다. 유라는 빛이 하나도 없는 이 검은 물체의 벽을 따라서 몇 미터를 가야만 하였다. 그는 눈을 크게 뜨고 어둠 속을 쳐다보았다. 하지만 한 걸음도 움직일 수 없었다. 도망자는 금방 경찰들이 자신을 찾기 시작할 것이고 바로 이 구석에서 그를 쉽게 찾게 될 것이라고 생각하였다. 그리고 아이들은 그를 못마땅하게 쳐다볼 것이다. 그만이 그들을 구할 수 있는데 구하지 못한 것을 알게 될 것이다.

글레프와 레나는 유라에게 큰 기대를 하고 있을 것이다. 그런데 그는 어둠을 어린아이처럼 무서워하고 겁을 내고 있다. 그들은 그가 둔하고 겁이 많다고 생각할 것이다. 그래 그 말이 맞다! 영웅적으로 창문에서 빠져나온 뒤 옆 건물에서 기둥이 되어버리는 이것이 과연 탈출이란 말인가?

유라는 슬퍼하면서 구석에서 제자리걸음을 하다가 마침내 앞으로 몇 걸음 움직였다. 어둠이 그를 감쌌다. 그는 마치 빛과 공기도 없는 블랙홀에 들어간 듯하였다. 순식간에 그는 귀도 멀고 눈도 먼 것 같이 느껴졌다. 그는 흐느끼듯 숨을 들이마셨다. 심장이 미친 듯이 뛰었고, 목과 관자놀이에 피가 몰렸다. 혐오스럽고, 끈적이고, 공포스럽게 만드는 그것, 의사가 증후군이라고 하는 그것이 그에게 다가와 덮쳤다. 그것은 유라가 싸우기를 원하였다. 하지만 유라는 잘 알고 있었다, 이것과 싸우는 것은 불가능 하다는 것을. 몸을 마비시키는 이것은 몸속 어딘가 깊은 곳에서부터 기어 나와서 순식간에 목을 움켜쥐었다. 다만 크지 않은 좁고 기다란 틈이 있었고, 유라는 그곳을 통해서 간신히 숨을 쉴 수 있었다. 유라는 어렵게 발을 옮겼다. 두 걸음마다 몸을 숙이고 깊게 숨을 들이마시려고 노력하였다. 하지만 숨을 들이마시는 것이 불가능하였다. 공기가 폐까지 가지 않았다. 머리가 핑 돌았고 가슴이 아파오기 시작하였다. 무언가에 발이 걸리고 그는 쓰러졌다. 그리고 더이상 일어날 힘이 없다는 것을 알았다.

유라는 고통으로 경련을 일으키며 땅 위에 앉아서 입을 벌려 헉헉거리며 공기를 마시고 있었다. 그는 더이상 앞으로도 뒤로도 갈 수 없었다. 심장이 너무 빨리 뛰어서 금방이라도 튀어나올 것만 같았다. 엄청난 공포가 거대한 고통과 함께 그를 덮쳤으며 머리를 무겁게 눌렀다.

글레프와 레나

화가 났던 당직 근무자는 어린 죄인들에 대해서 잊고 있다가 축구가 끝난 후 20분이 지나서야 이들을 기억해냈다. 컵과 설탕을 들고 닫혀 있는 문으로 다가온 그는 열쇠를 아래층에 두고 왔다는 것이 기억났다.

"에이, 너희들 살아있냐?" 문이 잠기지 않았고 그냥 꼭 닫혀 있다는 것을 전혀 눈치채지 못한 그는 문 너머로 아이들에게 물었다.

"살아 있어요. 그리고 배도 부르고. 좋은 컵으로 차 잘 마셨어요, 감사합니다!" 글레프가 못마땅한 듯 대답하였다.

"설탕도 배 터지게 먹었어요!" 글레프가 목소리를 들려주라고 하자 레나가 소리쳤다. 만일의 경우를 대비한 것이다. 당직 근무자가 아이들이 모두 있다고 의심하지 않게 하기 위해서였다.

"난 너희들에게 먹을 걸 꼭 줘야 하는 건 아니야!" 미샤가 화를 냈다. 그는 기분이 좋은 상태가 아니었다. 마지막 골에도 불구하고 그가 응원하는 팀이 경기에 패하였기 때문이었다.

"가져올 수 있을 때 가져오마. 그렇게 버릇없이 굴면 좋을 게 하나도 없다."

"필요 없어요." 글레프가 대답하였다.

"우린 이제 자려고 누웠어요."

"그렇다면 잘 자거라!" 당직 근무자가 큰 소리로 말하였다. 그리고 컵이 부딪히는 소리를 내면서 멀어져 갔다.

"됐어, 이제 도망갈 수 있겠어." 오 분 정도 기다린 후 글레프가 말하였다.

"이제 오랫동안 오지 않을 거야."

"왜 도망가야 하지?" 레나가 물었다.

"어쨌든 우리는 유라를 찾지 못할 거야. 유라한테 전화도 할 수 없잖아."

"그래서, 뭐? 우리는 바로 호텔로 가는 거야. 거기서 만나면 돼."

"너 호텔이 어디 있는지는 알아?"

"물어보면 되지."

글레프는 방 안의 불을 껐다. 그리고 조심스럽게 문을 열었다. 소리를 내지 않고 그는 레나와 함께 복도로 미끄러져 나간 후 아래로 향하는 계단까지 이르렀다. 그들은 발끝으로 살살 계단을 내려갔다. 1층으로 내려온 후 그들은 계단 밑으로 들어갔다. 그때 화장실 문 앞에서 화장실에서 나오는 당직 근무자 미샤와 그대로 딱 마주쳤다.

유라

유라는 얼마나 시간이 지났는지 알 수 없었다. 아마도 일 분 아니면 한 시간? 그는 고통과 호흡곤란 외에는 아무런 감각을 느끼지 못하였다. 이제 곧 죽을 것만 같은 생각이 들었다. 그런데 무슨 이유에서인지 죽지 않았다. 그는 한순간 갑자기 마음이 아주 조금 가벼워지는 것을 느낄 수 있었다. 아픔과 심장 박동은 여전히 아주 강하였다. 그는 쇳소리를 내면서 극도로 긴장한 채 숨을 쉬고 있었다. 그리고 뱃속에는 얼음 덩어리가 누르고 있는 것 같았다. 하지만 공황상태는 아주 조금 수그러졌다. 공포는 어딘가 깊은 곳에서 회오리 치고 있었지만 이제는 머리에서 발끝까지 점령하지 못하고 있었다. 유라는 일어서려고 노력하였다. 하지만 발이 말을 듣지 않았다. 그래서 그는 두 손도 땅에 대고 네 발을 만든 후 한 걸음씩 기어가기 시작하였다. 유라는 숨을 고르려고 노력하였다. 의사가 가르쳐준 대로 숨을 천천히 들이마시고 더 천천히 숨을 내쉬었다. 숨을 들이마실 때 네 다리로 움직였고 숨을 내쉴 때에는 멈추어 서서 휴식을 취하였다. 하나-두울-세엣- 숨을 들이마시고 하나-두울-세엣-네엣-다섯 숨을 내쉬고……. 목표지점이 다가오면서 숨을 쉬는 것이 훨씬 쉬워졌다. 유라는 이제 건물과 나무를 구별할 수 있게 되었다. 그들 뒤에는 가로등 빛이 비추고 있었다. 마침내 그는 건물의 끝에 도착하였다. 그는 벽을 손으로 짚고 두 발로 섰다. 시끄럽고 밝은 거리까지 아주 조금밖에 남아있지 않았다. 아주 작은 건물 하나와 크지 않은 어린이 놀이터만 지나면 되었다. "반드시 도착하고 말거야." 유라는 이를 꽉 물었다. 고통과 심장이 벌렁거리는 것을 극복하고 곧바로 앞으로 움직여 갔다.

그는 기진맥진한 채 가로등 불빛이 밝게 비추는 거리에 도착하였다. 다리가 후들거려서 트램 정류장 근처에 있는 벤치에 그대로 털썩 주저앉았다. 손목시계는 10시 15분을 가리켰다. 창문을 통해서 기어 나온 후 지금까지 이제 겨우 12분밖에 안 흘렀단 말인가? 말도 안 돼! 그의 생각에 정말 오랜 시간이 흐른 것 같았다.

유라는 금방 몸과 마음이 가벼워졌다. 심장도 차분해 졌고 숨 쉬는 것도 정상이 되었다. 그는 기뻤다. 그는 해냈다! 그는 걸어 나왔다!

하지만 서둘러야만 하였다. 친구들이 기대하며 그를 기다리고 있지 않은가! 그렇다 그는 지구대에서 너무나 가까이 서 있었다. 그러므로 우선 안전한 곳으로 멀리 가야만 하였다. 그리고 그 다음에 남풍 호텔에 어떻게 가야 할지 생각해야한다.

유라는 정류장으로 다가오는 첫 트램에 무조건 올라탔다.

당직 근무자의 낙심에 찬 통곡 소리에 두 명이 더 달려왔다. 한 명은 경사 계급장이 달린 제복을 입고 있었고 다른 한 명은 사복을 입고 있었다. 경찰들은 아이들을 다시 방에 가두어 놓고 건물 전체와 주변을 샅샅이 뒤졌다. 잠시 뒤 돌아와서 어디로 한 명이 사라졌는지를 알아내기 위해서 체포된 아이들을 취조하기 시작하였다. 글레프는 꿈쩍도 하지 않았고 레나는 의기소침하여 말하지 않고 있었다. 아이들에게서 아무 것도 얻어내지 못할 것이라는 것을 알아차린 경사는 지금 당장 모든 순찰차에게 도망자의 정보를 알리겠다고 말하였다. 그러면 바로 그를 찾아서 잡아 올 것이라고 하였다.

"그러니까. 뭣 땜에 도망간 거야? 조용히 앉아 있었다면 지금까지도 전혀 모르고 있었을 텐데. 이제 유라를 잡아 올 거야." 경찰들이 나갔을 때 화가 나서 레나가 말하였다.

"아냐, 못 잡아. 시간이 많이 흘렀어. 아마 멀리 있을 거야." 글레프가 대답하였다.

하지만 실망스럽게도 거의 12시가 다 되어서 문이 열리고 환하게 빛이 나는 미소를 띤 인솔자인 당직 근무자가 얼굴을 잔뜩 찌푸린 유라를 데리고 방으로 들어왔다. 미샤는 이제 화장실은 반드시 인솔자와 함께 가야하고 더이상 먹을 것은 없을 것이라고 득의만만하게 알렸다. 당직 근무자는 이미 식어버린 찻주전자를 가지고 방을 나갔다. 그리고 이번에는 방문을 잠그는 것을 잊지 않았다.

"마치 우리가 차를 마신 것 같아. 컵도 주지 않고서." 글레프가 중얼거렸다.

"유라, 순찰차가 널 잡은 거야? 우리가 그렇게 만들었어." 레나가 도망자에게 말을 걸었다.

그는 지친 듯 고개를 흔들었다. 그리고 소파에 쓰러졌다.

"너희 잘못이 아니야. 택시기사가 날 속였어." 유라가 셔츠 안에서 사진이 든 구겨진 노트를 꺼내며 말하였다.

"그는 당직 근무자의 형이었어. 난 버스정류장에서 버스를 기다리고 있었어. 그런데 그가 옆으로 지나가게 된 거지. 나를 보고 알아차린 거야. 당직 근무자가 그에게 전화를 해서 시내를 돌아다니면서 나를 찾아 달라고 부탁을 하였나 봐."

"왜 그 차에 탔어? 모르는 사람이 운전하는 차를?"

"내가 어떻게 알았겠어? 그 사람은 택시기사였어. 타야 할 버스가 오랫동안 오지 않았어. 그런데 그가 멈추어 서서 돈도 안 받고 날 데려다 준다고 했어. 왜냐하면 자기에게도 내 나이 또래의 아들이 있기 때문이라고 말이야. 이제 곧 통금시간이 시작될 텐데 그렇게 되면 순찰차가 잡아갈 것이라고 하였어. 내가 어떻게 해야 했을까? 난 차에 탔어. 그 사람은 날 이리로 데리고 와서 날 자신의 동생에게 넘겼어. 미샤가 얼마나 기뻐하는지 봤어야 했어. 나 때문에 자리에서 쫓겨날까 봐 엄청나게 걱정을 하였나 봐."

"그런데 네 무릎은 왜 그렇게 더러운 거야?"

"응, 이건…… 마당에서 넘어졌어. 어두웠거든."

"하루 종일 헛수고를 하였네." 글레프가 결과에 대해서 이야기를 하였다.

"발굴현장에도 괜히 갔어."

"헛수고는 아니야." 유라가 반대하였다. "우리는 사진을 찍었잖아."

"그래, 12시가 되면 호박으로 변하는 사진." 레나가 언짢은 미소를 보였다.

"그래. 교수님과 우리는 내일 만나서 이야기하면 돼. 하지만 상형문자는 어떻게 보여주지?" 글레프가 묻는 듯한 표정으로 유라를 쳐다봤다.

"내가 할아버지에게 그려주면 돼." 유라가 말한 뒤 자신의 백팩을 열어서 먹을 것이 뭐가 남아 있는지 찾았다.

"배가 고프네."

"기다려봐." 글레프가 그를 멈춰 세웠다.

"너 정말로 그것들을 기억하고 내일 그릴 수 있겠어?"

"응, 기억해 두었어. 난 아주 주의 깊게 살펴봤어. 돌 위에 있는 것들도 사진 속에 있는 것들도."

"그래, 그럼 어디 보자."

글레프가 유라에게서 백팩을 빼앗은 뒤 그에게 노트를 내밀었다. 책상 위에 수사관이 썼던 볼펜이 있었다. 유라는 잠시 동안 생각에 잠긴 뒤 자신 있게 백지 위에 상형문자 네 줄을 그렸다. 레나와 글레프는 노트에 얼굴을 숙이고 사진과 비교를 하였다.

"여기 잘못하였네." 글레프가 심볼 중 하나를 가리켰다.

"여기 줄이 하나 더 있어야 하네. 나머지는 똑같아."

"훌륭해!" 레나가 기뻐하였다.

"그러니까 넌 내일 아침 할아버지와 이야기를 한 후 그에게 상형문자를 보여줄 거란 말이지? 할아버지는 집에 계실 거잖아?"

"점심 식사 전까지는 정확하게 집에 계실거야. 학술대회장으로는 저녁때, 다섯 시까지 오실 거야. 본 프로그램은 5월 6일 오늘에 있어. 5일 저녁엔 모두가 모이게 되고 개인적인 만남들을 갖는 거지."

"내일 너무 늦지 않을까?"

"늦지 않기를 바래야지. 상형문자는 우리가 가지고 있잖아." 유라가 자신의 이마를 손가락으로 두드렸다.

"성벽도 있고, 시간도 있어."

"이제 5일 남았어." 글레프가 지쳐서 말하였다.

"그 다음엔 마지막 희망이 사라져."

"그런 말 하지 마." 레나가 신경질적으로 말하였다.

"계속 천천히 거꾸로 가자고." 물러서지 않고 글레프가 말하였다.

"3월 어느 날 난 여기로 오려고 내가 탔던 기차에서 잠이 깰 거야. 그리고 며칠이 지난 뒤에는 다시 볼스크에 나타나고, 더이상 나를 보지 못할 거야. 둘이서 전 세계와 싸워야 해."

"듣기 싫어!" 레나가 벌떡 일어났다.

"그렇지 않아도 하루 종일 너무 긴장하였어. 동생들은 아침부터 돌보는 사람도 없이 있어. 어쩌면 아이들은 다 어딘가로 갔거나 아니면 집에 불이 나지 않았을까? 난 동생들에게 전화도 할 수 없어!"

"그런 문제는 쉽게 해결될 수 있어. 만약 네가 그렇게 고집이 세지 않고 사람을 용서할 줄 알았다면……."

"말도 꺼내지 마! 난 리파 할머니 이름도 듣기 싫단 말이야! 넌 할머니가 무슨 짓을 하였는지 몰라서 하는 말이야!"

"하지만 난 그것 때문에 할머니가 괴로워하시는 것을 보았어! 할머니는 너희를 도와주려고 하였어."

"할머니가 도와줬다고! 아주 많이 도와줬지! 아빠를 감옥에 가두고, 엄마가 병이 나게 만들고 모든 친구들과 지인들을 적으로 만들어 줬어. 우리 가족을 범죄자 가족, 거지들, 떠돌이 가족으로 만들었어. 그러니 할머니에게 고맙다고 인사를 하란 말이야?"

레나는 창에서 물러서서 어두운 창밖을 보면서 그대로 굳었다.

"그렇게 떠난 사람들은 친구들이 아니었던 거야. 레나, 솔직히 말해서 만약 리파 할머니가 법정에서 진실을 이야기하였다면 너의 아빠가 감옥에 안 가고 집에 있을 거라고 생각하는 거야?" 조용히 유라가 물었다.

레나는 잠시 말을 하지 못하였다.

"몰라. 하지만 할머니가 잘못했어. 왜냐하면 우선 생각을 하고 그다음에 행동을 해야 하였어."

"넌 정말 고집이 엄청 세구나! 넌 한 번도 실수를 한 적이 없어? 넌, 뭐야 로봇이야? 모든 살아있는 사람들은 실수를 해. 그리고 다음에 후회를 하지. 그게 정상이야. 너희는 한 가족이잖아. 그녀는 너희 할머니잖아. 그녀가 너희를 키워줬잖아. 네 아빠도 잘못을 하였어. 네 아빠는 무언가 생각을 하지 못하고 행동을 하였어. 하지만 너희는 아빠를 거부하지 않잖아. 너희는 아빠를 사랑하고 기다리잖아. 그런데 할머니는 거부를 하는 거야. 그렇다면 너희가 너희 친구들이며 지인들이었던 사람들과 다른 게 뭐야?" 참지 못하고 글레프가 말하였다.

이번에는 레나가 오랫동안 이야기를 하지 않았다. 그녀는 창턱 위에 발을 올리더니 두 팔로 무릎을 감싸고 앉았다.

"2년 전이었어." 계속해서 창밖을 보면서 그녀가 말하였다.

"우리 집에 옆 동에 사는 아줌마가 왔어. 우리는 그때 이미 한 달 동안 아빠 없이 살고 있었지. 아뉴트카는 아직 너무 어려서 자주 병이 들었기 때문에 엄마는 정상적으로 일을 할 수 없었어. 그리고 나도 열한 살도 안 되었을 때였어. 한 마디로 우리는 돈도, 먹을 것도 없이 그렇게 지냈어. 이웃집 여자가 우리에게 음식, 옷, 책들을 가져다 줬어. 한마디로 인도적인 지원이었지. 그녀가 말하길 모든 집이 자발적으로 진심에서 도와주는 것이라고 하였어……."

글레프와 유라는 소파에 앉아서 그녀의 이야기를 듣고 있었다. 유라는 백팩 속에서 찾은 샌드위치를 조심스럽게 씹고 있었다.

"우리는 받았어. 물론 우리에게 아주 필요하였거든." 레나가 말을 계속 하였다.

"엄마는 그녀에게 너무 고맙다고 인사를 하였지. 그런데 이 여자가 우리 아파트 단지뿐만 아니라 우리 마을 전체에 우리가 아주 불쌍한 거지들이라고 소문을 낸 거야. 생활할 돈도 제대로 벌지 못하면서 왜 이렇게 아이를 많이 낳았냐는 둥, 우리 아빠가 누군가를 죽였고 십 년 동안 감옥에서 살 것이라는 둥 이웃들은 범죄자 가족 여섯 명을 도와주어야만 한다고 이야기를 하고 다녔어. 그래서 엄마는 더이상 누구의 도움도 받지 않겠다고 이야기를 하였어. 그 어느 누구한테서도 말이야. 우리는 일을 할 것이고 우리 가족은 우리가 스스로 먹고 살 것이라고 하였어. 우리는 그렇게 하였지. 우리는 2년 동안 그렇게 살았어. 어떠한 도움도 주위에 요청하지 않았어."

"다 잘 될 거야. 그 이웃집 여자는 잊어. 좋은 사람들이 훨씬 많아. 많은 사람들이 진심으로 너희를 도와주고 싶어 하였을 거야." 유라가 말하였다.

글레프는 커다란 벽시계를 쳐다봤다.

"12시 1분 전이네. 자, 여행가 친구들 이제 잘 시간이네. 성공적으로 자신의 침대에 도착하기를 빌어."

2013년 5월 5일 일요일

아침에 일어난 유라는 깜짝 놀랐다. 왜냐하면 집이 아니라 고모네 집에서 깨어났기 때문이다. 그곳으로 유라는 5월 4일 부모님과 함께 놀러 왔었다.

"맙소사!" 절망에 빠져 그가 소리쳤다. 그는 침대에서 쏜살같이 나와서 전화기를 잡았다.

"너 미친 거야?" 글레프의 커다란 목소리가 전화기를 통해서 들렸다.

"집에서 깨어나지 않는다는 것을 왜 이야기하지 않은 거야?"

"몰랐어! 아니 알았지만 그러니까 잊고 있었던 거지. 헷갈린 거야. 기억해내지 못하였어."

"잊었어, 기억이 안 났어. 넌 항상 네 기억력이 좋다고 자랑하였잖아! 어떻게 이렇게 중요한 것을 잊어버릴 수 있어? 도대체 넌 지금 어디에 있는 거야?"

"페산느이에 있어."

"페산느이라는 곳이 어디에 있는데?"

"아나파 지나서 비챠제보 옆에."

"뚱땡아, 너 장난치자는 거야? 거기는 두 시간은 차를 타고 가야 하는 거리잖아! 할아버지가 떠나시기 전에 집에 갈 수 있겠어?"

"갈 수 있어. 지난번에 우리는 할아버지가 떠나시기 한 시간 전에 도착하였어, 똑똑히 기억해."

"기억하는 거 맞아? 너 지금 멀리 있는 것을 다행으로 생각해, 내 주먹이 울고 있어! 가까이 있었다면 한 방 날렸을 거야! 이제 어떻게 하지?"

"아빠를 설득해서 좀 더 일찍 집으로 출발하게 할게."

"그래, 뭐든 해야지!"

화가 난 글레프는 '종료'를 누른 후 핫뉴스를 전하러 레나에게 달려갔다.

"그럼 어떻게 하지? 그럼 걔가 오늘도 할아버지와 이야기를 하지 못하는 거야?" 레나가 젖은 손을 마른 수건으로 닦으며 계단 앞 공간으로 나왔다.

"이야기를 하길 바래야지. 하지만 그것과는 별개로 크라스노다르로 갈 준비를 해야 겠어."

"크라스노다르? 또?"

"다른 묘안이 있어?"

"너 또 경찰서에 잡혀가고 싶은 거야?"

"오늘은 버스를 타고 가자고. 내가 미리 시간표를 봐 두었어. 16

시 40분과 18시 25분에 버스가 있더라고. 다른 버스는 시간이 안 맞을 것 같아."

"뭣 땜에 가야 하는데. 만약 유라가 할아버지와 집에서 이야기를 하게 된다면 말이야."

"봐, 할아버지가 30분 만에 모든 상형문자를 해독할 수 있을 것 같아? 게다가 중요한 행사를 위해서 떠나야 하는데. 할아버지는 짐을 싸고 준비를 할 거야. 그리고 유라보고 이야기를 하겠지, 5월 15일 이후에 게임 내용을 다시 이야기해달라고 말이야."

"학술대회에서는 양손을 활짝 벌려 널 반겨줄 것 같아?"

"바로 그렇기 때문이야. 학술대회는 내일이야. 유라가 말하길 오늘 저녁에 학자들은 개인적인 만남들을 가질 것이라고 하였어. 서로 인사하고 차를 마시면서 대화를 하고 그러는 거지. 우리가 공격할 수 있는 기회지." 글레프가 적극적으로 말을 하였다.

"글쎄, 잘 모르겠어." 레나는 걱정스럽게 어깨를 으쓱거렸다.

"일단 유라가 온다고 하였지? 두 시라고 하였어? 일단 기다린 후 그때 가서 결정하자고."

유라는 2시에도, 3시에도, 3시 30분에도 오지 않았다. 아빈스크에서 오는 도로가 꽉 막혀 있어서 그는 도로 위에서 시간을 보내고 있었다. 게다가 언제 이 정체가 풀릴지 전혀 알 수 없었다.

"무슨 정체?" 삼십 분마다 그와 통화를 하면서 어떻게 할 수 없이 늦어진다는 것을 파악한 글레프가 성질을 냈다.

"넌 정상적인 날에는 두 시 정도에 도착하였다고 하였잖아. 그런데 갑자기 정체라니, 지난번에는 없었는데 어떻게 생겼어?"

"그냥 난 빨리 갈 생각에 아빠보고 다른 길로 가자고 하였어." 유라가 변명을 하였다.

"난 이 길이 이렇게 정체가 있을지 몰랐어."

"뚱땡이, 너……. 할 말이 없다."

유라는 여섯 시가 되어서야 마을에 도착하였다. 그리고 버스터미널에는 버스가 출발하기 일 분 전에 나타났다. 고통스러운 긴 기다림으로 친구들은 그에게 욕을 하고 소리를 질러댔다. 그들은 미리 세 장의 표를 샀었다. 그리고 자신들의 친구를 위해서 다른 승객들이 넘보는 것을 자리가 있다고 하면서 물리치며 자리를 확보하고 있었다. 숨을 헐떡거리며 도착한 유라가 의자에 털썩 주저앉자마자 운전사가 시동을 걸었고 세 명은 마침내 길을 떠났다. 다행히 크라스노다르로 가는 길은 모두가 정상적이었다. 그들은 아무 일 없이 무사히 크라스노다르에 도착을 하였고, 8시 30분에는 남풍 호텔 로비에 들어섰다. 글레프가 아무 생각없이 "어떻게 고고학자들 회의에 들어갈 수 있죠?"라는 질문을 하자 리셉션 장에 있던 직원들은 아이들을 모두 거리로 내쫓았다. 그리고 만약 한 번 더 호텔에 나타난 것을 보게 되면 경찰을 부르겠다고 위협하였다. 할 수 없이 유라는 비밀을 밝혀야만 하였다. 할아버지에게 전화를 하였다. 교수님은 금방 아이들에게 나타났다. 그는 깡마른 체형에 키도 컸으며 자신의 손자와 닮은 곳이라고는 전혀 없었다.

"유라, 무슨 일이냐? 왜 여기 네가 있는 거냐 집에 있지 않고? 어떻게 여기에 온 거야?" 놀라서 할아버지가 물었다.

글레프는 유라가 항상 그렇듯이 찡찡댈 것이라고 생각을 하고 자신이 나서야 겠다고 생각하였다.

"안녕하세요, 유리 바실리예비치."

유라는 자신과 할아버지의 이름이 완전히 똑같다고 하였다. 즉 유리* 바실리예비치 카라세프. 교수님은 고개를 돌려서 글레프와 레나를 봤다.

"그래, 얘들아 반갑다."

글레프는 약간 당황을 하였다. 2주 전에 망자의 리본이 달린 사진에서 본 사람과 이야기를 한다는 것이 이상한 느낌을 주었다.

"할아버지, 얘들은 같은 반 친구들이에요. 글레프와 레나예요. 우리에겐 최대한 빨리 해결해야 할 문제가 있어요." 유라가 말하였다.

"우리는 할아버지께 도움을 청하러 왔어요. 부탁이예요, 거절하지 말아주세요." 글레프가 말을 받았다.

"나한테? 도와달라고?" 교수님은 당황스러워 하였다.

"네, 교수님. 교수님과 다른 고고학자분들께요. 아마도 다 함께라면 복잡한 수수께끼를 풀 수 있을 거예요."

"그렇단 말이야? 그래 어서 말해 보거라."

"그러니까 저희 담임선생님이자 역사 선생님이 큰 상이 있는 대회를 개최하였어요. 선생님은 우리들에게 우리 지역의 역사에 관심을 가져주기를 바라는 마음이었죠. 그것을 위해서 선생님은 유물 하나를 이용하였어요. 그 유물은 얼마 전에 우리 마을 근처에서 발굴된 것이에요. 그것은 상형문자가 있는 고대 성벽의 일부죠. 우리는 팀으로 나뉘어서 시합을 하고 있는데 그 성벽에 쓰여 있는 것을 제

---

* 유리의 애칭이 유라이다.

일 먼저 해석하는 팀이 승리를 해서 상을 받을 수 있어요. 상은 고고학자 캠프에 여름방학 동안 참여할 수 있도록 해주는 것이에요."

"그래, 아주 재미있구나. 그런데 왜 그걸 지금 바로 해야 하는 거지?"

"왜냐하면 우리는 일등을 하고 싶거든요! 그러려면 시간이 없어요. 만약 교수님께서 우리를 도와주신다면 내일 아침 제일 먼저 해석한 것을 내면 우리가 일등을 할 수 있을 거예요." 글레프가 단숨에 이야기를 하였다.

"너희들이 전문가들에게 부탁을 하는 것이 규칙에 위반되는 것은 아니냐?" 관심 있어 하면서 교수님이 물었다.

"아니요, 무슨 말씀이세요! 우리는 누구의 도움도 어떤 자료도 사용할 수 있어요. 왜냐하면 문제가 아주 어려운 것이거든요. 다른 애들은 모두 컴퓨터 앞에 앉아서 인터넷을 뒤지고 있어요. 우리는 우리 눈으로 직접 보기 위해서 발굴현장에 갔다가 바로 여기로 온 거예요."

"난 우리 손자가 고고학에 깊은 관심이 있을 거라고 생각을 하였지."

"관심이 이만저만 하지 않아요. 특히 최근엔 더욱 그래요." 글레프가 거의 소리를 지르며 말했다.

"그렇다면, 만약 그게 정말로 너희들에게 중요하다면 가서 다른 동료들과 함께 이야기를 해 보자. 마침 우린 모두 컨퍼런스 홀에 모여 있었다." 칭찬의 미소를 띠며 교수님께서 말씀하셨다.

아이들은 엘리베이터를 타고 3층으로 올라갔다. 그리고 커다랗고 아름다운 홀로 들어갔다. 홀의 가운데에는 고급스러운 책상들이 가운데가 비어 있는 커다란 타원형을 그리며 놓여 있었다. 의자는 타원형의 바깥쪽에만 놓여 있었다. 한쪽 벽면에는 크지 않은 무대가 있었고 그곳에는 모니터가 한 대 놓여 있었다. 고고학자들은 청바지에 티셔츠를 입은 평범한 사람들이었다. 전혀 학자들 같지 않았다. 몇 그룹으로 나뉘어서 이야기들을 하고 있었다. 전체가 한 30명에서 35명 정도 되었다.

어린 학생들이 들어오는 것을 보고 모두 관심을 가졌다. 카라세프 교수는 미래의 학자들이라고 소개를 하면서 이들에게 도움이 필요하다고 그것도 시간이 거의 없다고 말하였다. 홀에 있었던 사람들 모두가 하던 일을 멈추고 관심 있게 아이들을 바라보며 가까이 다가왔다.

글레프는 유라를 탁자에 앉힌 후 상형문자를 그리라고 하였다. 그리고 자신은 고고학자들에게 부족한 이야기를 첨부하면서 얽힌 전설을 이야기해 주었다. 그는 더 나은 결과를 만들기 위해서는 아주 자그마한 뉘앙스도 전문가들이 알고 있어야 한다고 생각하였다.

글레프는 현재의 상황을 마치 역사 선생님이 과제로 준 수수께끼처럼 만들었다.

과제의 내용은 다음과 같았다.

한 무리의 아이들이 무례하게 고대 성벽에 현재 날짜인 2013년 5월 23일이라고 낙서를 하였다. 고대 상형문자가 쓰여 있는 곳 바로 옆에. 성벽은 고대 마야 문명 것인지 아니면 다른 고대 문명 것인지 정확하지 않다. 낙서를 하자마자 고대인의 저주가 작동을 하였다. 아이들의 달력이 반대로 가기 시작한 것이다. 그런 식으로 아이들은 오늘 날짜, 즉 5월 5일까지 살고 있다. 이 상황에서 벗어날 수 있는 방법을 찾아서 정상적인 시간으로 돌아갈 수 있는 방법을 찾아내는 그룹이 게임에서 승리할 수 있다. 이 문제를 해결하지 못하고 선생님께 틀린 답을 내게 되면 그 그룹의 아이들은 현재로 돌아갈 수 없게 된다. 이들은 현실이라는 배를 타지 못하고 남게 되어 결국은 죽게 된다. 물론 가상현실에서 말이다. 이들에게는 거의 시간이 없다. 이틀 후면 고대 성벽은 다시 땅속에 묻히게 된다. 그러므로 문제를 바로 여기에서 지금 당장 해결해야만 한다.

글레프는 지쳐서 의자의 등받이에 몸을 기대고 앉았다. 만약 지금 이 문제를 해결 못한다면……. 생각도 하기 싫다. 문제 해결을 못한다는 것은 말도 안 된다. 여기 이렇게 전문가들이 많이 있지 않은가. 그는 그들에게 모든 것을 이야기해 주었다, 거의 모든 것을. 이것이 게임이 아니라는 사실만 빼고.

거의 한 시간 동안 고고학자들은 유라가 그린 상형문자를 살펴보면서 생각을 하기도 하고 의논을 하기도 하고 논쟁을 하기도 하였다. 3명의 마야 문명 전문가들이 비슷하기는 하지만 이러한 모양의 글자는 마야 제국 사람들이 사용하지 않았다고 확신에 차서 말을 하였다. 이집트 학자들은 몇몇 표시는 이집트 알파벳을 떠올리는 모양을 가지고 있다고 하였다. 하지만 전체적으로 봤을 때에는 전혀 다른 그림이라고 하였다. 마찬가지로 이것은 슬라브인들의 문자도 고대 그리스인들의 문자도 아니라고 하였다. 고대 성벽의 상형문자는 세상에 알려진 문자들 중 어떤 것과도 일치하지 않았다.

"너희 선생님이 화가 났나 보다. 얘들아." 고고학자들이 말하였다.

"아마도 해결할 수 없는 그런 문제를 너희들에게 준 것 같아. 문제가 처음부터 잘못된 것이야. 알 수 없는 것이 너무 많아."

셋은 힘이 쭉 빠졌다.

"유라, 조금만 기다려 줄래. 내가 집으로 돌아갈 때까지 말이다. 우리 함께 앉아서 찬찬히 살펴보면서 문제를 풀어 보자구나." 슬픔에 잠긴 손자를 바라보며 카라세프 교수님께서 말씀하셨다.

유라가 고개를 떨군 채 좌우로 흔들었다.

"오늘 해결해야 돼요."

"이렇게 짧은 시간에 한다는 것은 불가능해. 어떤 전문가라도 그렇게 이야기를 할 거야. 게다가 네가 잘 기억하지 못해서 잘못 그린 것들도 있을 수 있잖아."

"정확하게 그렸어요. 정확해요. 그곳에 이런 표시가 있었어요."

"사진을 찍었어야 하였어, 그랬다면 훨씬 정확하였을 텐데. 너희들 왜 사진 찍을 생각은 안 한 거야?"

친구들은 서로 얼굴을 쳐다보며 깊게 한숨을 쉬었다. 그들이 사진을 찍지 않고 온 것을 어떻게 설명할 수 있을까? 할아버지는 손자의 어깨를 다독인 후 두 명의 동료에게로 갔다. 그들은 한쪽에서 열띠게 논쟁을 벌이고 있었으며 각종 전문적인 용어들을 쏟아내고 있었다.

글레프, 레나 그리고 유라는 의기소침하여서 아무 말 없이 책상에 앉아 있었다. 고고학자들의 논의는 이미 친구들 없이 진행이 되었다. 시간은 10시에 가까워졌고 돌아갈 수 있다는 희망은 시간과 함께 사라지고 있었다. 더이상 이들에게는 어떠한 방법도 어떠한 생각도 없었다. 고고학자들도 문제를 풀지 못하였는데 평범한 열세 살짜리 학생들이 어떻게 문제를 해결할 수 있겠는가!

"너희들 왜 그렇게 힘이 없는 거냐? 얼굴이 하얗게 질려 있구나." 그들에게로 이십 대 초반 쯤 되어 보이는 청년이 다가와 앉았다. 그는 한편에 서서 모두가 토론을 할 때 전혀 참여하지 않고 있었다.

"우리에겐 마지막 기회였어요." 글레프가 멍하게 말하였다.

"마지막 기회라고? 그렇게 중요한 거야?" 청년은 기계적으로 종이 위에 고대 상형문자를 계속해서 그리고 있는 유라를 쳐다봤다. 유라는 마지막 줄의 상형문자를 다 그린 후 다시 첫 상형문자를 그리기 시작하였다.

"오빠도 학자예요? 다른 학자들은 모두 나이들이 지긋한데 오빠는 그렇지 않은 것 같네요." 레나가 청년에게 물었다.

"아니, 난 학자가 아니라, 대학생이야. 역사학을 전공하고 있어. 여름에 고고학 학술탐험을 갈 예정이야."

"어떻게 학술대회장에 들어오신 거예요? 할아버지께서 그러셨는데 여기에는 석사들과 박사들만 들어올 수 있다고 하였어요." 그림 그리는 것을 멈추지 않은 채 유라가 무심하게 말하였다.

"응, 난 아들…… 아니, 그러니까 유명한 콘스탄친 사포쥐니코프 교수의 손자야."

"고대슬라브 민족을 연구한 학자 말인가요? 『고대 슬라브인의 손님』이라는 책을 썼죠." 유라가 기억을 되살렸다.

"응, 그 사람. 모두가 그를 잘 알지, 그러니까 생전의 그를 기억하고 있어. 그래서 내가 고고학 관련 모든 총회와 회의에 참석하는 것을 허락해줬어. 난 고고학에 아주 관심이 많아. 내 이름은 데니스야." 대학생이 자신을 소개하였다.

아이들은 힘없이 각각 자신의 이름을 말하였다.

"내가 좀 볼 수 있을까?" 데니스는 유라에게서 노트를 받아 들었다.

"오빠는 전문가가 아니잖아요. 풀지 못할 거예요."레나가 말하였다.

"난 해독을 하려는 게 아니야. 그냥 추측해 보려고 하는 거야. 너희들 그 이야기를 다시 한번 들려주겠니?"

글레프는 싫다고 말하고 싶었다. 하지만 이야기해 주더라도 도움이 되면 되었지 손해 볼 것이 없다는 생각이 들었다. 그래서 다시 한번 고고학자들에게 들려주었던 이야기를 반복하였다. 데니스는 집중하여 그의 말을 들은 후 물었다.

"정확하게 어디에 현재의 날짜를 적은 거냐?"

글레프가 유라가 그린 그림 중에서 가장 잘 그린 것을 찾아서 마지막 네 번째 줄의 오른쪽에 '2013.05.23.'이라고 적었다.

"바로 여기에요."

"왜 그렇게 생각하는 거야?"

"내가 썼으니까요!" 글레프가 소리를 지른 후 입을 막았다. 레나와 유라가 조심스럽게 서로를 바라봤다. 데니스는 자세히 그들을 바라봤다. 그리고 목소리 톤을 낮게 하고 말하였다.

"이건 게임이 아니지? 시합하는 게 아니야? 이건 실제로 일어난 일이지?"

아이들은 대답을 하지 않고 잠시 서 있었다. 유명한 학자의 손자가 그들의 고백에 어떻게 반응을 보일지 전혀 알 수 없었기 때문이다. 비웃을까? 고고학자들에게 세 명의 어린 학생들이 모두 머리가 돌았다고 이야기를 하지 않을까?

"그러니까 게임에서 승리를 하거나 상을 받고 싶어서 이러는 게 아니구나." 데니스가 말하였다.

"상은 바로 우리의 생명이죠." 글레프가 그의 눈을 바라봤다.

"우리는 단지 돌아가고 싶은 거예요. 도와주실 수 있으세요?"

"내게 한 가지 생각이 있어." 데니스는 모두에게 그림이 잘 보이게 노트를 움직였다.

"너희들은 여기에 현재의 날짜를 적었어, 그렇지? 이날이 바로 정상적인 달력의 마지막 날이 된 거야. 너희가 쓴 날짜는 바로 이 줄 옆에, 바로 여기에 있었어. 만약 여기에 관련된 것이 있다면? 그러니까 바로 여기 옆에 있는 이 상형문자가 너희가 쓴 날짜와 어떤 관계가 있어서, 즉 이 상형문자가 너희들이 시간을 반대로 여행을 하는 원인이 된 것이 아닐까?"

"잘 이해를 못하겠어요. 어떤 관계가 있다고요? 우리는 자신을 못살게 군 우리에게 성벽이 복수를 하는 것이라고 생각하였어요. 그래서 그곳에 무엇이 기록되어 있는지에 대해서는 전혀 생각을 하고 있지 않았죠." 레나가 중얼거린 후 질문을 하듯 다른 아이들을 쳐다보았다.

"그건 네 생각이고. 난 상형문자와 날짜의 관계에 대해서 늘 생각을 하고 있었어." 글레프가 투덜대며 말하였다.

"잠시만, 지금 우리 한번 물어보자."

데니스는 두 명의 고고학자의 이름을 큰 소리로 불렀다. 그들과 함께 일곱 명이 더 책상으로 다가왔다. 교활한 교사의 풀 수 없는 수수께끼는 여전히 이들을 놓아주지 않고 있었다. 데니스는 고고학자들에게 그림을 다시 한번 아주 신중하게 볼 것을 부탁하였다. 아랫줄에 있는 상형문자들 중에 '반대', '거슬러', '뒤로' 등의 뜻을 가진 그림이 없는지를 물어보았다. 아니면 그런 뜻을 어렴풋이나마 생각나게 하는 것들이 없는지, 마야의 글자가 아니어도 어떤 글자로든 그런 뜻이 있는 것이 있는지 물어보았다. 학자들은 종이 위에 몸을 숙이고 오랫동안 자세하게 살펴보았다. 하지만 한 사람씩 고개를 절레절레 흔들며 책상을 벗어났다. 오직 안경을 쓴 나이 든 고고학자 한명만이 다른 사람들보다 더 오랫동안 상형문자를 쳐다본 뒤 미심쩍어하면서 말하였다.

"그런 의미라면 이것만이 가능하겠어. 그런데 이게 여기 있을 필요가 없는데."

"어떤 걸 말씀하시는 건가요?" 데니스가 큰소리로 말하였다.

"이거." 고고학자는 마지막 상형문자를 가리켰다. "이게 고대 수메르인들이 사용하였던 '끝', '종료', '마침'을 뜻하는 표시와 비슷하네. 다만 그건 이렇게 쓰지."

나이든 고고학자는 펜을 잡더니 튤립의 꽃봉오리를 거꾸로 놓은 것 같이 생긴 그림을 그려 넣고 그 위에 진하게 점을 찍었다.

"좀 다르지? 얘가 그린 것은 좀 좁고 오른쪽으로 치우쳤어."

글레프가 약간 생기가 돌았다. 그는 데니스의 생각을 완전히 이해할 수는 없었다. 하지만 사점을 지나 앞으로 나아가고 있다는 것을 느꼈다.

"좋아요. 그런 의미가 더 맞겠네요. 그러니까 너희들이 쓴 날짜가 바로 그 '끝'이라는 뜻의 상형문자 다음에 쓰여 있었다면······." 대학생은 기뻐하며 말하였다.

"모든 게 분명해지네요! 그러니까 '끝'을 뜻하는 표시 다음의 날짜는 그걸 쓴 사람에게는 마지막 날짜가 되는 거예요." 홀에 있는 모든 사람이 들을 정도로 크게 글레프가 소리쳤다.

"그리고 우연히 그 옆에 있게 된 사람들에게도." 그의 등 뒤에서 레나가 씩씩 거리며 말하였다.

"이걸 어떻게 바로 잡을 수 있을까요? 고대 성벽에 다른 날짜를 써넣어야 할까요? 아주 먼 훗날로요 그때까지 살 수 없는 그런 날짜로. 예를 들어서 3013년." 다가오고 있는 할아버지에게 유라가 흥분하여 물었다.

"내가 너라면 그렇게 하지 않을 거야. 고대 문자들을 우리가 해석한 것이 아니야. 그러므로 우리는 거기에 무엇이 써져 있는지 정확하게 몰라. 그러니 섣부른 행동을 하였다간 더 나빠질지도 몰라. 우리는 단지 추측만을 할 뿐이잖아." 교수님 대신 데니스가 대답하였다.

"그렇다면 이 게임 그룹은 무엇을 해야 할까?" 흥분한 아이들을 관찰하면서 얼굴에 미소를 띠고 카라세프 교수가 물었다. 아이들의 극도로 흥분된 모습과 사포쥐니코프 교수 손자의 진지한 모습이 그의 관심을 끌었다. 유리 카라세프 교수님에게 이것은 하나의 게임일 뿐이었다. 만약에 지게 된다면 작은 낙심이 있을 뿐이다. 이건 사람의 목숨이 오고 가는 것이 아니었다.

"가장 현명한 방법은 모든 것을 반대로 하는 것이야. 이런 상황에서 내가 생각해 낸 유일한 방법이야." 데니스가 말하였다.

"모든 것을 반대로 한다는 것이 무슨 뜻이죠?" 글레프가 취조하듯 물었다.

"만약 너희들이 낙서를 한 것이 반대를 의미하는 심볼 근처에 있다면 해결 방법이 될 수 있을 거야."

"어떻게 해야 하죠?"

"끝을 시작으로 바꾸어야 하지." 그래서 그 옆에 2013년 5월 23일이라고 똑같은 날짜를 다시 써 넣는 거야."

"왜 그렇게 해야 하죠?"

"시간의 연속성을 파괴하지 않기 위하여. 5월 23일은 바로 계산이 시작 된 X 일이야. 너희들의 올바른 달력은 그것이 멈춘 순간부터 다시 시작되어야 하는 거지."

"그걸 어떻게 하죠? 그러니까 시작을 어떻게 쓰죠?" 유라가 물어보는 듯한 시선으로 할아버지 고고학자를 쳐다봤다.

"너희 담임선생님 정말 너무 하구나." 그가 고개를 절레절레 흔들었다.

"너희 선생님은 고대 마법과 고대 수메르 인들의 쐐기형 문자를 잘 아는 사람이긴 한거냐? 아니면 단순히 아이들을 골탕 먹일 생각을 한 거냐."

그는 노트를 잡아당겼다 그리고 뒤집어 그려진 튤립 꽃 위에 가로로 긴 선을 크지 않게 그려 넣었다.

"이렇게 하면 '시작'을 의미한다. 심볼 위의 점 대신 선을 넣는 거야. 너희들 정말로 이것이 해답이라고 생각하는 거냐?"

"확실하지는 않아요." 데니스가 고백하였다.

"하지만 다른 방법이 없어요."

"우리는 이렇게 해야만 해." 할아버지 고고학자와 교수님이 떠나자 크지 않은 소리로 글레프가 말하였다.

"다른 방법이 없어."

"언제?" 낮은 목소리로 레나가 물었다.

"뭐가 언제야?"

"언제 그걸 하려고 하냐고?"

레나가 우울한 표정으로 처음엔 글레프를 다음에 유라를 쳐다봤다.

"아랫줄은 벌써 없어졌어. 그러니까 필요한 상형문자가 없다는 거야."

글레프와 유라가 순간 마비가 되었다. 사진을 찍고 심볼을 외운 후 이들은 땅속으로 글자들이 들어가도 괜찮다고 생각을 하고 있었다. 그들은 이 마지막 줄이 더 필요하게 될 것이라는 생각을 전혀 하지 못하였다.

"이런, 스톱! 당황하지 말아라!" 데니스가 침착하게 말하였다.

"너희들이 말하기를 5월 6일 아침에는 모든 글자들이 보였다고 하였다. 그런데 마지막 줄이 이미 사라졌다고 하였어."

"그러니까요, 오늘이 5월 5일이잖아요!" 글레프가 소리쳤다.

"얘들아, 너희들은 반대로 가는 시간에 적응을 아주 잘 하였구나.

하지만 하루 24시간은 정상적으로 시간이 가고 있어. 정상적인 삶에서 6일은 5일 다음에 와, 그 반대가 아니란 말이야. 자 잘 봐. 5월 6일 아침에 글자들이 모두 나타났어. 알다시피 밤에는 작업을 하지 않아. 그러니까 글자들은 5월 5일 밤이 되기 전에 모두 모습을 드러낸 것이지. 오늘은 며칠이냐? 5월 5일 저녁. 그러니까 지금 이 시간에는 마지막 줄이 아직 보일 거야. 하지만 내일 아침이 되면…….”

데니스가 복잡한 의미의 표정을 지으며 말을 멈추었다.

“그렇다면, 지금 가자!” 글레프가 자리에서 벌떡 일어났다.

“우린 성공할 수 없어.” 레나가 자신의 시계를 보며 희망이 없다는 듯 말하였다.

“10시 20분이야.”

유라가 탁자에서 뛰어나가며 할아버지를 향해 소리쳤다.

“할아버지, 택시를 불러주세요!”

“데니스 오빠.” 글레프의 눈치를 보다가 레나가 자신감 없이 대학생에게 말을 걸었다.

“한 가지 물어보고 싶은 게 있는데요. 제가 편지를 썼는데…… 내 자신에게요. 그러니까 이런 상황을 놓치지 말라고요…….”

글레프가 놀라서 레나를 뚫어지게 쳐다봤다. 그는 레나에게서 그런 창의성이 있을 줄 몰랐다. 비록 그게 소용없는 일이라도 말이다.

“오빠는 어떻게 생각하세요, 편지를 읽을 수 있을까요?” 그의 시선을 피하면서 레나가 말을 계속하였다. “그러니까 제가요……. 다른 내가, 정상적인 달력의, 편지를 받을 수 있을까요?”

데니스는 잠시 생각을 하였다.

"저는 그것을 주철 솥 안에 숨겨 놓았어요. 그 주철 솥은 5월 23일 아침에 제가 꺼낼 것이거든요. 그 전엔 건드리지 않을 거예요. 최근 한 달 동안 저는 볶음밥을 이 솥으로 한 번 밖에 만들지 않았거든요. 저는 그 편지를 찾아서 일어난 모든 일을 바꿀 수 있을까요?"

"그렇지 않을 거야. 만약에 너희들이 과거의 어떤 시점에 떨어져서 거기서부터 앞으로 갔다면 그것이 아마도 이론적으로는 가능하였을 거야. 하지만 이렇게 너희들처럼 그 전날로 옮겨 가는 경우에는 오늘 너희들이 하였던 것은 모두 사라져 버릴 거야." 대학생이 대답하였다.

"빨리 가자! 택시가 왔어!" 유라가 전체 홀이 들리도록 큰소리로 외쳤다.

교수님과 함께 아이들은 아래로 뛰어 내려갔다. 그들을 배웅해 주러 데니스도 함께 바깥으로 뛰어나왔다. 호텔의 입구에는 지붕 위에 모자를 쓴 차들이 몇 대 서 있었다. 교수님은 가장 가까운 택시의 문을 열고 운전기사에게 말을 하고 있었다.

"너 정확하게 기억하고 있냐? 정확하게 지난번과 똑같이 해야 해. 네가 직접 써, 지난번과 점 하나 다르지 않게 말이야. 지난번과 똑같은 것으로 쓰는 게 좋을 거야. 너 그 도구가 없는 건 아니지?" 데니스가 글레프에게 물었다.

"있어요." 글레프가 'World of Tanks'의 탱크가 달려 있는 열쇠고리를 꺼냈다.

"앉아라." 교수님이 말하였다. 그리고 택시의 뒷문을 열었다. 글레프와 레나가 뒷좌석에 몸을 던졌다. 유라는 할아버지에게 다가가서 할아버지를 꼭 안았다.

"밤에 누가 너희들을 납치하지 않도록 너희들 모두 집에까지 데려다 줄 거다. 유라, 내가 아빠에게 전화할게, 지금쯤 널 찾고 난리가 났을 거다. 너 왜 아무에게도 이야기를 하지 않고 온 거냐? 좋아, 나중에 이야기하고, 어서 앉거라. 왜 그러는 거냐?" 교수님이 말하였다.

유라는 할아버지에게서 몸을 뗄 수 없었다. 그는 모든 게 생각대로 된다면 더이상 할아버지를 보지 못하게 된다는 것을 알고 있었다, 결코. 그리고 지금 이 시간은, 할아버지의 목소리를 듣고 할아버지를 안을 수 있는 이 시간은, 더이상 오지 않을 시간이었다. 마지막이다. 유라는 레나와 글레프가 기다리고 있는 자동차를 등지고 몸을 돌렸다. 그리고 슬퍼하며 작은 소리로 말하였다.

"할아버지…… 보고 싶을 거예요……."

할아버지는 놀라서 그에게 몸을 숙이고 얼굴을 쳐다보았다.

"유라, 우리 곧 보게 될 거다. 모레 난 돌아갈 거야. 15일에는 휴가를 갈 거야. 너 갑자기 아기가 된 거냐?"

"난 그냥 할아버지가 항상 내 곁에 있어 주면 좋겠어……."

유라는 할아버지를 놓아주고 싶지 않았다. 그는 눈물을 참으려고 자주 눈을 껌벅이며 레나 옆의 뒤쪽 좌석에 앉았다. 글레프는 자신의 창에서 얼굴을 내밀고 옆에 서 있는 데니스에게 물었다.

"어떻게 아셨어요, 이게 게임이 아니라는 것을? 왜 우리를 도와주신 거죠? 형에게도 이런 비슷한 일이 있는 거 아니에요?"

대학생은 창문으로 허리를 숙였다.

"꼭 성공하기를 빈다. 잘 될 거야." 잠시 침묵 한 뒤 그가 말하였다.

택시기사 아저씨는 문을 소리 나게 닫았다. 그리고 택시는 천천히 호텔에서 빠져나가기 시작하였다.

차를 타고 가는 동안 내내 유라는 어두운 창에 이마를 대고 앉아 있었다. 레나와 글레프는 그를 건드리지 않았다. 그들은 작은 소리로 발굴현장에 빨리 갈 수 있는 방법을 알아내고 있었다. 별장촌까지 다니는 버스는 이미 끊어졌다. 걸어서는 절대로 못 갈 것이다. 글레프는 처음엔 별장촌까지 자기들을 데려다 달라고 운전기사에게 말하였다. 하지만 택시기사는 한 마디로 거절을 하였다. 그는 아이들을 집에까지 정확하게 데려다 달라는 부탁을 받았다. 그는 예약한 사람에게 정확하게 자기의 임무를 수행하였음을 이야기해주기로 하였다고 하였다.

집에까지 3킬로미터쯤 남았을 때 택시기사는 기름을 넣기 위해서 주유소에 들려서 자동차의 시동을 껐다. 그는 아이들에게 바퀴에 바람도 좀 넣고 기름도 넣어야 한다고 이야기를 하였다. 그는 트렁크에서 전기펌프를 꺼낸 뒤 자동차 왼쪽 뒷바퀴 쪽으로 몸을 숙였다. 글레프는 창문을 향해 깊은 한숨을 내쉬었다. 시간도 없는데 기사는 바퀴에 바람을 넣어야 한다니. 옆 주유구에 커다란 에스유브이(SUV)차가 다가왔다. 운전석에서 청바지를 입은 긴 머리의 아가씨가 차 안에 있는 누군가와 말다툼을 하면서 내렸다. 이 '누군가'가 그녀에게 성질을 내며 대답을 하였는데 그의 목소리는 글레프에게 아주 익숙한 목소리였다. 잠시 후 그는 그 목소리의 주인공이 누구인지 기억해냈다. 무힌! 바로 그가 차 안에 앉아서 자신의 누나에게 함부로 욕을 하고 있었던 것이다.

"난 너를 별장까지 데려다 줄 시간이 없는 사람이야! 할 일이 얼마나 많은데! 사람들이 기다리고 있다고!" 여자가 소리쳤다.

"알아, 누가 누나를 기다리는지! 그 안경 쓴 너구리잖아! 기다리라고 해, 아무 일도 없을 거야. 세 시간은 기다려야 할 거야. 엄마가 누나한테 날 데려다 주라고 하였으면 데려다 줘야지, 말 잘 듣는 딸처럼 말이야."

"어휴, 저 여우녀석! 주유구나 열어!" 여자는 돈을 내기 위해서 주유소 건물로 갔다. 무힌은 에스유브이 차의 문을 열고 땅으로 폴짝 뛰어내렸다.

글레프는 일초도 의심하지 않았다. 그의 눈앞에 두 달 동안 싸우고 있어서 서로 마주치기만 하면 시비를 붙이는 그 적이 있다는 것을. 그러나 전혀 흥분하지 않았다. 지금 중요한 것은 무힌이 바로 별장촌으로 가고 있다는 것이다. 그리고 무힌네 별장은 발굴현장까지 이어지는 그 길가에 있고, 다음 날이 오기까지 시간은 거의 남아있지 않았다는 것이다. 글레프는 차에서 뛰어내렸다.

"학생, 어디 가는 거냐?" 하던 일을 멈추고 택시기사가 물었다.

"멀미가 나서 신선한 공기를 마시고 있어요." 그가 대답하였다.

"옐리자로프?" 글레프가 에스유브이 차로 다가오자 무힌이 놀라며 말하였다.

"네가 여기에 어떻게?"

"무힌, 우리를 별장촌까지 데려다 줘. 제발 부탁이야." 글레프가 단도직입적으로 말하였다.

무힌은 생각지도 못한 글레프의 뻔뻔함에 순간 얼어붙었다.

"옐리자로프, 너 총 맞았냐? 너 지금 누구에게 무슨 부탁을 하는지 알아? 한 방 맞을래?"

"너도 잘 알잖아, 나도 네가 그럴 수 있다는 걸 알고 있다는 걸 말이야. 그런 내가 너에게 이런 부탁을 하는 것은 아주 일이 중요하다는 것이지. 우리는 셋이야. 카라세프, 쥬지나 그리고 나. 우린 지금 불행에 빠졌어."

"세 마리 사슴이라고?" 무힌은 휘파람을 불더니 주유구에 주유 손잡이를 넣었다.

"하긴 뭐 이상할 것도 없지. 뿔이 난 약한 동물들은 모여 있어야지."

기름이 올라오면서 호스에서 소리가 났다. 택시기사는 트렁크에 펌프를 넣고, 돈을 지급하기 위해서 주유소 건물로 갔다.

"왜 서 있는 거야? 용건 끝났어." 무힌은 제식훈련을 하듯 몸의 방향을 바꾸었다. 여자가 자동차로 다가왔다. 그녀는 글레프를 지나치듯 본 후 운전석에 앉아서 자세를 잡았다. 무힌은 주유구 뚜껑을 닫은 후 차 문으로 다가갔다. 글레프는 실망감을 감추지 못하였다.

"네가 사람이냐?" 글레프가 소리쳤다. 무힌이 걸음을 천천히 움직였다.

"이건 사람의 목숨이 달린 거야, 농담이 아니라고." 글레프가 그의 목 뒷덜미에 대고 말하였다. 그러자 그가 고개를 돌렸다.

"제발, 도와줘." 글레프는 목이 졸리고 있다는 느낌을 받았다. 그는 더이상 자신의 불행과 싸울 힘이 없었다. 그는 이제 더이상 견딜 수 없을 것 같았다.

"뭘 꿍꿍이야? 엄마가 벌써 전화하고 있어, 빨리 타!" 화를 내며 여자가 소리쳤다.

무힌은 아무 말 없이 뒷좌석으로 사라졌다. 글레프는 검게 선팅을 한 유리를 뚫어지게 바라보며 에스유브이 차가 떠나가기를 기다렸다.

"타. 빨리 빨리!" 창문 밖으로 얼굴을 내보이며 무힌이 내키지 않는 듯 말하였다.

글레프가 아무것도 이해를 못하고 있는 친구들을 에스유브이 차의 뒷좌석에 앉히고 무힌과 그의 누나에게 고맙다고 인사를 하는데 20초면 충분하였다. 에스유브이 차가 주유소를 막 떠나려고 할 때 건물에서 택시기사가 나와서 천천히 자신의 차로 다가왔다. 그는 자신의 승객들이 어디로 갔는지 전혀 눈치채지 못하고 자신의 차주위를 아무 소득 없이 맴돌았다. 그런 그를 레나와 글레프가 창문을 통해서 관찰하고 있었다.

11시 30분에 에스유브이 차는 커다란 철문 앞에서 멈추어 섰고, 모두 차에서 내렸다. 글레프는 자기네 별장이 옆 거리에 있고 그곳까지는 걸어서 가겠다고 하였다. 여자는 무관심하게 "오케이!"하고 바로 대답하였다. 그리고 차에 올라타서는 바로 출발하였다. 같은 반 친구들의 얼굴을 쳐다보지도 않고 고맙다고 내미는 글레프의 손도 본 채 만 채 하며 무힌은 별장의 문 안으로 사라졌다.

친구들은 가로등이 비추는 거리가 끝나는 지점까지 간 후 멈추어 섰다. 이후에 길은 들판으로 향하고 어두워지다가 사라졌다. 알지 못하는 곳을 그것도 밤에 가늠을 하면서 가는 것은 정말 무서운 일이다. 하지만 생각할 시간도 없었다. 글레프는 달빛으로 간신히 구별이 가능한 포장도 되어 있지 않은 폭이 좁은 길을 용감하게 계속 걸어 나갔다. 나머지 두 명은 아무 말 없이 그의 뒤를 따랐다. 한동안 아무 말 없이 아이들은 걸음을 옮겼다. 계속적으로 들리는 풀숲속 귀뚜라미 소리와 가끔씩 들리는 유라가 코로 숨쉬는 소리만이 침묵을 깰 뿐이었다. 눈은 금방 어둠에 적응을 하였다. 글레프는 이미 길 잃을 걱정을 하지 않게 되었다. 게다가 길도 하나였다. 두 갈래로 갈라지는 곳도, 오솔길을 가로지르는 길도 전혀 없었다. 멀리서 불현듯 깜빡이는 불빛을 발견하였을 때 레나는 기뻐서 소리를 쳤다.

"모닥불이야! 저기 봐, 모닥불이야! 저기가 캠프인거야. 거의 다왔어!"

그때 유라가 길게 헛구역질을 하면서 땅에 주저앉았다.

"무슨 일이야?" 레나가 그에게 달려들었다.

"몸이 안 좋아?"

"다시 암소공포증이야? 왜 그래, 넌 혼자가 아니잖아!" 글레프가 실망스러워하며 물었다.

"암소공포증이라니? 누가 암소공포증이 있어?" 레나는 이해를 하지 못하였다.

유라는 힘겨워하면서 그들을 바라봤다.

"난 더이상 갈 수 없어. 난 여기 남아 있을래."

글레프와 레나는 갑작스러운 그의 말에 그대로 굳어 버렸다.

"너 미쳤어? 너 지금 무슨 말을 한 건지 알기나 해?" 글레프가 말하였다.

레나가 무릎을 굽혀 유라 옆에 앉았다.

"유라, 너 피곤한 거야? 조금만 참아. 아주 조금 밖에 안 남았어. 일어나, 가자."

"너희들만 가. 난 거기로 돌아가고 싶지 않아."

"왜?"

"거기엔 할아버지가 없잖아. 여기엔 있고. 난 할아버지와 함께 살 거야."

"유라, 넌 여기에 남아있을 수 없어, 넌 죽을 거야!"

"상관없어."

레나는 당혹스러워하며 글레프를 쳐다봤다. 그는 소중한 시간이 어떻게 흘러가고 있는지 몸으로 느끼면서 서둘러 시선을 돌려 멀리 불빛을 바라봤다.

"너희들도 봤잖아." 유라가 서둘러 말하였다.

"할아버지가 벌써 4일 동안 살아 계셔. 난 할아버지와 제대로 이 야기도 하지 못하였어! 내가 만약 너희들하고 간다면 난 더이상 할 아버지를 보지 못해! 난 할아버지 없이 살기 싫어. 난 할아버지가 살 아 있기를 바래. 그런데 여기에선 할아버지가 살아 계시잖아."

"유라! 정신 차려! 가자고! 제발!" 울음이 섞인 목소리로 레나가 소 리쳤다.

"뭐 하러 설득해! 남아 있으라고 해." 갑자기 완전히 차분해진 목 소리로 글레프가 말하였다.

"뭐라고?" 레나는 어리둥절하였다.

"만약 자기 가족이 중요하지 않다면 말이야, 만약 부모님이 상처를 안고 살기를 원한다면 여기 그렇게 앉아 있으라고 해." 글레프가 두 걸음 정도 앞으로 걸어갔다. 유라가 머리를 들었다.

"왜 그렇게 이야기하는 거야? 내겐 가족이 소중해. 난 우리 가족을 사랑해."

"사랑한다고? 그런데 왜 넌 그들에게 고통을 주려고 하는 거지? 그들은 바로 얼마 전에 너희 할아버지, 유리 바실리예비치를 잃었어. 그런데 너는 그들이 이제 너마저 잃고 살아가기를 바라는 거야? 네 생각에 마치 아무 일도 없었던 것처럼 네 가족이 그렇게 살 수 있을 거라고 생각하는 거야? 생각해 봐 다섯 명이었는데 이제 세 명이 된 거지! 집에 공간이 많아서 좋겠네!"

"너 무슨 말을 하는 거야? 왜 우리 가족이 나 없이 살게 된다는 거지?" 유라가 소리쳤다.

"왜냐하면 넌 5월 23일 이후에 사라지거든!" 대답 대신 글레프가 큰소리로 말하였다. 그리고 말을 덧붙였다. "우리에게는 5월 24일이 오지 않는단 말이야! 거기, 정상적인 삶 속에서는 우리가 없는 거지! 우리가 사라진 지 벌써 18일이 흘렀어. 만약 지금 우리가 모든 것을 제자리로 가게 하지 않는다면 우리 부모님들은 우리를 평생 찾아다닐 것이고 기적이 오기를 기다릴 거야. 넌 그들이 그런 삶을 살기를 바라는 거야? 그렇다면 앉아서 밤 12시가 되기를 기다려. 레나, 우리는 가자."

글레프는 몸을 돌려서 모닥불이 있는 쪽으로 방향을 잡고 앞으로 나아갔다. 유라는 천천히 일어서더니 그의 뒤를 따랐다. 레나는 문제가 해결되었다는 것을 믿을 수 없어 하면서 안도의 한숨을 쉬었다. 어떻게 글레프는 필요한 순간에 필요한 단어를 찾아냈을까? 한마디로 믿을 수 없었다!

모닥불은 점점 가까워졌고, 그 불빛은 점점 더 선명해졌다. 이미왼쪽에는 자원봉사자들의 텐트가 있는 숲이 눈에 들어왔다. 모든 상황을 보건대 세 명은 정확하게 발굴지로 향하고 있었다. 이제 200미터도 남아있지 않았다. 글레프는 주머니에서 전화기를 꺼냈다.

"7분 남았어." 그가 긴장하며 말하였다.

"유라, 서둘러야 해."

유라는 깊게 숨을 마신 뒤 달리기 시작하였다. 물론 올림픽 챔피언이 달리는 것처럼 빠르지는 않았지만 그가 할 수 있는 한 최대한의 노력을 하였다. 그는 할머니, 엄마 그리고 아빠 세 명만 남아서 살게 하고 싶지 않았다. 레나와 글레프가 금방 그를 따라잡아서 바로 옆에서 같이 뛰었다.

"글레프, 네가 먼저 뛰어가." 기진맥진한 유라가 쉿소리를 냈다.

"네겐 숫자를 쓸 시간이 필요하잖아."

"너희는?" 글레프가 둘을 번갈아 쳐다봤다.

"우리는 금방 좇아갈게." 그가 보조를 맞추는 것을 보고 이야기하였다. 그리고 커다란 소리로 말하였다.

"가, 빨리 가란 말이야!"

글레프는 검은 구덩이를 향해서 쏜살같이 달리기 시작하였다. 그의 귀에는 바람이 스치는 소리 외에는 아무것도 들리지 않았다. 그는 이제 결승점에 도착을 하였다. 아마도 고대 성벽 앞에 자원봉사자들이 모여서 그를 막고 서 있었어도 그를 막을 수는 없었을 것이다. 네모난 구덩이의 한쪽 끝이 보였다. 글레프는 세 번 껑충 거리고 뛰어서 그곳에 도착하였다. 하지만 어둠 속에서 발을 헛디뎌서 곤두박질치며 아래로 떨어지며 무릎을 무언가에 세게 부딪혔다. 너무나 큰 고통이었다. 뼈가 부러진 것이 아닐까 하는 생각이 문득 들었다. 하지만 지금 그것은 중요하지 않았다. 이 순간 중요한 것은 오직 목표물을 찾아내는 것이었다. 글레프는 일어서서 앞쪽으로 절뚝거리며 가면서 주머니에서 전화기와 열쇠고리를 꺼냈다. 눈앞에 고대 성벽이 있다. 검고 음울한 성벽. 글레프는 성벽이 어둠 속에서 자신을 뚫어지게 바라보며 "자, 어서 해봐, 그렇게 한다고 네가 할 수 있는 것은 아무것도 없어. 그래 봤자 넌 결코 네 시간으로 돌아갈 수 없을 거야. 넌 네가 한 잘못에 대한 죄를 받고 있는 거야. 이제 여기 영원히 남게 될 거야"라고 말하며 웃는 것 같은 생각이 들었다.

"안 돼. 그렇게 할 수 없어. 어떤 고대 유물도 더이상 우습게 보지 않겠습니다. 우리를 집으로 보내주세요, 제발 부탁입니다!" 글레프는 차가운 돌을 만지며 기도를 하듯 속삭였다.

전화기 불빛으로 자신을 비춘 다음 글레프는 마지막 상형문자 옆을 손바닥으로 닦은 후 뒤를 바라보았다. 아이들은 아직 오지 않았다. 숲이 있는 쪽에서 라디오에서 흘러나오는 흥겨운 음악 소리가 들렸다. 글레프는 열쇠고리를 손으로 꼭 쥐었다. 그리고 조심스럽게 돌 위에 '2013.05.23'이라고 썼다. 약간 비스듬하게 썼고 지난번에 쓴 것과 전혀 다른 모양이었지만 중요하지 않을 거라고 믿었다. 그는 다시 참지 못하고 뒤를 보았다. 어디에 친구들이 있는 거야? 아이들이 오기 전에 마지막 모양을 그려 넣고 싶지 않았다.

"빨리. 자, 빨리!" 글레프가 절망적으로 속삭였다.

그는 전화기의 화면을 바라보았다. 23시 59분이었다. 음악도 꺼졌다.

"정확한 시간을 알려드립니다." 남자의 목소리가 또박또박 들렸다. 글레프는 잔뜩 긴장하였다. 그의 집 부엌의 라디오도 이 방송을 항상 켜 놓고 있었다. 그는 이 말의 다음이 어떻게 되는지 잘 알고 있었다. 이제 여섯 번 시그널 소리가 날 것이고 다음 날이 시작될 것이다. 즉, 시간이 전혀 남아 있지 않다는 것이다. 글레프는 긴장하여 어둠 속을 바라보며 열쇠고리를 고대 성벽의 마지막 상형문자 위에 갖다 댔다. 제발 나타나 줘, 얘들아! 마지막 시간이야! 첫 시그널 소리가 났다, 두 번째, 세 번째……. 그림을 그려야 한다. 지금 하거나 아니면 이제 못 할 것이다. 네 번째 시그널. 그때 글레프는 발굴지 한쪽 끝에서 친구들의 실루엣을 가볍게 느꼈다. 성공하였어!

"빨리 뛰어!"

그들을 보지도 않고 그가 큰 소리로 말하였다. 다섯 번째 시그널. 글레프는 서둘러 상형문자 위에 가로로 긴 선을 그었다. 여섯 번째 시그널이 울렸다. 그가 들을 수 있는 마지막 소리였다. 그리고 라디오에서 남성의 목소리가 들렸다.

"정각 12시입니다."

2013년 5월 23일 목요일

눈을 뜬 글레프는 환한 창 밖을 바라보았다. 아침이었다. 몇 일일까? 성공하였을까 아니면 실패하였을까? 그는 자신의 집 침대 위에 있었다. 하지만 이것은 아무것도 설명해주지 않는다. 그는 항상 아침에 자신의 침대에서 눈을 떴기 때문이다. 전날 세계 돌에 부딪힌 무릎은 전혀 아프지 않았다. 이것도 역시 아무런 증거가 되지 않는다. 돌아온 것일까 아닐까? 데니스의 계획이 성공한 것일까?

글레프는 수다를 떠는 라디오 소리를 들으며 잠시 누워 있었다. 라디오가 켜져 있지 않았으면 좋았을 것. 오늘이 몇 일인지 이야기를 하지 않으면 좋을 걸. 만약 성공하지 못하였다면 되도록이면 늦게 그것을 알고 싶었다, 지금이 아니라. 그는 누워서 뒹굴거리며 이런 저런 생각을 하였다. 길었던 과거로의 여행은 없었으며 그냥 단순히 악몽을 꾸었을 뿐이기에 모든 게 그대로이기를 바랬다.

10분 정도 흘렀을 때 글레프는 계속 누워있는 것에 싫증이 났다.

그는 침대에서 일어났다. 그리고 그는 이 행복한 무지의 시간을 좀 더 만끽하기 위해서 다른 것에 신경을 쓰지 않고 곧바로 목욕탕으로 향하였다. 그는 칫솔을 집었다. 그리고 기계적으로 거울을 본 후 손을 든 채 그대로 굳어버렸다. 거울에서는 헝클어진 머리칼에 뺨에 상처가 난 녀석이 보고 있었다. 멍하니 쳐다보던 글레프는 상처를 만져보았다. 그는 이 모습을 언젠가 본 것 같았다. 그렇다. 이 거울에 서였다, 18일 전에.

그의 목에서 외마디 비명소리가 올라왔다. 그것은 혼자서 하마 떼를 쫓아낸 후 타잔이 외치는 승리의 함성과 같았다. 해냈다! 돌아온 것이다. 해낸 것이다. 글레프는 세면기에 칫솔을 집어 던진 후 마치 아프리카 코끼리처럼 소리를 지르며 방으로 뛰어갔다. 그는 최대한 크게 소리를 지르며, 껑충껑충 뛰고, 공중제비를 돌고 싶었다. 그때 자물쇠에 꽂힌 열쇠 돌리는 소리를 듣고 글레프는 기쁨의 소리를 내며 현관으로 달려갔다. 그리고 영문을 몰라 서 있는 아빠의 목에 매달렸다.

"아빠, 어디 갔다 와?"

"조깅을 했지, 내가 운동복을 입고 있는 게 안 보이냐?"

"왜 날 안 데리고 갔어?"

"글레프, 무슨 일이냐? 네가 나랑 달리기를 하지 않은 지 벌써 두 달이 되어가고 있어."

"이제 다시 시작할거야! 내일부터는 함께 가!"

글레프는 기분이 좋아서 부엌으로 갔다. 아빠는 놀란 눈으로 그를 바라봤다. 그는 그렇게 기분이 좋은 아들을 본 지가 너무나 오래

되었다. 그리고 지금 왜 저렇게 기분이 좋은지 이해할 수 없었다.

"자, 글레프 여기 300루블이다." 아침을 먹은 후 아빠가 말하였다.

"빵, 햄 음료수 등을 사거라."

"왜?" 글레프는 책가방에 교과서를 챙기다가 놀라서 물었다.

"왜라니? 샌드위치를 만들어서 가져가야지."

"학교로? 학교에서 점심 주잖아."

"아니 학교가 아니라 견학을 가잖아. 오늘 너희들 아나파에 간다고 하지 않았냐?"

"어디?" 글레프가 놀라서 물었다.

"정말 괜찮은 거냐?" 아빠가 의심스러워 하는 눈으로 그를 쳐다보았다.

"오늘 뭔가 이상하구나. 오늘 아나파에 있는 박물관에 간다는 것을 잊은 거냐?"

글레프는 챙기던 교과서를 책가방 바로 옆에 놓으며 놀란 눈으로 아빠를 쳐다봤다.

"오늘 몇 일이야?"

아빠는 "아침엔 분명히 23일이었다"라고 말한 뒤 부대로 일을 하러 갔다.

글레프는 책가방을 놔두고 흥분하여서 방으로 들어갔다. 왜 또 5월 23일이 온 걸까? 데니스 형이 말하길 정상적인 달력은 멈춘 날에서부터 시작한다고 하지 않았나. 그러니까 그들은 24일에 돌아와야만 하였다. 아니면 데니스 형을 제대로 이해하지 못한 것일까? 어쩌면 괜찮을 거야. 23일이든 24일이든 무슨 상관이 있겠어. 중요한 것은 돌아왔다는 것이다. 그리고 날짜가 앞으로 다시 가고 있다는 것이다. 만약 가지 않는다면? 만약 다시 시작된 시점으로 돌아와서, 모든 것이 시작된 바로 그날부터, 다시 반대로 시간이 가게 된다면? 사실 돌 위에 쓰여 있던 것을 제대로 이해한 사람은 아무도 없지 않은가! 그러니 '시작'을 의미하는 심볼이 다시 그 여행, 그들이 18일 동안 지내왔던 그 여행의 시작을 의미하는지도 모른다. 만약 내일 다시 어제가 온다면?

글레프는 전화기를 잡았다. 그리고 기억력을 동원해서 유라의 전화번호를 눌렀다. 전화기가 꺼져 있었다. 그는 다시 한번 전화를 해봤다. 마찬가지였다. 글레프는 재빨리 채비를 하고 학교로 뛰어갔다. 발생한 문제에 대해서 친구들과 상의를 빨리 해야만 한다. 왜 혼자서 고민을 한단 말인가? 친구들이 있는데. 친구들도 마찬가지로 고민할 것이다.

레나는 아직 학교에 오지 않았다. 유라는 거의 수업 시작을 알리는 종소리와 함께 학교에 나타났다. 그래서 글레프는 그에게 다가갈 시간이 없었다. 수업시간 내내 그는 유라가 돌아다보고 눈빛으로나마 이렇게 돌아온 것에 대해서 기뻐하는 것을 보이지 않을까 생각하고 계속해서 몸을 움직이며 쳐다보았다. 하지만 유라는 선생님의 말씀도 귓등으로 흘리며 자신만의 세계에 빠져서 그렇게 책상에 앉아 있었다.

'할아버지 때문에 그런 거야. 아침에 일어나니 할아버지가 없는 거야. 그리고 더이상 할아버지가 없을테니.' 글레프가 생각하였다.

그렇게 생각을 하니 마음이 놓였다. 그리고 더이상 유라의 관심을 끌려는 노력을 하지 않았다. 수업이 끝날 때까지 간신히 기다린 글레프는 유라에게로 달려갔다.

"야, 유라 기분 어때? 기분 째지지? 성공했어!"

유라는 이해할 수 없다는 눈으로 그를 올려다보았다.

"무슨 말이야? 뭘 성공하였다는 거야?"

"돌아온 것 말이야. 그날이 아닌 것이 이상하지만 말이야."

"어디서 돌아왔는데?"

"뚱땡아, 놀리는 거야? 장난하자는 거야?"

"난 그럴 생각 없는데."

유라는 일어서서 가방을 싸기 시작하였다. 글레프는 화가 났다.

"너 왜 그렇게 꿍하고 있는데? 거기 남아있지 않은 것을 후회하는 거야? 내가 어제 다 설명을 해주었잖아."

"넌 어제 내게 아무것도 설명해줄 수 없었어. 넌 나하고 한 번도 이야기를 한 적이 없잖아." 무심하게 유라가 말하였다.

글레프는 그의 눈을 바라봤다. 그는 흠칫 놀라며 몸이 굳었다. 그의 앞에는 전혀 알지 못하는 사람이 서 있었다. 그리고 그가 말한 것은 모두가 사실이었다. 그는 무슨 말을 하는지 정말로 이해를 하지 못하였다. 그리고 아무데서도 돌아오지 않았다. 왜냐하면 그는 바로 친구인 유라가 아니기 때문이다.

"이럴 수 없어." 글레프는 무슨 일이 일어났는지 생각하는 것도 무서워하며 중얼거렸다. 이렇게 되어서는 안 돼! 이건 말도 안 돼. 세상에 이런 경우가 어디 있어. 하지만 그의 앞에 있는 멍한 눈의,

마치 마스크를 쓴 듯한 표정의 유라가 그것을 증명해주고 있었다.

"이봐, 카라세프, 어제가 몇 일이었어?" 비록 모든 것이 분명하였지만 글레프는 한 번 더 확인을 하고 싶었다.

"5월 22일." 무심하게 카라세프가 대답을 한 뒤 문으로 느릿느릿 걸어갔다. 유라는 돌아오지 않았다. 그는 과거에 남아 있었다.

다음 수업 시간에 글레프는 완전히 넋이 나간 채 자리에 앉아 있었다. 무언가에 집중을 할 수 있는 상태가 아니었다. 집으로 가서 옷을 갈아입고 견학 준비를 하라고 하였을 때 그는 레나의 집으로 곧바로 달려갔다.

그녀의 첫 마디에 그는 레나도 레나가 아닌 것을 알았다.

"옐리자로프, 네가 무슨 일이야? 왜 왔는데?" 다른 레나가 놀라며 말하였다.

"클라라 선생님이 견학이 있다고 이야기를 해달라고 했어." 글레프가 말하였다. 이 레나와도 이야기할 것이 없었다. 그녀는 그를 알지 못하였다.

"갈 거야. 선생님께 이미 말씀드렸는데. 동생이 오면 갈 거야."

"응, 아마 선생님이 잊어버리셨나 봐. 나이 때문에 머리가 굳어서."

"볼일 다 본 거야?"

레나가 문을 닫으려고 하였을 때 글레프는 문지방에 발을 넣는데 성공하였다. 아직 한 가지 더 확인을 할 것이 있었다.

"기다려봐. 너 오늘 편지 받은 것 없어?"

"좀 이르긴 하지만 아직 우체국에서 오지 않았는데. 왜?"

"아니 우체국 편지 말고. 집에서 찾아낸 편지 말이야. 예상치 못한 장소에서."

"어디에서 어떤 편지도 찾은 것 없어." 레나가 화를 내면서 문으로 그의 발을 눌렀다.

"주의 깊게 살펴봐, 그게 있는데 네가 발견하지 못하였을 수도 있으니까." 글레프는 그녀가 문을 닫지 못하게 두 손으로 문을 잡았다.

"그래, 누가 보낸 편지인데? 네가 보낸 거야? 네가 나한테 편지를 쓴 거야?"

"내가 꼭 필요해서 네게 편지를 썼어! 편지는 오늘 네가 볶음밥을 만들려는 솥에 있었을 거야. 아니면 너 아직 볶음밥을 만들지 않은 거야?"

"너 뭐야, 내 뒤를 조사하는 거야? 내가 오늘 뭘 만들었는지 네가 어떻게 알아? 옐리자로프, 너 어디 아픈 거야? 너 우리 집에 몰래 들어와서 편지를 솥에다 넣었다는 거야?"

레나는 기회를 보다가 글레프를 문지방에서 밀어낸 후 문을 쾅 닫았다.

"내가 아니라 네가 아픈 거야!" 그가 이를 꽉 물며 말하였다.

"가지 않으면 경찰을 부를 거야!" 문 저쪽에서 레나가 소리쳤다.

"전화 못할 걸!" 글레프가 대답대신 소리를 쳤다.

"전화기가 없잖아, 집전화도, 휴대전화도."

문 뒤에서는 아무 소리도 들리지 않았다. 글레프는 상대방이 놀라서 기절하였다는 것을 알 수 있었다.

10시 30분에 글레프는 6학년 A반 아이들이 버스를 타는 학교로 갔다. 처음에 글레프는 발굴지도, 유물도, 고대 마술도 충분하다고 생각을 하였고 견학을 가지 않으려고 하였다. 18일 동안 내내 그것들 외에는 아무것도 생각을 하지 않았기 때문이다. 모든 것에는 그 한계가 있기 마련이다. 하지만 글레프는 모든 것이 변한 지금 고대 성벽이 어떤 모양을 하고 있는지를 봐야 할 것 같은 생각이 들었다. 만약 그곳에 무언가 새로운 것이 있다면 또는 그 반대로 무언가 사라진 것이 있다면 그는 반드시 그걸 봐야만 하였다. 어떻게 될지 미리 준비를 해야 할 것 같았다. 지금 그는 혼자 남게 되지 않았나? 세 명 모두에 대해 생각을 해야 한다. 지금 상황에서는 다른 사람의 도움을 기대할 수 없다. 혼자서 해결해야 한다.

모든 것이 지난번과 같았다. 또다시 무힌은 글레프가 자기 옆에 앉는 것을 싫어하였다. 또다시 클라라 보리소브나는 반 아이들을 진정시키느라 버스 안을 왔다 갔다 하였다. 그리고 또다시 유라와 레나가 글레프와 한 의자에 앉게 되었다. 하지만 유라와 레나는 완전히 다른 사람들이었다. 글레프가 알고 있는 그들이 아니었다. 그들은 함께 어려움을 극복하지 않았으며 뜻밖의 성공에 기뻐하지도 않았으며, 화가 나서 서로가 서로에게 소리치지 않았으며, 서로의 감정을 이해해주지도 않았다. 하루하루 같이 지내면서 서로 가까워지지도 않았다. 이 낯선 두 사람하고는 같이 한 것이 하나도 없었다. 버스에서 그들 옆에 앉아서 글레프는 더욱 강하게 자신이 혼자임을 느꼈다. 그는 진짜 유라와 레나가 보고 싶다는 생각을 하면서 이제 그들 없이 무슨 재미로 살 것인지 걱정을 하였다. 2주 내내 그는 같은 목표를 위한 한 팀의 팀원으로서 자신을 느꼈다. 그는 친구들의 관심과 격려에 익숙해져 있었다. 그런데 지금 다시 혼자가 되었다. 자신에 대해 신경써 주는 사람은 아무도 없었다.

발굴지에서 글레프는 뒤쪽으로 처져 있었다. 그는 진심으로 구덩이에 들어가고 싶은 마음이 없었을 뿐만 아니라 그 위험한 성벽에 다가가고 싶지도 않았다. 하지만 그는 멀리 있었기 때문에 아이들이 시선을 방해해서 그림을 똑바로 볼 수 없었다. 그래서 발굴지 안으로 뛰어 들어갔고, 앞쪽으로 나서서 성벽 표면을 살펴보았다. 그곳에는 고대 상형문자 외에는 아무것도 없었다. 날짜도, 어제 밤에 자신이 직접 그려 넣은 마지막 심볼 위의 선도 없었다. 그러니까 어제가 아니라 5월 5일. 그날 그가 쓴 악필은 남아 있어야만 하였다. 그런데 없다. 왜일까?

글레프는 멍하니 성벽을 바라보았다 그리고 무언가 끝이 꼬여 있음을 느꼈다.

저녁 때 글레프는 라디오를 들으며 퍼즐을 맞추면서 집에서 시간을 보냈다. 아빠는 지난번과 마찬가지로 여덟 시에 집에서 나갔다. 하지만 오늘 글레프는 그를 화나게 만들지 않았다. 무슨 의미가 있을까? 결과적으로 어차피 혼자 집에 있게 될 것이 뻔한데. 게다가 소리를 치거나 화를 낼 힘도 없었다. 글레프는 완전히 힘이 빠진 상태였다. 아침의 기쁨은 흔적도 없이 사라졌다. 그는 계속해서 어제 밤에 있었던 일을 생각하였다. 정확하게 말해서 열두 시가 되기 바로 직전의 마지막 일 분을 생각하고 생각하였다. 무슨 일이 일어난 걸까? 뭐가 잘못된 것일까? 왜 그만 혼자 돌아온 것일까? 레나와 유라는 어디에 있을까? 만약 다시 성벽이 복수를 한다면? 만약 고대 상형문자를 건드리면 안 되었다면 그걸 고치는 작업을 한 것이 잘못된 것일까? 그렇다면 고대 문명의 분노는 친구들에 떨어지는 것이 아니라 그에게 떨어져야 하는 것 아닌가? 그는 돌아왔고 그들은 돌아오지 않았다면 어떤 의미의 복수일까? 아니면 아침에 그가 생각하였던 그 무시무시한 상황이 진짜로 일어난 것이란 말인가? 어쩌면 그는 돌아온 것이 아니라 컴퓨터 게임에서처럼 그냥 출발점으로 돌아온 것이란 말인가? 그리고 다시 거꾸로 삶을 살아야 한단 말인가, 그것도 이제는 혼자서!

글레프는 이 무서운 상상이 머리에서 사라지길 바라며 머리를 세차게 흔들었다. 그는 잠을 자지 않기로 결심하였다. 그리고 밤 12시에 어떤 일이 일어날지 보기로 하였다. 전화기에 정확하게 12시에 알람을 맞추어 놓고 라디오 소리를 더 키웠다. 그 자신도 왜 새로운 날이 오는 시간에 대한 통보를 두 개나 맞추어 놨는지 설명을 할 수 없었다. 하지만 그는 무엇이 그를 기다리고 있는지 알아야만 한다. 만약 지금 또다시 날짜를 거슬러 가면 그는 전날 아침에 깨어날 것이며 최종적으로 미래와 그리고 자신의 남은 삶과 작별인사를 해야 할 것이다.

시간은 12시에 가까워졌다. 마지막 일 분이 남았다. 그리고 몇 초가 남았다. 이제 일 초가 남았다. 글레프는 숨을 죽였다. 지금, 이제 모든 것이 분명해질 것이다. 라디오와 전화기에서 동시에 알람이 울리기 시작하였다. 글레프는 반사적으로 전화기의 알람을 껐다. 그리고 정적 속에서 정확하게 발음을 하는 아나운서의 목소리가 들렸다.

"12시 정각입니다."

국가가 울리기 시작하였다. 글레프는 가사 하나하나를 곱씹으며 들으면서 그가 돌아왔다는 것을 이해하였다. 이제 분명해졌다. 시간을 거슬러 가지는 않을 것이다. 시간은 다시 앞으로 가고 있다. 그리고 이 공포는 끝난 것이다. 그토록 기다리던 내일이 왔다.

글레프는 이것은 아주 좋은 소식이며 기뻐할 수 있는 것임을 알고 있었다. 하지만 기뻐할 수 없었다. 갑자기 힘이 쏙 빠졌다. 그는 마치 전기 제품의 코드가 갑자기 빠진 것 같은 생각이 들었다. 이런 상황에 놓여 있는 그를 밤 1시 30분에 돌아온 아빠가 보았다.

"너 왜 안 자고 있는 거냐? 무슨 일이 있는 거냐? 아침엔 마치 기분 좋은 참새처럼 떠들더니 지금은 세상을 다 잃은 것 같은 표정을 하고 있구나. 왜 그렇게 감정의 기복이 큰 거냐?" 아빠는 침대에 누워있는 아들 옆에 앉으며 물었다.

"아빠, 내가 무슨 생각을 하였는지 알아? 베라 아줌마를 집으로 데려와도 돼." 글레프가 힘이 없다는 듯 천천히 말하였다.

아빠는 놀라서 말을 잃었다.

"뭐라고?" 그가 낼 수 있는 소리의 전부였다.

"우리와 함께 살아도 돼."

"너 어디 아픈 거냐? 왜 갑자기 그렇게 결심한 거야?"

글레프는 머리를 들었고 아빠는 그의 눈이 아이의 눈이 아닌 듯 슬픔을 잔뜩 품고 있는 것을 보고 놀랐다.

"난 항상 혼자야. 나는 친구가 없어. 가족도 없어. 내겐 아무도 없어." 글레프가 말하였다.

"그럼 나는 누구냐?" 아빠는 당황하며 그를 바라봤다.

"아빠도 없어. 난 아무도 아니야."

아빠는 침대에서 일어나서 창문 쪽으로 다가갔다. 잠시 동안 둘은 아무 말 하지 않았다.

"난 더이상 이렇게 살기 싫어. 용서 해줘 아빠, 베라 아줌마를 데려올 거야?" 다시 글레프가 말을 시작하였다.

"생각해 볼게. 하지만 내가 너라면 그녀가 그렇게 쉽게 용서를 해줄 것이라고 생각하지 못할 거다." 아빠는 바로 대답하지 않았다.

아빠는 몸을 휙 돌려서 방에서 나갔다.

"용서할 거야. 아줌마가 용서해 줄 거야. 난 알아." 들릴락 말락한 나지막한 목소리로 글레프가 말하였다.

2013년 5월 24일 금요일

글레프는 마지못해 천천히 학교에 왔다. 그는 유라도 레나도 학교에 없을까 봐 겁이 났다. 갑자기 그들이 완전히 사라진다면? 진짜 그들이 돌아오지 않는다면 그들의 쌍둥이들에게는 5월 24일이 오지 않을 것이다. 그는 도대체 무슨 짓을 한 건가! 그는 여기에 있고 친구들은 거꾸로 가는 달력에 빠져서 길을 잃고 그곳에서 빠져나오질 못하고 있다. 어떻게 그들을 거기에서 빼낼 수 있을까? 그가 아무리 원하더라도 그들과 만날 수는 없을 것이다. 지금 어쩌면 필요한 것이 데니스의 조언일지 모른다. 데니스는 그 어려운 문제도 나쁘지 않게 풀어내지 않았는가! 물론 어떻게 그가 알았는지 알 수 없다.

학교 교문 앞에서 글레프는 무힌과 그 친구들과 맞부딪히게 되었다. 글레프는 그들의 시비에 대응을 하고 싶지 않았다. 그는 결정적인 상황에서 무힌이 하였던 행동을 기억하고 있었다. 그는 아무런 보상도 바라지 않고 그들을 도와주었다. 갑자기 글레프에게는 학교에서 벌어지는 이런 다툼이 아무런 쓸모 없는 것처럼 느껴졌다. 왜 서로가 서로에게 상처를 주고 못살게 굴까? 무엇 때문에?

"악당 노릇 그만 둬. 사실 넌 나쁜 아이가 아니잖아. 우리 편 니네 편하고 편 가르는 것은 이제 싫증 나지 않아?" 글레프가 무힌에게 말하였다.

글레프는 당황스러워하는 무힌 옆을 지나쳐 간 뒤 현관 앞에서 멈추어 서서 돌아보았다.

"누나한테 인사 전해줘! 누나 정말 에스유브이 차 운전 잘 하더라."

화가 난 자고르킨이 그에게 달려들려고 하자 무힌이 그의 손을 잡았다.

"가게 내버려 둬." 무힌이 말하였다. 그리고 생각에 잠긴 눈길로 글레프를 보내주었다.

다행히 유라는 학교에 나타났다. 없어지지 않았다! 글레프는 안도의 한숨을 쉬었다. 어제의 성공하지 못한 시도를 기억하고 그는 유라에게 다가가지 않았다. 하지만 한 순간 그는 유라의 평범하지 않은 눈빛을 알아챌 수 있었다.

'내가 어제 그에게 하였던 행동을 기억하고 있어. 나를 미친놈이라고 생각하는 거야.' 글레프가 생각하였다.

'레나가 없으니 다행이야. 있었다면 나를 뚫어지게 바라보면서 솔과 편지에 대해서 이야기하였을 거야. 그는 둘 다 이제 자기를 이상하게 쳐다볼 것이라는 것을 의심하지 않았다. 다른 유라와 다른 레나. 그냥 한 반일 뿐이다. 그의 친구들은 더이상 돌아오지 않을 것이다.

지리 시간에 유라가 글레프를 몇 번 쳐다보았다.

'왜 저렇게 부산한 거야?' 글레프는 화가 났다. 그리고 불현듯 어제의 멍청한 눈을 가진 유라와 다른, 왠지 무언가를 알고 있는 듯하며, 왠지 생기가 있는 듯한 그의 눈빛을 눈치챌 수 있었다. 글레프는 갑자기 숨을 쉴 수 없었다. 어쩌면? 아니 그가 실수를 하는 것일 지도 모른다. 이건 그냥 그에게 그렇게 보일 뿐이다, 그렇게 되기를 간절히 원하기 때문에. 만약에 아니면? 글레프는 유라에게서 눈을 떼지 않았다. 하지만 유라는 더이상 돌아보지 않았다. 그때 글레프는 노트의 마지막 쪽을 열어서 그곳에 그가 돌아올 수 있도록 도와준 심볼, 즉 위쪽에 가로로 긴 선이 있는 뒤집혀 진 꽃봉우리를 그렸다. 그는 한참을 기다렸다. 그리고 마침내 유라가 다시 뒤돌아봤을 때 그는 노트를 들어서 유라가 그림을 볼 수 있도록 하였다. 긴장하여서 그의 심장이 마구 뛰었다. 그리고 손에 들려 있는 노트가 흔들렸다. 그는 자신의 성적을 희생할 수도 있고, 키라 다비도브나가 자신이 하고 있는 행동을 헛수고로 만들 수도 있다고 생각하였지만 유라의 반응이 무엇보다도 그에게는 중요하였고 보고 싶었다. 그리고 유라의 눈이 기쁨으로 빛이 났을 때 글레프는 환호하였다. 그는 노트를 놓쳤다. 노트는 책상 사이의 바닥에 떨어졌다. 유라는 눈을 떼지 않고 글레프를 쳐다보았고 그의 동그란 얼굴은 기쁨으로 빛이 났다.

글레프는 어깨에 지고 있던 무거운 짐을 내려놓은 듯한 느낌이 들었다. 그는 마음이 가벼워지고 기분이 너무 좋아져서 마치 자신의 책상 위에 올라가서 열려진 창문을 통해서 파란 하늘로 날아갈 것만 같았다. 3주 전에는 한 반 친구인 유라를 가장 좋은 새해 선물처럼 기뻐할 것이라고 상상이나 할 수 있었을까!

서로가 서로에게 다가가는 것은 종소리 후에도 불가능하였다. 클라라 보리소브나가 들어와서 학년 마지막 날 일정에 대해서 알려주었기 때문이다.

"여러분, 컴퓨터실로 가기 전에 먼저 한 명도 빠짐없이 생활기록부를 내세요." 그녀가 말하였다. 그리고 생활기록부를 걷으며 교실 안을 돌았다.

"월요일이 마지막 수업일입니다. 여러분들은 교과서를 낸 다음에 교무실로 오기 바랍니다. 그곳에서 시험 점수가 적혀 있는 자신의 생활기록부를 받게 될 것입니다. 세마크 다시 가져가거라. 내가 네게 이야기를 하였잖아. 이건 생활기록부가 아니라 폐지뭉치야. 손으로 만지기도 싫구나. 깨끗하게 정리한 뒤 풀로 붙인 다음 교무실로 다시 가져 오거라."

클라라 보리소브나는 모은 생활기록부의 수를 세었다.

"하나가 부족하네. 누가 안 냈냐? 아, 쥬지나가 또 안 왔구나. 쥬지나 동생에게 이야기해서 가져오라고 해야겠어."

그때 마치 스프링처럼 글레프가 자리에서 일어났다.

"클라라 보리소브나, 제가 다녀와도 되나요? 빨리 갔다 올게요."

"옐리자로프? 네가 생활기록부를 가지러 쥬지나에게 다녀온다고?" 담임선생님이 못 믿겠다는 듯 다시 물었다. 그녀는 낙제점을 준다고 해도 쥬지나에게는 아무도 가지 않을 것이라고 확신을 하고 있었다. 반 아이들이 수군거리기 시작하였고 이상한 커플이라는 등

농담들이 나왔다. 하지만 글레프에게는 아무 상관이 없었다. 그는 답답한 교실에 더이상 있을 수 없었다. 레나가 어떤 상황인지 너무 알고 싶었다. 어제의 무례하고 난폭한 레나가 아니라 그들의 레나, 진짜 레나의 상태 말이다.

클라라 보리소브나는 소란스럽게 구는 6학년 A반 학생들을 조용히 시키며 말하였다.

"그래 좋다. 글레프 다녀 오거라. 컴퓨터 선생님인 디아나 로베르토브나에게는 내가 말씀드리겠다."

"제가 함께 가면 안 되나요?" 유라가 의자에서 벌떡 일어났다. 방금전에 조용해졌던 교실 안은 다시 웅성거리기 시작하였다. 클라라 보리소브나는 너무나 당황하였다.

"쥬지나한테? 둘이서? 생활기록부 하나를 위해서?"

"쟤가 주소를 알고 있어요. 저는 생활기록부를 가져 오고요." 글레프가 말하였다.

담임선생님은 유라에게서부터 글레프에게로 눈을 돌렸다. 그리고 뜻밖에도 허락하였다. 이 상황에는 무언가 이상한 것이 있었다. 그녀는 누가 누구와 친한지, 누가 누구와 소통을 하는지 잘 알고 있었지만 유라와 레나를 연결할 수 없었다. 게다가 그녀는 글레프를 누구와도 연결할 수 없었다.

"다만 심부름을 한 뒤 반드시 컴퓨터실로 가야 한다." 그녀가 경고를 하였다.

"너무 시간 끌지 말고. 생활기록부는 역사 교실로 가져오고. 나머지는 모두 제자리에서 이야기를 듣도록 합니다."

글레프와 유라는 준비상태를 확인하고 교실에서 뛰어나갔다. 복도로 나오자마자 둘은 서로를 끌어안았다.

"뚱땡아, 너 맞구나! 난 너를 더이상 보지 못하는 줄 알았어." 글레프가 기뻐하며 그의 어깨를 쳤다.

"글레프! 정말 다행이야! 난 어제 너를 봤는데 네가 아닌 것을 알고 미치는 줄 알았어." 유라가 기쁨에 목이 메어 말하였다.

"너도 그랬어? 나도 어제 네 복제인간과 함께 발굴현장에 다녀왔어. 네게 이야기하지만 아주 재수 없는 놈이었어."

"내가 쓸데없는 말을 한다고 넌 어제 내 뺨을 때리려고 하였어. 그러니까 네가 아니라 다른 네가 말이야."

"잠시만." 글레프가 멈추어 섰다.

"어제라는 것이 언제야?"

"어제, 5월 4일." 유라가 설명하였다.

"넌 어제가 5월 4일이었어?"

"응, 나와 레나는 4일이었어. 그럼 너는?"

"난 23일이었어."

"너희들 아직도 여기 있는 게냐?" 클라라 보리소브나가 교실에서 얼굴을 내밀며 말하였다.

"지금 당장 내 자선행사를 취소할 수 있다. 내겐 별로 어렵지 않은 일이야."

두 친구는 쏜살같이 달려가기 시작하였다. 게다가 유라는 글레프보다도 그렇게 많이 뒤쳐지지 않았다.

"어떻게 된 거지. 어떻게 너희들은 5월 4일로 간 거지?" 레나에게 가면서 글레프가 물었다.

"난 그 시간에 23일에 있었어. 왜 우리는 서로 떨어진 것일까?"

"몰라, 하지만 난 아주 만족해. 난 어제 고모네 집에 가지 않고 하루 종일 할아버지와 함께 있었어. 할아버지도 어디 가지 않아도 되었고 하루 종일 쉬고 있었어." 할아버지에 대해서 기억을 하고 유라가 조금 우울해하였다.

"물론 할아버지께서 더이상 네 곁에 없는 것은 분명 슬픈 일이야. 하지만 반대로 넌 다른 사람이 할 수 없었던 경험을 한 사람이야. 넌 할아버지를 보았고 할아버지와 하루 종일 이야기를 하였잖아. 자신이 좋아하는 사람이 죽은 뒤에 또다시 만날 수 있는 기회를 가질 수 있는 사람은 아무도 없을 거야. 게다가 넌 할아버지의 죽음에 네가 잘못이 없다는 것도 알게 되었잖아……. 레나는 마지막 날을 어떻게 보냈어?"

"레나는 정신이 나간 상태였어. 우리는 그것이 마지막 날이 될 것이라는 것을 몰랐잖아. 우리는 성공하지 못하였다고 생각을 하였어. 우리는 다시 반대로 가는 달력으로 깨어났으니 말이야."

"상상이 가."

"게다가 레나에게 어제는 정신이 없는 날이었어. 엄마가 많이 아파서 응급차가 와서 엄마를 병원으로 싣고 갔어. 우리가 만난 것은 고작 10분 정도였어. 레나는 우리가 기회를 완전히 잃었다고 생각을 하였어. 특히 네가 우리의 네가 아니라는 것을 알고 더더욱 그랬지. 그건 즉 넌 살아났지만 우리는 과거에 남아있다는 것을 의미하였거든. 그런데 오늘 아침에 난 돌아왔어. 레나도 돌아왔기를 빌어."

"이제 알아보자고!"

문을 연 후 레나는 조심스럽게 아이들을 쳐다보았다. 글레프는 어떤 레나가 이렇게 우울하게 자신들을 바라볼 것인지 구별할 수 없었다. 어떻게 레나와 대화를 시작해야 할지, 즉 그들의 레나처럼 아니면 잘 모르는 레나처럼 대화를 해야 할지 몰랐다. 하지만 유라는 그런 생각으로 골치 아파 하지 않았다. 그는 활짝 웃으며 말하였다.

"그래, 우리야. 우리라고! 레나! 진짜 우리야!"

레나가 기뻐서 비명소리를 냈다. 그리고 둘을 껴안았다. 잠시 후 레나는 기뻐서 눈물을 흘리며 둘을 집 안으로 끌어당겼다.

"아니야, 레나. 우린 지금 들어갈 수 없어. 우린 지금 생활기록부를 가지러 왔어! 우리에겐 시간이 20분밖에 없어." 유라가 웃으면서 말하였다.

"만약 수업 시간이 끝나기 전에 돌아가지 않으면 담임 선생님이 우리를 가만두지 않을 거야." 글레프가 말을 더하였다.

"이제 우리도 사용하면 없어지고, 내일이 되어도 모두 오늘 일을 기억하게 된다고. 우린 학교 수업 다 끝나면 그때 다시 올게."

레나는 흥분하여서 오늘 아침에 일어났을 때 갑자기 녹색 점들을 찍은 아뉴트카가 눈에 들어왔고 '어제'로 가는 것이 끝났고 '내일'이 왔다는 것을 이해하였다는 이야기를 숨도 쉬지 않고 그들에게 이야기를 하면서 생활기록부를 가져다주었다.

"난 너무 기뻤어! 너희들은 상상도 못할 거야!" 그녀가 계속 수다를 떨었다.

"난 집 안을 뛰어다니며 미친 듯이 웃었어!"

"아주 잘 이해해." 글레프가 말하였다.

"혼자 돌아왔다는 것을 알기 전까지 나도 어제 웃으면서 뛰어다녔어."

"그래, 왜 넌 우릴 남겨두고 혼자 돌아온 거야? 왜 우리는 정확하게 하루를 더 거기서 보낸 거지?" 레나가 물었다.

"내 생각에는 하나뿐이야. 너희들이 발굴지로 내려오는 것보다 내가 하루 빨리 연결이 된 거지. 난 너희들이 위에 있는 것을 보았어. 그리고 보자마자 고개를 돌렸어. 난 선을 그려야만 하였거든." 글레프가 추측을 하였다.

"난 우리가 점프를 한 것까지는 정확하게 기억해. 하지만 땅에 발을 디뎠는지 아닌지 기억이 안 나." 유라가 말하였다.

"난 네가 뒤처질까 봐 계속 걱정을 하였어. 난 우리가 도착을 한 것까지 기억해." 레나가 말하였다.

"바로 그래서 그런 것 같아." 글레프가 결론을 내렸다.

"그러니까 고대 마술이 영향을 줄 수 있는 거리까지 너희들이 점프를 하지 못하였거나 필요한 거리만큼 다가오지 못한 거야. 낙서를 할 때에는 너희들이 바로 옆에 있었잖아."

"빨리 학교로 돌아가야 해. 넌 나와 함께 있잖아. 난 100미터를 12초에 달릴 수 없어." 유라가 서두르자고 말하였다.

"그래 가야 해." 글레프가 말하였다.

"알았어, 어서 가." 레나가 말하였다.

"학교 끝난 후에 보자고. 나는 아뉴트카와 함께 빵을 만들어 놓을

307

게. 만약 달콤한 차를 마시고 싶다면 설탕을 가져와. 우리 집 악당들이 어제 설탕을 모두 쏟아버렸어."

그리고 그녀는 기쁨에 찬 미소를 띠며 현관문을 닫았다.

역사 교실 내 교사용 책상 앞에 앉은 클라라 보리소브나는 미리 책정한 점수를 자신의 6학년 아이들의 생활기록부에 기록하고 있었다. 이것은 그녀가 좋아하는 일이었다. 왜냐하면 그것은 일 년이 끝났다는 것을 의미하기 때문이다. 생활기록부의 마지막 페이지에 있는 잘 정돈된 사각형 안의 4점, 3점 또는 5점을 나타내는 숫자는 마치 그녀가 가꾸는 정원의 잘 정돈된 이랑의 식물들처럼 보였다. 클라라 보리소브나는 그것들을 바라보면서 3일 뒤에는 교외선 기차에 몸을 싣고 오랫동안 기다려왔던 별장으로 갈 수 있다는 것을 떠올렸다. 앞으로 한 달 동안 그녀가 걱정해야 할 것은 오직 더위와 비의 양뿐이다.

복도에서 갑자기 웃음소리와 기분 좋은 목소리가 들려왔다. 클라라 보리소브나는 머리를 들어서 귀를 기울였다. 누가 수업 시간에 침묵을 깨고 이렇게 자유롭게 돌아다니고 있단 말인가? 그녀는 질서를 유지하기 위해서 일어서려고 하였다. 하지만 그 순간 목소리가 자신의 교실을 향해서 오고 있다는 것을 이해하였다. 몇 초 뒤에 조용해졌고 조심스러운 노크 소리가 들렸다. 숨을 헐떡이지만 아주 행복한 표정을 하고 있는 유라와 글레프가 문 뒤에서 나타났다. 그들은 선생님 앞에서 진지한 모습을 보이려고 노력을 하였지만 그들의 얼굴에는 행복감이 빛이 났다. 둘은 함께 다가와서 책상 한 쪽에 생활기록부를 올려놨다. 그리고 문 쪽으로 뒷걸음질 쳤다.

"얘들아, 잠깐만 기다려." 클라라 보리소브나는 안경 너머로 그들을 쳐다보았다.

"유라, 다시 너의 모습으로 돌아왔으니 다행이다. 오늘 너를 보며 아주 기분이 좋았어. 그리고 글레프 너도 변하였구나. 어딘가 밝아졌어. 비밀이 아니라면 너희들 도대체 언제 이렇게 친해진 건지 이야기해 주지 않을래?"

"우리요?" 남자아이들은 서로가 서로를 쳐다봤다. 그들의 눈은 웃음기를 잔뜩 머금고 있었다.

"우리는…… 견학 갔을 때 친해졌어요. 5월 23일이요."

"23일이라고?" 담임선생님은 깜짝 놀랐다.

"그러니까 어제 말이냐?"

"맞아요, 어제죠." 글레프가 유라를 보며 말하였다.

"5월 23일이 어제였던 게 맞죠?"

"그럼, 만약 오늘이 24일이라면 어제는 당연히 23일이었겠지. 다른 날일 수 없어." 그녀가 대답하였다.

클라라 보리소브나의 관심에도 유라와 글레프는 웃음을 간신히 참으면서 눈짓을 교환하였다. 역사 선생님은 포기하고 손짓으로 가도 된다고 하였다. 친구들은 순식간에 교실에서 뛰어나갔다. 복도에서는 웃음소리와 멀어져가는 발자국 소리가 들려왔다.

"도대체 무슨 일이 있었기에 아이들이 이렇게 변할 수 있을까?" 이해할 수 없다는 듯 담임선생님은 고개를 절레절레 흔들었다.

"그것도 하루 만에. 마치 전혀 다른 아이들 같아, 정말로."

2013년 5월 27일 월요일

글레프, 레나 그리고 유라는 오월의 따뜻한 햇살을 받기 위해서 학교 건물 뒤에 앉아 있었다. 그들은 이제 교과서를 다 반납하였고, 클라라 보리소브나의 종업식 말씀을 들었으며 일 년 동안의 성적이 적혀 있는 생활기록부도 받았다. 이곳 운동장으로는 유라가 불러서 모였다. 교실에서 종업식이 끝난 후 유라는 무언가 아주 재미있는 것을 보여주고 싶다고 집요하게 그들에게 말하였다. 무슨 이야기인지 궁금한 아이들은 학교 뒤편으로 가서 높이 솟아 있는 계단에, 제안한 아이를 가운데에 두고 앉았다.

"난 주말 내내 인터넷을 하였어." 자신의 가방을 열면서 유라가 말하기 시작하였다. "다양한 고대의 문자들을 살펴봤어. 난 우리를 구해준 바로 그 고대의 심볼을 찾으려고 하였어. 그런데 난 고고학적인 발굴현장과 얽힌 다양한 많은 사건들에 대해서 알게 되었어. 내가 뭘 찾아냈는지 알아?"

그는 잠시 말을 멈추고 극적인 침묵을 유지하였다.

"그래 몰라, 우린 몰라. 그러니 어서 이야기 해. 다른 사람들이 궁금해 하는 것을 보고 희열을 느끼는 거냐?" 글레프가 재촉하였다.

"우크라이나에 있는 고대 스키타이 여왕의 무덤 발굴현장에서 일어난 한 사건에 대한 기사를 보게 되었어." 유라는 접힌 A4용지를 손에 들고 이야기를 시작하였다.

"학술탐험에 참여한 한 젊은 청년이 재미로 스키타이 여왕이 발견된 바로 그 석관에 누웠대. 그때가 작업이 시작되기 전의 아침이었대. 청년은 무덤으로 들어오는 고고학자들을 놀라게 해주고 싶었던 거야. 그런데 고고학자들이 그곳에 들어왔을 때 무덤 안에도 석관 안에도 아무도 없었대. 청년이 사라진 거지."

"사라졌다고? 완전히?" 레나가 놀라서 말하였다.

"하루 종일 발굴현장 전체와 그 주위를 샅샅이 뒤지며 청년을 찾았지만 찾지 못하였어. 학술탐험에 같이 참여하였던 사람 중 한 명은 청년이 장난을 치려고 무덤에 들어갔으며 정확하게 그곳에서 바깥으로 나오지 않았다는 것을 알고 있었어. 저녁때가 되어서야 그를 찾을 수 있었어. 그는 고고학자들이 일과가 끝나고 모닥불에 모여 앉아 있을 때 갑자기 무덤에서부터 나타났어. 청년은 제정신이 아닌 듯 이상한 소리를 하였어. 그러니까 그는 일 년 동안 미래에 가 있었다고 하면서 말도 안 되는 놀라운 기술들을 보고 왔다고 했어. 하지만 하루가 지난 후 그는 제정신으로 돌아와서 자기가 한 말은 모두 꾸민 것이라고 실토하였대. 그럼에도 불구하고 하루 동안 이 청년이 어디로 사라졌던 것인지 알 수 없었대. 그들은 하루 종일 무덤 안에서 작업을 하였지만 청년을 볼 수 없었거든."

"그래, 재미있다. 근데 그걸 왜 우리한테 이야기하는데?" 글레프가 말하였다.

"왜냐하면. 그가 바로 이 사람이거든." 유라가 종이를 펼쳤다.

레나와 글레프가 기사를 프린트한 종이를 쳐다봤다. 그 기사에는 데니스를 닮은 사람의 사진이 있었다. 아니 바로 그 역사학과 대학생, 학술대회에서 만났던, 그의 도움으로 정상적인 세계로 돌아오게 된 바로 그 데니스 사포쥐니코프였다.

"내가 그럴 줄 알았어! 난 그 형한테도 무슨 일이 있다는 것을 알았어. 그래서 형은 우리가 게임을 하는 것이 아니라 불행에 빠졌다는 것을 알 수 있었던 거야." 글레프가 소리쳤다.

"가장 중요한 것은 이게 아니야. 너희들 여기 날짜를 한 번 봐." 유라가 아래쪽 줄을 손가락으로 가리켰다.

"뭐야? 이건 1993년 5월 13일에 있었던 일이야?!" 너무 놀란 레나가 소리쳤다.

"그럴 리가 없어! 20년 전이라고?"

"바로 그래. 93년에 그는 23살이었어. 그리고 대학교에서 공부를 하고 있었지. 지금 그는 43살이야. 그리고 여기에 쓰여 있기를 그는 사포쥐니코프 교수의 손자가 아니라 아들이라는 거야." 유라가 말하였다.

"말도 안 돼! 무슨 43살! 우리가 직접 봤잖아. 훨씬 어려 보였어." 레나가 말하였다.

"아니야, 모든 게 맞아 떨어져." 글레프가 기사를 손으로 잡았다.

"1993년에 23살의 데니스가 고고학자들을 놀려줄 생각으로 석관 안으로 들어가 누웠어. 그때 고대의 저주가 시작된 거지, 우리들처럼 말이야. 그래서 그는 20년 후인 2013년으로 온 거야. 그리고 그곳에서 일 년을 보내게 된 거야. 아마도 그는 어떻게 돌아가야 하는지 모르고 있었을 거야. 그래서 고고학자들을 만나기 위해서 돌아다녔던 거야. 그리고 자기는 사포쥐니코프 교수의 손자라고 한 거지. 그때는 이미 고인이 된 분이었어. 그리고 한 학술대회에서 우리를 만나게 된 거야."

"소름 끼쳐!" 레나가 말하였다.

"어쩌면 그는 2013년이 아니라 2012년으로 왔을 수도 있어. 그래서 그는 자신의 미래의 여행의 끝 부분에서 우리를 만나게 된 거지. 그는 우리를 도와주고 그도 벗어나게 된 거지. 그는 용서를 받았고 돌아간 거야. 그리고 공통점이 있는데 그것은 5월이고 끝에는 3이라는 숫자가 있다는 거야. 2013년, 1993년, 5월 23일, 5월 13일. 어쩌면 그것이 어떤 저주의 조합이었던 건 아닐까?" 유라가 추측하였다.

"5월도 숫자도 상관없어. 단지 고대유물을 소중하게 다루어야 한다는 것이야. 쓸데없이 장난치거나 하면 안 된다는 것을 보여준 거야." 레나가 반대하였다.

"어쨌든 우린 운이 아주 좋았어. 우리의 여행이 겨우 18일에 그쳤으니 말이야." 글레프가 동의하였다.

"19일이야." 유라와 레나가 한 목소리로 말하였다.

"난 여전히 이해를 못하였어. 왜 나는 5월 23일에 돌아왔을까, 24

일이 아니라 말이야." 글레프가 자신의 생각을 말하였다.

"내 생각에는 그렇게 될 수밖에 없었던 것 같아." 기사를 빼앗아서 가방에 넣으면서 유라가 대답하였다. 그리고 그는 집에서 만든 샌드위치가 들어있는 봉지를 꺼내며 아이들에게 먹으라고 하였다. 둘은 하나씩 손에 들었다.

"우리는 정확하게 고대문자들을 해석한 것이 아니야." 먹을 것으로 꽉 찬 입을 벌려서 유라가 계속해서 말을 하였다.

"단지 추측을 하였을 뿐이야. 예를 들어 거기에 이렇게 써 있다고 하자. '마지막 날이 될 것이다'라고 말이야. 이 문장 옆에 네가 날짜를 쓴 것이야. 2013년 5월 23일이라고. 그날이 바로 우리들의 마지막 날이 된 거지. 우리는 다음에 심볼의 모양을 바꾸었지. 그래서 '첫날이 될 것이다'라고 바뀐 거야. 그래서 그날이 온 거지. 바로 5월 23일 아침이 그렇게 된 거지. 그래서 너는 그날을 두 번 살게 된 거야."

"그때 고고학자가 이 심볼들은 '처음'과 '끝'을 의미한다고 그랬잖아." 레나가 이의를 제기하였다.

"무슨 상관이야. 거기 문자들이 너희 생의 마지막이라고 써져 있었는지도 모르지. 그래서 고친 후에는 너의 생의 처음이라고 바뀐 거지. 결과로 봤을 때 똑같은 거 아니야. 내겐 5월 23일이 된 거고. 너희들에겐 24일이 된 거야. 왜냐하면 너희들은 발굴지로 뛰어내리지 못하고 내 곁으로 오지 못하였기 때문이야. 하지만 왜 너희들이 24일에 다시 오게 된 것인지 이해를 못 하겠어! 난 솔직히 너희가 더이상 돌아오지 못할것이라고 생각했어." 글레프가 말하였다.

"그건 네가 우리를 데리고 온 거야." 유라가 말하였다.

"내가?!!"

"넌 바로 그 문제의 날을 다르게 보냈잖아. 견학을 가지 않았고, 고대성벽에 낙서도 하지 않았……."

"난 견학을 갔어. 하지만 고대 성벽에 낙서를 하지 않았지. 난 그걸 건드리지도 않았어."

"바로 그렇기 때문이야. 넌 그날 아무 짓도 하지 않고 깨끗하게 보낸 거야. 그래서 거기에 연결된 사건이 없어지게 된 거지. 그래서 나와 레나에게는 멈춘 순간부터 다시 시작한 거야. 그날이 바로 5월 24일이지. 이해하겠어?"

"최소한 하나는 알겠어. 누구의 어리석은 짓에 대해서 메이(May)가 벌을 준 것이 공정한 일이라는 것 말이야. 누구라고 이야기하지는 않겠지만 말이야." 레나가 말하였다.

"네게 정확하게 말해 주었잖아, 우리 일은 마야와 전혀 상관이 없다고." 글레프가 이를 갈며 말하였다.

"내가 말하는 것도 마야가 아니라 메이, 5월이야. 다섯 번째 달 5월. 우리는 5월 달력 연구가가 된 거지. 우리는 5월을 왕복으로 갔다 왔잖아."

"그래 이번 5월은 내가 경험한 5월 중 가장 긴 5월이었어." 유라가 흠흠 거리며 이야기하였다.

"아쉬운 것은 내가 편지를 받았는지 안 받았는지를 알 수 없다는 거야." 레나가 한숨을 쉬었다.

"왜 알 수 없는데? 알 수 있어." 글레프가 웃음을 띠며 그녀를 바라봤다.

"어떻게 알 수 있다는 거야?"

"내가 이야기해 줄게. 받지 못했어."

"네가 어떻게 알아?"

"난 23일에 너희 집에 갔었어. 그러니까 네가 아니라 정상적인 대화를 할 수 없었던 그 이상한 아이한테 말이야."

"그렇구나! 그래서 네가 알아낸 거야?"

"그래. 그래서 편지가 없었다는 것을 알아냈어. 볶음밥을 만드는 그 솥엔 아무것도 없었어."

"편지는 거기 있을 수 없다니까. 데니스 형이 다 설명해 주었잖아." 유라가 말하였다.

"그래, 데니스 오빠가 없었다면 우리는 돌아오지 못하였을 거야. 더 이상 만날 수 없다는 게 아쉬워. 우리에겐 큰 도움이 되어주었는데."

"만날 수 있어. 다만 의미가 없지. 형은 우리를 알아보지 못할 거야. 너 잊은 거야? 글레프가 우리한테 일어난 일들을 모두 지워버렸잖아. 이제 우리를 아무도 알아보지 못할 거야. 고고학자들도, 발굴 현장의 자원봉사자들도, 경찰들도 말이야. 우리가 만났던 어떤 사람들도 우리를 기억하지 못할 거야."

"아니야 데니스 오빠는 기억할 거야." 레나가 고집을 세웠다.

"오빠도 마찬가지로 고대저주와 연결되어 있었어. 난 오빠가 우리를 기억할 거라고 믿어. 우리도 우리에게 일어났던 모든 일을 기억하고 있잖아. 오빠도 마찬가지일 거야. 이런 좋은 교육은 반드시 기억해야 해. 그렇지 않으면 아무런 의미가 없잖아."

"얘들아, 너희들 이렇게 정상적으로 사는 것이 이상하지 않아? 밤 사이에 없어지는 것이 아무것도 없고. 모두가 어제 있었던 일을 기억하고 말이야." 글레프가 물었다.

"그래, 좀 그래. 기억해야 할 필요도 없고, 새로운 날에 어떤 일이 일어날지도 모르고." 유라가 동의를 하였다.

"난 그런 게 이상한 것이 아니라. 서두르지 않아도 되고, 무언가를 빨리 생각해야 하고 머리를 다쳐가며 어딘가로 뛰어가지 않아도 되는 것에 익숙해지지 않아." 레나가 말하였다.

"그래, 그러지 않아도 궁금했어. 넌 요새 왜 뛰어다니지 않는 거야? 엄마가 아이들과 함께 있는 거야?"

"아니, 엄마는 일하러 갔지."

"동생들을 혼자 있게 두고 걱정도 하지 않는단 말이야? 네가 그럴 수 있어?"

레나가 고개를 숙였다. 그리고 잠시 아무 말 없이 있다가 말을 하였다.

"아이들은 혼자가 아니야. 아이들은 리파 할머니와 함께 있어."

"화해를 한 거야?" 유라가 기뻐하였다.

"난 경찰서에서 우리가 나누었던 대화를 오랫동안 생각하였어. 그리고 금요일에 보바를 데리러 어린이집으로 가서 리파 할머니가 거기에 계신 것을 보았어. 그리고 나도 모르게 할머니에게 집에 놀러 오시라고 하였어. 할머니는 의자에 털썩 주저앉았어. 그리고 울기 시작하였어." 레나가 어쩔 줄 몰라 하며 말하였다.

"잘 했어. 엄마는 뭐라고 하셔?" 글레프가 물었다.

"엄마? 엄마는 요새 마치 날개를 단 것 같아." 생기 있게 레나가 말하였다.

"아빠가 이제 한 달 뒤면 돌아오셔. 형량이 줄었거든."

"잘 되었네!" 유라가 소리쳤다.

"이제 그렇게 많이 일을 하지 않아도 되겠네!"

레나가 글레프를 쳐다보았다.

"넌 어때? 너 베라 아줌마와 만났지?"

"응, 만났어. 우린 셋이서 함께 카페를 갔어."

"그래서?"

"아직은 어색함이 좀 있어. 하지만 금방 지나갈 거야. 난 아줌마가 진짜 어떤 사람인지 알고 있거든. 아, 내가 너희들에게 아주 중요한 것 하나를 이야기해주는 것을 잊었네." 글레프가 자신의 이마를 치며 소리쳤다.

"난 전학 가지 않아도 돼! 아빠가 여기에 3년 동안 근무를 하게 되었어. 그러니까 너희들은 날 9학년말까지 참아줘야 해."

"와우, 정말 무시무시한 소식이네! 거기다 3년 동안 한 반이 된다면! 맙소사!" 레나가 일부러 인상을 썼다.

"만약 얘가 또 무슨 짓을 하면?"

"3년이라고? 그래 반드시 뭔가 꾸며낼 거야." 유라가 즐겁게 시인하였다.

"얘가 우리를 달로 보내거나 아니면 버뮤다 삼각지로 보낼지도 몰라. 그러니 유물 발굴현장이나 고대 성벽 근처에도 못 가게 만들어야 해."

"맞아! 만약 얘가 그것들을 찾아낸다면 아마 우리는 물구나무서서 걷거나 단어를 거꾸로 말하게 될지도 몰라." 레나가 소리쳤다.

"뚱땡이에게 물구나무 서는 것은 불가능한 일이야. 그렇게 하면 얘 입에서 파이들이 쏟아져 나올 거야." 글레프가 말하였다.

유라는 깔깔거리고 웃다가 와플이 목에 걸려서 켁켁 거렸다. 글레프가 그의 등을 쳐주면서 말을 하였다.

"내가 이야기 하였잖아! 얘는 지구에서는 잘 먹지도 못해. 저기 멀리 달나라로 보내야 해! 물구나무를 서게 만들어야 해!"

유라는 재미있는 생각에 기침을 하다가 웃음 때문에 딸꾹질을 하였고 그런 그의 모습은 레나도 낄낄거리며 웃게 만들었다. 글레프도 참지 못하고 금방 웃기 시작하였고 셋은 함께 깔깔거리고 웃었다. 셋은 너무나 기분 좋게 하하거리며 웃었다. 그런 웃음은 셋이 너무 친한 사이 일 때, 한 학년을 함께 마친 아이들에게나, 긴 여름방학이 시작되는 아이들에게 또는 오랫동안 아무 걱정 없이 살았던 아이들에게나 있을 법한 웃음이었다.

-끝-

마야의 달력

초판 1쇄 | 2019년 12월 13일
초판 2쇄 | 2020년 11월 13일

지은이 | 빅토리야 레데르만
옮긴이 | 강완구
디자인 | 임나탈리야
편 집 | 강완구
펴낸이 | 강완구
펴낸곳 | 도서출판 써네스트
출판등록 | 2005년 7월 13일 제2017-000293호
주 소 | 서울시 마포구 망원로 94, 203호
전 화 | 02-332-9384   팩 스 | 0303-0006-9384
이메일 | sunestbooks@yahoo.co.kr
ISBN 979-11-86430-94-1 43890 값 12,000원

이 도서의 국립중앙도서관 출판사도서목록(CIP)은 e-CIP 홈페이지 (http://www.nl.go.kr/ecip)와 국가자료공동목록시스템(http://www.nl.go.kr/kolisnet)에서 이용하실 수 있습니다. (CIP제어번호 : CIP2019048941)